知堂杂文

有所思

周作人 著

中国文史出版社

目　　录

凡人的信仰　　　　　　001

上海气　　　　　　　　008

孔融的故事　　　　　　010

小说的回忆　　　　　　017

报纸的盛衰　　　　　　026

古文与理学　　　　　　030

道义之事功化　　　　　035

谈文章　　　　　　　　044

妇女问题与东方文明等　046

关于失恋　　　　　　　050

国语改造的意见　　　　054

娼女礼赞　　　　　　　062

哑巴礼赞　　　　　　　066

麻醉礼赞　　　　　　　069

体罚　　　　　　　　　072

论八股文　　　　　　　076

论骂人　　　　　　　　080

文字的魔力　　　　　　083

1

谈策论　　　　　　　084

关于家训　　　　　　088

谈错字　　　　　　　092

苦口甘口　　　　　　096

梦想之一　　　　　　100

文艺复兴之梦　　　　105

女子与读书　　　　　109

谈翻译　　　　　　　113

阳九述略　　　　　　117

谈金圣叹　　　　　　122

关于焚书坑儒　　　　130

读禁书　　　　　　　133

文章的放荡　　　　　136

情书写法　　　　　　141

畏天悯人　　　　　　143

说鬼　　　　　　　　147

关于日本语　　　　　151

情理　　　　　　　　154

责任　　　　　　　　156

谈文　　　　　　　　158

关于教子法　　　　　160

关于宽容　　　　　　167

关于命运　　　　　　171

杂文的路　　　　　　176

文坛之外　　　　　　181

自己所能做的　　　　189

谈娱乐　　　　　　　193

女人骂街　　　　　　　197

谈卓文君　　　　　　　201

谈文字狱　　　　　　　205

谈关公　　　　　　　　214

文人之娼妓观　　　　　218

沉默　　　　　　　　　221

伟大的捕风　　　　　　223

天足　　　　　　　　　226

死法　　　　　　　　　227

上下身　　　　　　　　230

教训之无用　　　　　　232

我的复古的经验　　　　234

与友人论怀乡书　　　　236

元旦试笔　　　　　　　238

祖先崇拜　　　　　　　240

罗素与国粹　　　　　　242

翻译与批评　　　　　　244

批评的问题　　　　　　247

卖药　　　　　　　　　249

小孩的委屈　　　　　　251

感慨　　　　　　　　　253

先进国之妇女　　　　　255

北京的外国书价　　　　257

重来　　　　　　　　　259

浪漫的生活　　　　　　261

别名的解释　　　　　　263

古书可读否的问题　　　265

铜圆的咬嚼　　　　　　　267

孙中山先生　　　　　　　269

偶感　　　　　　　　　　272

半春　　　　　　　　　　277

两个鬼　　　　　　　　　279

读古诗学文言　　　　　　281

避讳改姓　　　　　　　　284

凡人崇拜　　　　　　　　286

读书的经验　　　　　　　294

女学一席话　　　　　　　297

辩解　　　　　　　　　　301

宣传　　　　　　　　　　304

关于绍兴师爷　　　　　　307

喜剧的价值　　　　　　　309

凡人的信仰

宗教的信仰，有如佛教基督教的那一类信仰，我是没有，所以这里所用信仰一语或者有点不妥帖，亦未可知。我是不相信鬼神的存在的，但是不喜欢无神论者这名称，因为在西洋通行，含有非圣无法的意味，容易被误解，而无鬼论者也有阮瞻在前，却终于被鬼说服，我们未必是他一派。我的意见大概可以说是属于神灭论的，据《梁书》所载其要旨为形存则神存，形谢则神灭，后又引申之云：

> 形者神之质，神者形之用。神之于质犹利之于刀，形之于用犹刀之于利。利之名非刀也，刀之名非利也，然而合利无刀，舍刀无利。未闻刀没而利存，岂容形亡而神在。

范子真生于齐梁之际，去今将千五百年，却能有如此干脆的唯物思想，的确很可佩服。其实王仲任生在范君四百年前，已经说过类似的话，如《论衡·论死第六十二》中云：

> 人之死犹火之灭也，火灭而耀不照，人死而知不惠，二者宜同一实，论者犹谓死者有知，惑也。人病且死，与火之且灭何以异。火灭光消而烛在，人死精亡而形存，谓人死有知，是谓火灭复有光也。

1

但是当时我先读《弘明集》，知道神灭论，比读《论衡》更早，而且萧老公身为皇帝，亲自出马，率令群臣加以辩难，更引起人的注意，后来讲到这问题，总想起范君的名论来。既不上引王仲任，也不近据唯物论，即为此故也。这样说来，假如信仰必以超自然为对象，那么我便不能说是有信仰，不过这里只用作意见来讲也似不妨，反正说的本是凡人，并非贤者，读者自当谅解，不至责备也。

上边顺便说明了我对于神鬼的意见，以为是无神亦无鬼，这种态度似乎很是硬性，其实却并不然。关于鬼，我只是个人不相信他有而已，对于别人一点都不发生什么关系。我在《鬼的生长》一文中曾说道：

> 我不信鬼，而喜欢知道鬼的事情，此是一大矛盾也。虽然，我不信人死为鬼，却相信鬼后有人，我不懂什么是二气之良能，但鬼为生人喜惧愿望之投影，则当不谬也。陶公千古旷达人，其《归园田居》云，人生似幻化，终当归空无，《神释》云，应尽便须尽，无复更多虑，在《拟挽歌辞》中则云，欲语口无音，欲视眼无光，昔在高堂寝，今宿荒草乡。陶公于生死岂尚有迷恋，其如此说于文辞上固亦大有情致，但以生前的感觉推想死后况味，正亦人情之常，出于自然者也。常人更执着于生存，对于自己及所亲之翳然而灭，不能信亦不愿信其灭也，故种种设想，以为必继续存在，其存在之状况则因人民地方以至各自的好恶而稍稍殊异，无所作为而自然流露，我们听人说鬼实即等于听其谈心矣。

我的无鬼论因此对于家庭社会的习俗别无显著的影响，所要者不在仓促地改革，若能更深切地理解其意义，乃是更有益于人己的事。《神灭论》中其实也已说及，如云：

> 问曰，形神不二，既闻之矣，形谢神灭，理固宜然。敢

2

问，经云，为之宗庙，以鬼飨之，何谓也？答曰，圣人之教然也，所以弭孝子之心，而厉偷薄之意，神而明之，此之谓矣。

这一节话说得很好，据物理是神灭，顺人情又可以祭如在，这种明朗的不彻底态度很有意思，是我所觉得最可佩服的中国思想之一节。从这样的态度立脚，上边只说的是人死观，但由此而引申到人生观也就很容易，因为根本的意思还是一个也。

我对于人生的意见也是从神灭论出发，也可以说是唯物论。实在我是不懂哲学玄学神学以至高深的理论的，所有的知识就只是普通中学程度的科学大要，十九世纪的进化论与生物学在现今也已是老生常谈了。民国七年我写那篇《人的文学》，里边曾这样说：

> 我们承认人是一种生物。他的生活现象，与别的动物并无不同。所以我们相信人的一切生活本能都是美的善的，应得完全满足。但我们又承认人是一种从动物进化的生物。他的内面生活，比别的动物更为复杂高深，而且逐渐向上，有能够改造生活的力量。所以我们相信人类以动物的生活为生存的基础，而其内面生活却渐与动物相远，终能达到高尚和平的境地。

这里说得有点笼统，又有点太理想的地方，但后来意见在根本上没有两样，我总觉得大公出于至私，或用讲学家的话，天理出于人欲。三十一年写《中国的思想问题》，有云：

> 饮食以求个体之生存，男女以求种族之生存，这本是一切生物的本能，进化论者所谓求生意志，人也是生物，所以这本能自然也是有的。不过一般生物的求生是单纯的，只要能生存便不问手段，只要自己能生存，便不惜危害别个的生存，人则不然。他与生物同样地要求生存，但最初觉得单独不能达到目

3

的，须与别个联络，互相扶助，才能好好地生存，随后又感到别人也与自己同样地有好恶，设法圆满地相处。前者是生存的方法，动物中也有能够做到的，后者乃是人所独有的生存的道德，古人云，人之所以异于禽兽者几希，盖即此也。

这几希的东西用中国话来说就是仁。阮伯元在《论语论仁论》中云：

> 《中庸篇》，仁者人也。郑康成注，读如相人偶之人。相人偶者谓人之偶之也，凡仁必于身所行者验之而始见，亦必有二人而仁乃见，若一人闭户齐居，瞑目静坐，虽有德理在心，终不得指为圣门所谓仁矣。盖士庶人之仁见于宗族乡党，天子诸侯卿大夫之仁见于国家臣民，同一相人偶之道，是必人与人相偶而仁乃见也。

先看见己之外还有人，随后又知道己亦在人中，并不但是儒家的仁也即是墨家的兼爱之本，此其一。仁不只是存心，还须得见于行事，故中国圣人的代表乃是禹稷，而政治理想是行仁政，此其二。这两点都是颇重要的，仁政的名称如觉得陈旧，那么这可以说中国的思想当是社会主义的。总之人生的理想是仁，这该是行为，不只是空口说白话，此总是极明了的事耳。

"昔者舜问于尧曰，天王之用心何如？尧曰，吾不敖无告，不废穷民苦死者，嘉孺子而哀妇人，此吾所以用心也。"这一节话见于《庄子·天道篇》，在著者的意思原来还感觉不满足，以为这是小乘的道，但在世间法却已经够好了，尤其是嘉孺子而哀妇人一语，我觉得最可佩服，也最是喜欢。《大学篇》里说，老吾老以及人之老，幼吾幼以及人之幼。《佛说四十二章经》之二十九云，想其老者如母，长者如姊，少者如妹，稚者如子。小儿与女人本来是最引人爱怜的，推己及人，感情

4

自更深切，凡民不同圣人，但亦自应有此根基。我们凭借了现代世界的学问，关于孺子妇人能够知道一个大概，特别是性的心理更是前人未曾说过的东西，虽然或者并非不领会，现在我们能够知道，实在是运气极了的事。但是回过头来想妇女问题，却也因此得到答案，这是确实的，而难似易，至少也是行百里者半九十。英国凯本德在《爱的成年》中云：

妇女问题须与工人的同时得解决。

德国希耳息菲尔特在游记《男人与女人》中谈及娼妓问题，也曾说道：

什么事都不成功，若不是有更广远的，更深入于社会的与性的方面之若干改革。

这些话里都暗示社会主义的意义，我想这也是对的，不过如我从前说过，此语非诳，却亦未可乐观，爱未必能同时成年也，唯食可以不愁耳。妇女的解放本有经济与道德两方面，此事殊不易谈，今姑从略，只因此亦是一大问题，不能无一语表示，实在也只是上文所云仁的意思而已。关于儿童，如涉及教养，那就属于教育问题，现在不想来阑入，主张儿童的权利则本以瑞典蔼伦开女士美国贺耳等为依据，也可不再重述。二十七年五月写有小文曰"偶记"，现在却可以抄录于下：

日前见报记，大秦之酋训谕母人者，令多生育，以供战斗，又载其像，载手瞋目，张口厉齿，状甚怪异。不佞正在译注希腊神话，不禁想起克洛诺斯吞其子女事，亦见古陶器画，则所图乃是瑞亚以襁褓裹巨石代宙斯以进，而大神之貌亦平平耳。又想到《古孝子传》，郭巨埋儿，颇具此意。帝尧尝曰，

5

多男子则多惧。此言大有人情，又何其相去之远耶。不佞自居于儒，但亦多近外道。我喜释氏之忍与悲，足补儒家之缺，释似经过大患难来的人，所见者深，儒则犹未也。尝思忍者忍己，故是坚忍而非残忍，悲者悲他，故是哀怜而非感伤。悲及妇孺，悲他之初步，忍于妇孺，则是忍他之末流矣。读德意志人希耳息菲尔特著书，谆谆以节育为言，对于东方妇女尤致惓惓，此真不忍人之心。中国本儒而受释之熏习，应多能了知者，然而亦不敢断言也。

这篇文章原无题目，实在是见了莫梭利尼的讲演而作，这个怪人现在虽是过去了，但这种态度却是源远流长，至少在中国还多存在，盖即是三纲的精神，其有害于民主政治固不待言，就我们现在所说的儿童与妇女问题看来，也是极大的魔障。我的信仰本来极是质朴，明朗，因此也颇具乐观的，可是与现实接触，这便很带有阴暗的影子，因为我涉猎进化论也连及遗传论，所以我平常尊史过于尊经，主张闭门读史，而史上所说的好事情殊不多，故常有越读越懊恼之慨。专为权威张目之三纲的精神是其一，善于取巧变化之八股的精神又是其一，这在外国还是没有的物事，更是厉害，自古至今大家受其毒害而不曾知觉也并无可逃避，故尤为可畏也。八九年前写一篇关于《双节堂庸训》的文章，从妇女问题说到这上边来，我曾说道：

　　我向来怀疑，女人小孩与农民恐怕永远是被损害与侮辱，不，或是被利用的，无论在某一时代会尊女人为圣母，比小孩于天使，称农民是主公，结果总还是士大夫吸了血去，历史上的治乱因革只是他们读书人的做举业取科名的变相，所拥护与打倒的东西都同样是药渣也。

积多年的思索经验，从学理说来人的前途显有光明，而从史事看来中国的前途还是黑暗未了，这样烦闷在孔子也已觉得，他一面说是为大同，而又有《龟山操》云，吾欲望鲁兮，龟山蔽之，手无斧柯，奈龟山何。圣人尚且不免如此，我们少信的人，不能有彻底坚定的信仰，殆亦可恕也。在这似有希望似无希望的中间，言行得无失其指归，有所动摇乎，其实不然，从消极出来的积极，有如姜太公钓鱼，比有目的有希望地做事或者更可持久也说不定。蔼理斯在《性的心理》跋文中最后一节有云：

> 在一个短时间内，如我们愿意，我们可以用了光明去照破我们路程周围的黑暗。正如在古代火把里竞走一样，我们手执火把，沿着道路奔向前去。不久就会有人从后面来，追上我们。我们所有的技巧便在怎样地将那光明固定的炬火递在他手内，那时我们自己就隐没到黑暗里去。

这个意思很好，我们也愿意那么做，火传的意思释家古来曾有说及，若在我辈则原只是萤火自照而已。

上 海 气

我终于是一个中庸主义的人：我很喜欢闲话，但是不喜欢上海气的闲话，因为那多是过了度的，也就是俗恶的了。上海滩本来是一片洋人的殖民地；那里的（姑且说）文化是买办流氓与妓女的文化，压根儿没有一点理性与风致。这个上海精神便成为一种上海气，流布到各处去，造出许多可厌的上海气的东西，文章也是其一。

上海气之可厌，在关于性的问题上最明了地可以看出。他的毛病不在猥亵而在其严正。我们可以相信性的关系实占据人生活动与思想的最大部分，讲些猥亵话，不但是可以容许，而且觉得也有意思，只要讲得好。这有几个条件：一有艺术的趣味，二有科学的了解，三有道德的节制。同是说一件性的事物，这人如有了根本的性知识，又会用了艺术的选择手段，把所要说的东西安排起来，那就是很有文学趣味的，不，还可以说有道德价值的文字，否则只是令人生厌的下作话。上海文化以财色为中心，而一般社会上又充满着饱满颓废的空气，看不出什么饥渴似的热烈的追求。结果自然是一个满足了欲望的犬儒之玩世的态度。所以由上海气的人们看来，女人是娱乐的器具，而女根是丑恶不祥的东西，而性交又是男子的享乐的权利，而在女人则又成为污辱的贡献。关于性的迷信及其所谓道德都是传统的，所以一切新的性知识道德以至新的女性无不是他们嘲笑之的，说到女学生更是什么都错，因为她们不肯力遵"古训"如某甲所说。上海气的精神是"崇信圣道，维持礼教"的，无论笔下口头说的是什么话。他们实在是反穿皮马褂的道学家，圣道会中人。

自新文学发生以来，有人提倡《幽默》，世间遂误解以为这也是上海气之流亚，其实是不然的。幽默在现代文章上只是一种分子，其他主要的成分还是在上边所说的三项条件。我想，这大概就从艺术的趣味与道德的节制出来的，因为幽默是不肯说得过度，也是 Sophrosune——我想就译为"中庸"的表现。上海气的闲话却无不说得过火，这是根本上不相像的了。

上海气是一种风气，或者是中国古已有之的，未必一定是有了上海滩以后方才发生的也未可知，因为这上海气的基调即是中国固有的"恶化"，但是这总以在上海为最浓重，与上海的空气也最调和，所以就这样地叫他，虽然未免少少对不起上海的朋友们。这也是复古精神之一，与老虎狮子等牌的思想是殊途同归的，在此刻反动时代，他们的发达正是应该的罢。

孔融的故事

　　前几时借得《三国演义》，重看了一遍。从前还是在小时候看过的，现在觉得印象全不相同，真有点儿奇怪他的好处是在哪里。这多少年中意见很有些变动，第一对于关羽，不但是伏魔大帝的妖异的话，就是汉寿亭侯的忠勇，也都怀疑了，觉得他不过是帮会里的一个英雄，其影响及于后代的只是桃园结义这一件事罢了。刘玄德我并不以为他一定应该做皇帝，无论中山靖王的谱系真伪如何，中国古来的皇帝本来谁都可以做的，并非必须姓刘的才行，以人物论也还不及孙曹，只是比曹瞒少杀人，这是他唯一的长处。诸葛孔明我也看不出他好在什么地方，《演义》里的那一套诡计，才比得《水浒》的吴学究，若说读书人所称述的鞠躬尽瘁死而后已的精神，又可惜那《后出师表》是后人伪造的，我们要成人之美，或者承认他治蜀之遗爱可能多有，杜少陵的诗中所说丞相祠堂大概可为证明。掩卷以后，仔细回想，这书里的人物有谁值得佩服，很不容易说出来，小时候十分佩服左慈，不过那种心情同了义和团的洪钧老祖早已同时过去了，虽然《剑侠图传》和《七剑十三侠》后来也还是看，看了觉得也好玩。末了终于只想起了一个孔融，他的故事在书里是没有什么，但这确是一个杰出的人，从前所见木版《三国演义》的绣像中，孔北海头上好像戴了一顶披肩帽，侧面画着飘飘的长须吹在一边，这个样子很不错。彼是被曹瞒所杀的一人，我对于曹的这一点正是极以为然的。

　　我们记得以至佩服孔融，并不由于《三国演义》，这本来也不须说，其来源也是出于《世说新语》与《后汉书》，二者都是六朝人物的著作，我于此或者稍有偏心也未可知。孔融字文举，是孔子的二十四世孙，可是他不大像他的老祖宗，他有新思想，他懂得幽默，不相信三纲主义，表示反对，结果以大逆不道的罪名被弃市，妻子亦均被杀。他可以说是一个唯理主义的人，因为一切以情理为准，对于古今权威便不免多有冲突，很容易被社会目为非圣无法或大逆不道，构成思想狱，明季的李卓吾也正是同样的一例。现在我们这里只讲孔文举。他的故事，最早也最知名的是这一件，《后汉书》卷一百本传注引家传云：

> 兄弟七人，融第六，幼有自然之性。年四岁时，每与诸兄共食梨，融辄引小者。大人问其故，答曰，我小儿，法当取小者。由是宗族奇之。

这事后来成为美谈，《三字经》中所谓"融四岁，能让梨"，读过的人很是不少。《世说新语》卷上《言语篇》云：

> 孔文举年十岁，随父到洛。时李元礼有盛名，为司隶校尉，诣门者皆俊才清门，及中表亲戚乃通。文举至门，谓吏曰，我是李府君亲，既通前坐，元礼问曰，君与仆有何亲？对曰，昔先君仲尼与君先人伯阳有师资之尊，是仆与君弈世为通好也。元礼及宾客莫不奇之。太中大夫陈韪后至，人以其语语之，韪曰，小时了了，大未必佳。文举曰，想君小时必当了了。韪大踧踖。

《世说》注引融别传，又《后汉书》传中亦有记述，而文辞不及此节为佳。这种说话的本领，到后来更加进步，而且加上偶像破坏的气味，更显得有危险了。《后汉书》传云：

初曹操攻屠邺城，袁氏妇子多见侵略，而操子丕私纳袁熙妻甄氏，融乃与操书，称武王伐纣，以妲己赐周公。操不悟，后问出何经典，对曰，以今度之，想当然耳。

后操讨乌桓，又嘲之曰，大将军远征，萧条海外，昔肃慎氏不贡楛矢，丁零盗苏武牛羊，可并案也。

这是很不客气的侮弄，有点近于拔虎须了，曹孟德对于杨修尚且不能宽容，自然更是生气。大约这样的事情不止二三，传又云：

时年饥兵兴，操表制酒禁，融频书争之，多侮慢之词。

注引融集与操书原文云：

酒之为德久矣，古先哲王，类帝禋宗，和神定人，以济万事，非酒莫以也。故天垂酒星之耀，地列酒泉之郡，人著旨酒之德。尧不千钟，无以建太平。孔非百觚，无以堪上圣。樊哙解厄鸿门，非豕肩钟酒无以奋其怒。赵之厮养东迎其王，非引卮酒无以激其气。高祖非醉斩白蛇，无以畅其灵。景帝非醉幸唐姬，无以开中兴。袁盎非醇醪之力，无以脱其命。定国不酣饮一斛，无以决其法。故郦生以高阳酒徒，著功于汉，屈原不哺糟啜醨，取困于楚。由是观之，酒何负于政哉。

又书云：

昨承训答，陈二代之祸，及众人之败以酒云者，实如来诲。虽然，徐偃王行仁义而亡，今令不绝仁义。燕哙以让失社稷，今令不禁谦退。鲁因儒而损，今令不弃文学。夏商亦以妇人失天下，今令不断婚姻。而将酒独急者，疑但惜谷耳，非以

12

亡王为戒也。

《世说新语》引《世语》云：

> 魏太祖以岁俭禁酒，融谓酒以成礼，不宜禁，由是惑众，太祖收置法焉。

这当是实在的原因，但是表面还有一番做作，凭借了纲常名教的名义兴起大狱来。传载曹操既积嫌忌，而郄虑复构其罪，遂令丞相军谋祭酒路粹枉状奏融，文云：

> 少府孔融，昔在北海，见王室不靖，而招合徒众，欲规不轨，云我大圣之后，而灭于宋，有天下者何必卯金刀，及与孙权使语，谤讪朝廷。又融为九列，不遵朝议，秃巾微步，唐突宫掖。又前与白衣祢衡跌荡放言，云父之于子，当有何亲，论其本意，实为情欲发耳。子之于母，亦复奚为，譬如寄物瓶中，出则离矣。既而与衡更相赞扬，衡谓融曰，仲尼不死，融答曰，颜回复生。大逆不道，宜极重诛。

下文叙其事云：

> 书奏，下狱弃市，时年五十六，妻子皆被诛。初女年七岁，男年九岁，以其幼弱得全，寄他舍。二子方弈棋，融被收而不动。左右曰，父执而不起，何也。答曰，安有巢毁而卵不破乎。主人有遗肉汁，男渴而饮之。女曰，今日之祸，岂得久活，何赖知肉味乎。兄号泣而止。或有言于曹操，遂尽杀之，及收至，谓兄曰，若死者有知，得见父母，岂非至愿。乃延颈就刑，颜色不变，莫不伤之。

13

关于两兄妹的事，《世说新语》卷上有两则云：

孔文举有二子，大者六岁，小者五岁。昼日父眠，小者床头盗酒饮之。大儿谓曰：何以不拜？答曰：偷哪得行礼。

孔融被收，中外惶怖，时融儿大者九岁，小者八岁，二儿故琢钉戏，了无遽容。融谓使者曰，冀罪止于身，二儿可得全不？儿徐进曰，大人岂见覆巢之下复有完卵乎。寻亦收至。

前一则与钟会兄弟偷酒事相同，只是说小儿顽皮伶俐，后者则更有意义，二儿不但聪慧，亦复镇定，不愧为孔氏家儿，从乱世中经历过来的，而孔文举之性情本色亦可于此见之。他说本意实为情欲，寄物瓶中，出则离矣，又或报有子杀其母者，融曰，杀父犹可，而杀母乎（出处忘记），此等言皆骇俗，但皆以事理言之耳，若言感情，则故无有殊异，上文言文举之顾念其二子，固可以见。又融有所作杂诗，其一见于《古诗源》，盖从冯惟讷《古诗记》转录者：

远送新行客，岁暮乃来归。入门望爱子，妻妾向人悲。闻子不可见，日已潜光晖。孤坟在西北，常念君来迟。褰裳上墟丘，但见蒿与薇。白骨归黄泉，肌体乘尘飞。生时不识父，死后知我谁。孤魂游穷暮，飘飘安所依。人生图嗣息，尔死我念追。俛仰内伤心，不觉泪沾衣。人生自有命，但恨生日希。

这里所说的大概是他的幼殇的小儿子，虽然是"生时不识父"，是他外出后生下来不久死去的，可是还是"尔死我念追"，很可以看出深厚的天性来，这与路粹所述悖逆的话正是一个好的对照。两者都是真的，可以相得益彰，足以看出理智与感情兼具的哲人，只是俗人不能了

14

解罢了。我们觉得孔文举这人与李卓吾很有点相像，上边已经说及。李卓吾做着官，夏日觉得发中热闷，"蒸蒸有死人气"，便剃光了头，仍然衣冠坐四人轿。重佛轻儒，主张男女平等，为女人们讲道，论史一反前说，称赞武则天卓文君冯道，后来为御史张问达所检举，以诬世惑众问罪，下狱死。其言行似甚奇矫，却又是蔼然富于人情之人，如《秋灯小话》中所记怀丘坦之的事可见。有人论之云：

> 卓吾老子有何奇，也只是一点常识，又加以洁癖，乃至于以此杀身矣。

又云：

> 天下第一大危险事乃是不肯说诳话，许多思想文字之狱皆从此出。本来附和俗论一声亦非大难事，而狷介者每不屑为，致蹈虎尾之危，可深慨也。

孔文举的那些列为罪状的言论实在也不能算错，但违忤世俗当然不免，他不能忍而不说，卒以贾祸，与李卓吾正是一样。但卓吾外观很是严正，固然予人以难堪，而文举有些出之滑稽，更有悔慢之感，尤非奸雄辈之所能忍受，如妲己一件，岂非以此便触犯了文王父子二人手。《后汉书》传中有一节云：

> （融）性宽容，少忌，好士，喜诱益后进。及退闲职，宾客日盈其门，常叹曰，座上客常满，樽中酒不空，吾无忧矣。与蔡邕素善，邕卒后，有虎贲士貌类于邕，融每酒酣，引与同坐，曰，虽无老成人，且有典型。

此正与丘坦之事相比，而别有风趣，则不但性格之异，亦是汉魏人行径，与两宋以后截不相同者也。卓吾死后将及百年，大儒顾亭林尚恶骂不已，范蔚宗作《后汉书》，于孔融传后论之曰：

> 夫严气正性，覆折而已，岂有圆刑委屈，可以全其生哉。憬憬焉，皓皓焉，其与琨玉秋霜比质可也。

比较起来，文举尚是很有幸的。顾生于明末清初，而范则是六朝人，于此亦可以看出不同来，这是一件虽细微而亦是颇有意义的事。

小说的回忆

小说我在小时候实在看了不少，虽则经书读得不多。本来看小说或者也不能算多，不过与经书比较起来，便显得要多出几倍，而且我的国文读通差不多全靠了看小说，经书实在并没有给予什么帮助，所以我对于耽读小说的事正是非感谢不可的。十三经之中，自从叠起书包，作揖出了书房门之后，只有《诗经》《论语》《孟子》《礼记》《尔雅》（这还是因了郝懿行的《义疏》的关系）曾经翻阅过一两遍，别的便都久已束之高阁，至于内容也已全部还给了先生了。小说原是中外古今好坏都有，种类杂乱得很，现在想起来，无论是什么，总带有多少好感，因为这是当初自己要看而看的，有如小孩手头有了几文钱，跑去买了些粽子、糖炒豆、花生米之属，东西虽粗，却吃得滋滋有味，与大人们揪住耳朵硬灌下去的汤药不同，即使那些药不无一点效用（这里姑且这么说），后来也总不会再想去吃的。关于这些小说，头绪太纷繁了，现在只就民国以前的记忆来说，一则事情较为简单，二则可以不包括新文学在内，省得说及时要得罪作者，——他们的著作，我读到的就难免要乱说，不曾读到又似乎有点藐视，都不是办法，现在有这时间的限制，这种困难当然可以免除了。

我学国文，能够看书及略写文字，都是从看小说得来，这种经验大约也颇普通，前清嘉庆的人郑守庭的《燕窗闲话》中有着相似的记录，其一节云：

予少时读书易于解悟，乃自旁门人。忆十岁随祖母祝寿于西乡顾宅，阴雨兼旬，几上有《列国志》一部，翻阅之，仅解数语，阅三四本解者渐多，复从头翻阅，解者大半。归家后即借说部之易解者阅之，解有八九。除夕侍祖母守岁，竟夕阅《封神传》半部，《三国志》半部，所有细评无暇详览也。后读《左传》，其事迹可知，但于字句有不明者，讲解时尽心谛听，由是阅他书益易解矣。

我十岁时候正在本家的一个文童那里读《大学》，开始看小说还一直在后，大抵在两三年之后罢，但记得清楚的是十五岁时在看《阅微草堂笔记》。我的经验大概可以这样总结地说，由《镜花缘》《儒林外史》《西游记》《水浒传》等渐至《三国演义》，转到《聊斋志异》，这是从白话转入文言的径路，教我懂文言，并略知文言的趣味者，实在是这《聊斋》，并非什么经书或是古文读本。《聊斋志异》之后，自然是那些《夜谈随录》《淞隐漫录》等的假《聊斋》，一变而转入《阅微草堂笔记》，这样，旧派文言小说的两派都已入门，便自然而然地跑到唐代丛书里边去了。这里说得很简单轻便，事实上自然也要自有主宰，能够"得鱼忘筌"，乃能通过小说的阵地，获得些语文以及人事上的知识，而不至长久迷困在里面。现在说是回忆，也并不是追述故事，单只就比较记得的几种小说略为谈谈，也只是一点儿意见和印象，读者若是要看客观的批评的话，那只可请去求之于文学史中了。

首先要说的自然是《三国演义》。这并不是我最先看的，也不是最好的小说，他之所以重要是由于影响之大，而这影响又多是不良的。关于这书，我近时说过一节话，可以就抄在这里。"前几时借《三国演义》，重看一遍。从前还是在小时候看过的，现在觉得印象很不相同，真有点奇怪他的好处是在哪里，这些年中意见有些变动，第一对于关羽，不但是伏魔大帝妖异的话，就是汉寿亭侯的忠义，也都怀疑了，觉得他不过是帮会里的一个英雄，其影响及于后代的只是桃园结义这一件事罢了。刘玄德我并不以为他一定应该做皇帝，无论中山靖王谱系的真伪如何，中国古来的皇帝本来谁都可以做的，并非必须姓刘的才行，以人物论实在也还不及孙曹，只是比曹瞒少杀人，这是他唯一的长处。诸葛孔明我也看不出他好在什么地方，《演义》里的那一套诡计，才比得《水浒》的吴学究，若说读书人所称道的鞠躬尽瘁死而后已的精神，又可惜那《后出师表》是后人假造，我们要成人之美，或者承认他治蜀之遗爱可能多有，不过这些在《演义》里没有说及。掩卷以后仔细回想，这书里的人物有谁值得佩服，很不容易说出来，末了终于只记起了一个孔融，他的故事在书里是没有什么，但这确是一个杰出的人，从前所见木版《三国演义》的绣像中，孔北海头上好像戴了一顶披肩帽，侧面画着飘飘的长须吹在一边，这个样子也还不错。他是被曹瞒所杀的一人，我对于曹的这一点正是极不以为然的。"

　　其次讲到《水浒》，这部书比《三国》要有意思得多了。民国以后，我还看过几遍，其一是日本铜版小本，其二是有胡适之考证的新标点本，其三是刘半农影印的贯华堂评本，看时仍觉有趣味。《水浒》的人物中间，我始终最喜欢鲁智深，他是一个纯乎赤子之心的人，一生好打不平，都是事不干己的，对于女人毫无兴趣，却为了她们一再闹出事来，到处闯祸，而很少杀人，算来只有郑屠一人，也是因为他自己禁不起而打死的。这在《水浒》作者意中，不管他是否施耐庵，大概也是理想的人物之一罢。李逵我却不喜欢，虽然与宋江对比的时候也觉得痛快，他就只是好胡乱杀人，如江州救宋江时，不寻官兵厮杀，却只向人多处砍过去，可以说正是一只野猫，只有以兽道论是对的罢。——设计赚朱仝上山的那时，李逵在林子里杀了小衙内，把他梳着双丫角的头劈作两半，这件事我是始终觉得不能饶恕的。武松与石秀都是可怕的人，两人自然也分个上下，武松的可怕是煞辣，而石秀则是凶险，可怕以致可憎了。武松杀嫂以及飞云楼的一场，都是为报仇，石秀的逼杨雄杀潘巧云，为的要自己表白，完全是假公济私，这些情形向来都瞒不过看官们的眼，本来可以不必赘说。但是可以注意的是，前头武松杀了亲嫂，

19

后面石秀又杀盟嫂，据金圣叹说来，固然可以说是由于作者故意要显他的手段，写出同而不同的两个场面来，可是事实上根本相同的则是两处都惨杀女人，在这上面作者似乎无意中露出了一点羊脚，即是他的女人憎恶的程度。《水浒》中杀人的事情也不少，而写杀潘金莲杀潘巧云迎儿处却是特别细致残忍，或有点欣赏的意思，在这里又显出淫虐狂的痕迹来了。十多年前，莫须有先生在报上写过小文章，对于《水浒》的憎女家态度很加非难，所以上边的意见也可以说是起源于他的。语云，饱暖思淫欲，似应续之曰，淫欲思暴虐。一夫多妻的东方古国，最容易有此变态，在文艺上都会得显示出来，上边所说只是最明显的一例罢了。

《封神传》《西游记》《镜花缘》，我把这三部书归在一起，或者有人以为不伦不类，不过我的这样排列法是有理由的。本来《封神传》是《东周列国》之流，大概从《武王伐纣书》转变出来的，原是历史演义，却着重在使役鬼神这一点上敷衍成那么一部怪书，见神见鬼的那么说怪话的书大约是无出其右的了。《西游记》因为是记唐僧取经的事，有人以为隐藏着什么教理（却又说是道教的，"先生每"又何苦来要借和尚的光呢！），这里我不想讨论，虽然我自己原是不相信的，我只觉得他写孙行者和妖精的变化百出，很是好玩，与《封神》也是一类。《镜花缘》前后实在是两部分，那些考女状元等等的女权说或者也有意义，我所喜欢的乃是那前半，即唐敖多九公漂洋的故事。这三种小说的性质如何不同且不管他，我只合在一处，在古来缺少童话的中国当作这一类的作品看，亦是慰情胜无的事情。《封神传》乡下人称为"纣鹿台"，虽然差不多已成为荒唐无稽的代名词，但是姜太公神位在此的红纸到处贴着，他手执杏黄旗骑着四不像的模样也是永久活在人的空想里，因为一切幻术都是童话世界的应有的陈设，缺少了便要感觉贫乏的。他的缺点只是没有个性，近似，单调，不过这也是童话或民话的特征，他每一则大抵都只是用了若干形式凑拼而成的，有如七巧图一般，摆得好的虽然也可以很好。孙猴子的描写要好得多了，虽则猪八戒或者也不在他之下，其他的精怪则和阐截两教之神道差不多，也正是童话剧中的木头人而已，不过作者有许多地方都很用些幽默，所以更显示得有意思。儿童与老百姓是颇有幽默感的，所以好的童话和民话都含有滑稽趣味。我的祖父常喜欢讲，孙行者有一回战败逃走无处躲藏，只得摇身一变，变成一座古庙，剩下一根尾巴，苦于无处安顿，只好权作旗杆，放在后面。妖怪赶来一看，庙倒是不错，但是一根旗杆竖在庙背后，这种庙宇世上少有，一定是孙猴变的，于是终被看破了。这件故事看似寻常，却实在是儿童的想头，小孩听了一定要高兴发笑的，这便是价值的所在。几年前写过一篇五言十二韵，上去声通押的"诗"，是说《西游记》的，现在附录于下，作为补充的资料。

儿时读《西游》，最喜孙行者。此猴有本领，言动近儒雅。变化无穷尽，童心最歙讶。亦有猪八戒，妙处在粗野。偷懒说谎话，时被师兄骂。却复近自然，读过亦难舍。虽是上西天，一路尽作耍，只苦老和尚，落难无假借。却令小读者，展卷忘昼夜。著书赠后人，于兹见真价。即使谈玄理，亦应如此写。买椟而还珠，一样致感谢。

《镜花缘》的海外冒险部分，利用《山海经》《神异》《十洲》等的材料，在中国小说家可以说是唯一的尝试，虽然奇怪比不上水手辛八的《航海述奇》（《天方夜谭》中的一篇有名故事，民国前有单行译本，即用这个名字），但也是在无鸟树林里的蝙蝠，值得称赏，君子国白民国女人国的记事，富于诙谐与讽刺，即使比较英国的《格里佛游记》，不免如见大巫，却也总是个小巫，可以说是具体而微的一种杰作了。这三部书我觉得他都好，虽则已有多年不看，不过我至今还是如此想，这里可以有一个证明。还是在当学生的时代，得到了一本无编译者姓名的英文选本《天方夜谭》，如今事隔多年，又得了英国理查白顿译文的选本，翻译的信实是天下有名的，从新翻阅一遍，渔人与瓶里的妖神，女人和她的两只黑母狗，阿拉丁的神灯，阿利巴巴与四十个强盗和胡麻开门的故事都记了起来，这八百多页的书就耽读完了，把别的书物都暂时搁在一边。我相信假如现在再拿《西游》或《封神》来读，一定也会得将翻看着的唐诗搁下，专心去看那些妖怪神道的。——但是《天方夜谭》在中国，至今只有光绪年间金石的一种古文译本，好像是专供给我们老辈而不预备给小人们看似的，这真是一件很可惜的事。

《红楼梦》自然也不得不一谈，虽然关于这书谈的人太多了，多谈不但没用，而且也近于无聊，我只一说对于大观园里的女人意见如何。正册的二十四钗中，当然秋菊春兰各有其美，但我细细想过，觉得曹雪芹描写得最成功也最用力的乃是王熙凤，她的缺点和长处是不可分的，《红楼梦》里的人物好些固然像是实在有过的人一样，而凤姐则是最活现的一个，也自然最可喜。副册中我觉得晴雯很好，而袭人也不错，别人恐怕要说这是老子韩非同传，其实她有可取，不管好坏怎么的不一样。《红楼梦》的描写和语言是顶漂亮的，《儿女英雄传》在用语这一点上可以相比，我想拿来放在一起，二者运用北京话都很纯熟，因为原来作者都是旗人。《红楼梦》虽是清朝的书，但大观园中犹如桃源似的，时代的空气很是稀薄，起居服色写得极为朦胧，始终似在锦绣的戏台布景中，《儿女英雄传》则相反地表现得很是明确。前清科举考试的情形，世家家庭间的礼节辞令，有详细的描写，这是一种难得的特色。从前我说过几句批评，现在意见还是如此，可以再应用在这里：

　　《儿女英雄传》还是三十多年前看过的，近来重读一过，觉得实在写得不错。平常批评的人总说笔墨漂亮，思想陈腐，这第一句大抵是众口一词，没有什么问题，第二句也并未说错，不过我却有点意见。如要说书的来反对科举，自然除了《儒林外史》再也无人能及，但志在出将入相，而且还想入圣庙，则亦只好推《野叟曝言》去当选了，《儿女英雄传》作者的昼梦只是想点翰林，那时候恐怕只是常情，在小说里不见得是顶腐败，他又喜欢讲道学，而安老爷这个角色在全书中差不多写得最好，我曾说过玩笑话，像安学海那样的道学家，我也不怕见见面，虽然我平常所顶不喜欢的东西道学家就是其一。此书作者自称恕道，觉得有几分对，大抵他通达人情物理，所以处处显得大方，就是其陈旧迂谬处也总不叫人怎么生厌，这是许多作者都不易及的地方。写十三妹除了能仁寺前后一段稍为奇怪外，大体写得很好，天下自有这一种矜才使气的女孩儿，大约列公也曾遇见一位过来，略具一鳞半爪，应知鄙言非妄，不过这里集合起来，畅快地写一番罢了。书中对于女人的态度我觉得颇好，恐怕这或者是旗下的关系，其中只是承认阳奇阴偶的谬论，我们却也难深怪，此外总以一个人相对待，绝无淫虐狂的变态形迹，够得上说是健全的态度。小时候读弹词《天雨花》，很佩服左维明，但是他在阶前剑斩犯淫的侍女，至今留下一极恶的印象，若《水浒》之特别憎恶女性，曾为废名所指摘，小说中如能无此污染，不可谓非难得而可贵也。

我们顺便地就讲到《儒林外史》。他对于前清的读书社会整个地加以讽刺，不但是高翰林卫举人严贡生等人荒谬可笑，就是此外许多人，即使作者并无嘲弄的意思，而写了出来也是那个无聊社会的一分子，其无聊正是一样的。程鱼门在作者的传里说此书"穷极文士情态"，正是说得极对，而这又差不多以南方为对象的，与作者同时代的高南阜曾评南方士人多文俗，也可以给《儒林外史》中人物作一个总评。这书的缺陷是专讲儒林，如今事隔百余年，教育制度有些变化了，读者恐要觉得疏远，比较地减少兴味，亦可未知，但是科举虽废，士大夫的传统还是俨存，诚如识者所说，青年人原是老头儿的儿子，读书人现在改称知识阶级，仍旧一代如一代，所以《儒林外史》的讽刺在这个时期还是长久有生命的。中国向来缺少讽刺滑稽的作品，这部书是唯一的好成绩，不过如喝一口酸辣的酒，里边多含一点苦味，这也实在是难怪的，水土本来有点儿苦，米与水自然也如此，虽有好酿手者奈之何。后来写这类谴责小说的也有人，但没有赶得上的，《二十年目睹之怪现状》，是一部笔记，虽有人恭维，我却未能佩服，吴趼人的老新党的思想往往不及前朝的人（例如吴敬梓），他始终是个成功的上海的报人罢了。

《品花宝鉴》与《儒林外史》《儿女英雄传》同是前清嘉道时代的作品，虽然是以北京的相公生活为主题，实在也是一部好的社会小说。书中除所写主要的几个人物过于修饰之外，其余次要的也就近于下流的各色人等，却都写得不错，有人曾说他写得脏，不知那里正是他的特色，那些人与事本来就是那么脏的，要写也就只有那么地不怕脏。这诚如理查白顿关于《香园》一书所说，这不是小孩子的书。中国有些书的确不是小孩子可以看的，但是有教育的成年人却应当一看，正如关于人生的黑暗面与比较的光明面他都该知道一样。有许多坏小说，在这里也不能说没有用处，不过第一要看的人有成人的心眼，也就是有主宰，知道怎么看。但是我老实说不一定有这里所需要的忍耐力，往往成见的好恶先出来了，明知《野叟曝言》里文素臣是内圣外王思想的代表，书中的思想极正统，极谬妄，极荒淫，很值得一读，可是我从前借得学堂同班的半部石印小字本，终于未曾看完而还了他了。这部江阴夏老先生的大作，我竭诚推荐给研究中国文士思想和心理分析的朋友，是上好的资料，虽则我自己还未通读一过。

以上所说以民国以前为标准，所以《醒世因缘传》与《歧路灯》都没有说及。前者据胡博士考证，定为《聊斋》作者蒲留仙之作，我于五四以后才在北京得到一部，后者为河南人的大部著作，民国十四五年顷始有铅字本，第一册只有原本的四分之一，其余可惜未曾续出。《聊斋志异》与《阅微草堂笔记》系是短篇，与上边所谈的说部不同，虽然也还有什么可谈之处，却只可从略。《茶花女遗事》以下的翻译小说以及杂览的外国小说等，或因零星散佚，或在时期限制以外，也都不赘及。但是末了却还有一部书要提一下，虽然不是小说而是一种弹词。这即是《白蛇传》，通称"义妖传"，还有别的名称，我是看过那部弹词的，但是琐碎的描写都忘记了，所还记得的也只是那老太婆们所知道的水漫金山等等罢了。后来在北平友人家里，看见滦州影戏演这一出戏，又记忆了起来，曾写了一首诗，题曰"白蛇传"，现在转录于此，看似游戏，意思则照例原是很正经的。其诗云：

　　顷与友人语，谈及白蛇传。缅怀白娘娘，同声发嗟叹。许仙凡庸姿，艳福却匪浅。蛇女虽异类，素衣何轻倩。相夫教儿子，妇德亦无间。称之曰义妖，存诚亦善善。何处来妖僧，打散双飞燕。禁闭雷峰塔，千年不复旦。滦州有影戏，此卷特哀艳。美眷终悲剧，儿女所怀念。想见合钵时，泪眼不忍看。女为释所憎，复为儒所贱。礼教与宗教，交织成偏见。弱者不敢言，中心怀怨恨。幼时翻弹词，文句未能念。绝恶法海像，指爪掐其面。前后掐者多，面目不可辨。迄来廿年前，塔倒经自现。白氏已得出，法海应照办。请师入钵中，永埋西湖畔。

报纸的盛衰

　　我的大舅父是前清的秀才，如果在世，年纪总在一百以上了。他是抽鸦片烟的，每天要中午才起身，说是起身也不过是醒了而已，除了盛夏以外，他起身并不下床，平常吃茶吃饭也还是在帐子里边，那里有一张矮桌子，又点着烟灯，所以没有什么不便，就是写信，这固然是极少有的，也可以在那里写。我在他家里曾经住过些时，不记得看见他穿了鞋子在地上走，普通总只在下午见床上有灯光，知道他已起来了，隔着帐子叫一声大舅舅就算了，只有一回，我见他衣冠整齐地走出房门来，那时是戊戌年秋天，我的小兄弟生了格鲁布肺炎——这病名自然是十年之后才知道的，母亲叫我去请了他来，因为他是懂得医道的。他赶紧穿了衣裤，同我一起坐了脚踏船走来，可是到来一看之后，他觉得病已危殆，无可用药，坐了一刻，随即悄然下船回到乡下去了。

　　他的生活看去很是颓废似的，可是不知怎的他却长年订阅《申报》。不晓得是从什么时候看起的，我住在那里时是甲午的前一年，他已经看着了。其时还没有邮政，他又住在乡下，订阅上海报是极其麻烦的，大概先由报馆发给杭州的申昌派报处，分交民信局寄至城内，再托航船带下，很费手脚，自然所费时光也很不少。假如每五七日一寄，乡下所能看到的总是半个多月以前的报纸了。他平常那么地疏懒，为什么又是这样不怕麻烦地要看《申报》呢？这个道理至今不懂，因为那时我太小了，不懂得问他，后来也猜想不出他的用意来，不能代他来回答。我只记得那时托了表兄妹问他去要了看过的报纸来，翻看出书的广告，由先兄用了小剪刀——铰下来，因为反复地看得多了，有些别的广告至今还记得清楚，有如乳白鳖鱼肝油，山得尔弥地之类，报纸内容不大记得了，只是有光纸单面印，长行小字的社会新闻，都用四字标题，如打散鸳鸯等，还约略记得。后来重看《点石斋画报》全集，标题与文体均甚为特别，如逢多年不见的故人，此盖是老牌的"申报体"，幸而得保存至今者也。

大舅父个人的意思我虽不知道，但那时候一般对于报纸的意见却可以懂得，不妨略为说明。中国革新运动的第一期是甲午至戊戌，知识阶级鉴于甲午之败，发起变法维新运动，士大夫觉悟读死书之无用，竞起而谈时务，讲西学，译书办报，盛极一时，用现今的眼光看去诚然不免浅薄，不过大旨总是不错的。从前以为是中外流氓所办的报纸到了那时成为时务的入门书，凡是有志前进的都不可不看。我在故乡曾见有人辗转借去一两个月前的《申报》，志诚地阅读，虽然看不出什么道理，却总不敢菲薄，只怪自己不了解，有如我们看禅宗语录一般。不喜欢时务的人自然不是这样，他不但不肯硬着头皮去看这些满纸洋油气的新闻了，而且还要非议变法运动之无谓，可是他对于新闻的态度是远鬼神而敬之。他不要看新闻，却仍是信托他，凡是有什么事情，只要是已见于《申报》，那么这也就一定是不会假的了，其确实的程度盖不下于"何桥的三大人"所说的话，这似乎是一件小事，其实关系是很大的。从前以为是中外流氓所办的报上的话，一转眼间在半封建的社会里得到了很大的信用，其势力不下于地主乡绅的说话，这个转变的确不能算是小呀。

我在上边啰唆地说了一大篇，目的无非是想说明过去时代中新闻在民间有过多么大的势力，谈时务的人以他为指南，寻常百姓也相信他的报道极可信托，所记的事都是实在，为他所骂的全是活该，凡是被登过报的人便是遭了"贝壳流放"，比政府的徒流还要坏，因为中国司法之腐败，是为老百姓所熟知的。无冕帝皇呀，那时的新闻记者真够得上这个荣誉的名号了。可是好景不长，恰似目前的金圆券，初出来时以二对一兑换银圆，过了半年之后变了二万对一，整整地落下了一万倍，所不同的是新闻盛衰中间更隔着长的岁月，大概总有二三十年，比起金圆券来自然更有面子了，虽其惨败的情形原是相差无几。新闻信用的极盛时期大约是在清末，至民初已经有点盛极而衰，其下坡的期日自难确定，姑且算是二十年前后罢，于今已将有二十载的光阴。说是衰也衰不到哪里去，纸与印刷，行款与格式，都改好得多了，人才众多，经济充裕，一切比以前为强了，继续办下去发达下去是不成问题的，这岂不正是盛的现象么？我想是的，这在物质上正是兴盛，可是在别方面上，假如可以说精神上，那至少不如此了，即使我们且不说是衰也罢。总之大家不再信托新闻，不再以为凡是有什么事情，只要是已见于《申报》，那么这也就一定是不会假的了。（案乡下人称一切报纸皆曰《申报》，申读若升，大概由于他们最初只知道有《申报》，有如西人用秦人的名称来叫我们中国人罢。）在二十年前，我的一个小侄儿翻阅报纸后发表他的感想道，我想这里边所记的，大约只有洋车夫打架的事是真的罢。那时他只有十三四岁，现时尚在正是少壮的青年，他的意见如此，可以推见一般的情形。我虽然曾见新闻的黄金时代，但是现在不得不说这是铁时代了。我的小侄儿曾说只有洋车夫打架是真的，这已经是厚道，现今的人或者要说，洋车夫打架虽有其事，所记却是靠不住，又或相信报上所说不但是假话而且还是反话，什么都要反过来看才对，这不仅是看夹缝，乃是去看报纸背了。叫青年养成多疑邪推的性质，实在是很不好的事，但是我们又哪能够怪得他们呢。

我个人的态度可以附带地记在下面。我自己不曾买报，因为这太贵，每日只是拿同住的朋友所买的报来看一下。我不大注意政治要闻，因为很少重要的消息，一星期两星期地下去总还是那一套，没有什么值得注意的。有一回我把这个意思简单地写信告诉一位在报馆里的朋友，他回信说我就在这里编要闻，这使我觉得非常抱歉，不过在我也是实情，这里只得直说。我把报纸打开，第一留心要看的是否邮资又已调整，大头涨到多少了，这些都决不会假，而且与自己有关系的，所以非看不可。时事与国际新闻的题目一览之后，翻过来看副刊，这里边往往有些可读的文章，要费去我读报的时间的三分之二。末了，假如拿到新闻报，则再加添时间去看分类广告，凡是寻人，赔罪，离婚等等的启事，都要看他一下，出顶房屋也挑选了看，所完全不读的大抵只是遗失身份证的声明而已。若是有好通信好记事，如从前《观察》《展望》上登过的那种文章，我也很是喜欢读，不过很难得碰见，亦是无可如何。我这个态度并不是只对于中国报如此，偶然看见外国报也是一样的看法，譬如美国有名的《时代周刊》，一本要卖好几千块金圆券，我借到手也是浪费地翻过去，挑几个题目来读过一遍之后，难得感觉不上当，每回看了满意的是一栏杂俎，集录有趣的小新闻，有些妙得可以收入《笑林》里去。三月十四日的一期内有这一则，今译录于后：

在落杉矶，有偷儿潜入查理杜斐的饮食店，饱餐一顿，去后留下一张字条道：牛排太韧。

古文与理学

蒋子潇著《游艺录》卷下有论近人古文一则云：

余初入京师，于陈石士先生座上得识上元管同异之，二君皆姚姬传门下都讲也，因闻古文绪论，谓古文以方望溪为大宗，方氏一传而为刘海峰，再传而为姚姬传，乃八家之正法也。余时于方姚二家之集已得读之，唯刘氏之文未见，虽心不然其说而口不能不唯唯。及购得《海峰文集》详绎之，其才气健于方姚而根底之浅与二家同，盖皆未闻道也。夫文以载道，而道不可见，于日用饮食见之，就人情物理之变幻处阅历揣摩，而准之以圣经之权衡，自不为迂腐无用之言。今三家文误以理学家语录中之言为道，于人情物理无一可推得去，是所谈者乃高头讲章中之道也，其所谓道者非也。八家者唐宋人之文，彼时无今代功令文之式样，故各成一家之法，自明代以八股文为取士之功令，其熟于八家古文者即以八家之法就功令文之范，于是功令文中钩提伸缩顿宕诸法往往具八家遗意，传习既久，千面一孔，有今文无古文矣。豪杰之士欲为古文，自必力研古书，争胜负于韩柳欧苏之外，别辟一径而后可以成家，如乾隆中汪容甫嘉庆中陈恭甫，皆所谓开径自行者也。今三家之文仍是千面一孔之功令文，特少对仗耳。以不对仗之功令文为古文，是其所谓法者非也。余持此论三十年，唯石屏朱丹木

30

所见相同。

这里就思想与文章两面，批评方姚及八大家的古文，有独到的见识，就是对于现今读书作文的人也是很好的参考。蒋君极佩服戴东原钱竹汀，以为是古今五大儒之二，我们可以找出一二相同的意见来，加添一点的证据。《潜揅堂文集》卷三十一《跋方望溪文》云：

> 望溪以古文自命，意不可一世，唯临川李巨来轻之。望溪尝携所作曾祖墓铭示李，才阅一行即还之，望溪恚曰，某文竟不足一寓目乎。曰，然。望溪益恚，请其说，李曰，今县以桐名者有五，桐乡桐庐桐柏桐梓，不独桐城也，省桐城而曰桐，后世谁知为桐城者，此之不讲，何以言文。望溪默然者久之，然卒不肯改，其护前如此。金坛王若霖尝言，灵皋以古文为时文，以时文为古文，论者以为深中望溪之病。偶读望溪文，因记所闻于前辈者。

又卷三十三《与友人书》，详论方望溪文之谬，以为其所谓义法者特世俗选本之古文，未尝博观而求其法，法且不知而义于何有，因谓若方氏乃真不读书之甚者，今不具引。王若霖的两句话可以算是不刊之论，无怪如《与友人书》所说，方终身病之。近代的人也多主张此说，《王湘绮年谱》卷五记其论文语云，明代无文，以其风尚在制艺，相去辽绝也，茅鹿门始以时文为古文，因取唐宋之似时文者为八家。这样一说更是明了，八家本各成一家之法，以时文与古文混做的人乃取其似时文者为世俗选本，于是遂于其中提出所谓义法来，以便遵守，若博观而求之，则不能得此捷径矣。方望溪读过许多书，但在奇正浓淡详略本无定法的古文中间，欲据选本以求捷径，其被称为不读书亦正是无足怪也。在思想方面也有同样的情形。《孟子字义疏证》卷下论权末一条详说宋以来儒者理欲之辩的流弊，有云：

举凡饥寒愁怨饮食男女常情隐曲之感，则名之曰人欲，故终其身见欲之难制，其所谓存理，空有理之名，究不过绝情欲之感耳。何以能绝，曰主一无适。此即老氏之抱一无欲，故周子以一为学圣之要，且明之曰，一者无欲也。天下必无合生养之道而存者，凡事为皆出于欲，无欲则无为矣，有欲而后有为，有为而归于至当而不可易之谓理，无欲无为，又焉有理。老庄释氏主于无欲无为，故不言理，圣人务在有欲有为之咸得理，是故君子亦无私而已矣，不贵无欲，君子使欲出于正不出于邪，不必无饥寒愁怨饮食男女常情隐曲之感，于是才说诬辞反得刻议君子而罪之，此理欲之辨使吾子无完行者为祸如是也。

又云：

夫尧舜之忧四海困穷，文王之视民如伤，何一非为民谋其人欲之事，唯顺而导之，使归于善。今既截然分理欲为二，治己以不出于欲为理，治人亦必以不出于欲为理，举凡民之饥寒愁怨饮食男女常情隐曲之感咸视为人欲之甚轻者矣。轻其所轻，乃吾重天理也，公义也，言虽美而用之治人则祸其人，至于下以欺伪应乎上，则曰人之不善，胡弗思圣人体民之情，遂民之欲，不待告以天理公义，而人易免于罪戾者之道也。孟子于民之放辟邪侈无不为以陷于罪，犹曰是罔民也，又曰，救死而恐不赡，奚暇治礼义。古之言理也，就人之情欲求之，使之无疵之为理，今之言理也，离人之情欲求之，使之忍而不顾之为理，此理欲之辨适以穷天下之人，尽转移为期伪之人，为祸何可胜言哉。

戴君的意见完全是儒家思想，本极平实，只因近千年来为道学家所歪曲，以致本于人情物理而归于至当的人生的路终乃变而为高头讲章之道，影响所及，道德政治均受其祸，学术艺文自更无论矣，得戴君出而发其覆，其功德殊不少也。这种意思从前也有人说过，不过较为简单，如清初刘继庄在《广阳杂记》卷二中一则云：

> 余观世之小人未有不好唱歌看戏者，此性天中之《诗》与《乐》也，未有不看小说听说书者，此性天中之《书》与《春秋》也，未有不信占卜祀鬼神者，此性天中之《易》与《礼》也。圣人六经之教原本人情，而后之儒者乃不能因其势而利导之，百计禁止遏抑，务以成周之刍狗茅塞人心，是何异雍川使之不流，无怪其决裂溃败也。夫今之儒者之心刍狗之所塞也久矣，而以天下大器使之为之，爰以图治，不亦难乎。

再早上去则在汉代，如《淮南子·泰族训》云：

> 民有好色之性，故有大婚之礼，有饮食之性，故有大飨之谊，有喜乐之性，故有钟鼓管弦之音，有悲哀之性，故有衰经哭踊之节。故先王之制法也，因民之所好而为之节文者也。

焦里堂云，《淮南子》杂取诸子九流之言，其中有深得圣人精义者。圣人的精义其实是很平易的，无非是人情物理中至当不易的一点，戴君所云饥寒愁怨饮食男女常情隐曲之感，蒋君所云于日用饮食见之，也都是这个意思，唯在后世主张绝欲的理学家则不能了解，却走入反面去，致劳能惧思之士词而辟之，诚不得已也。

我们在上边抄了好些人的言论，本来生怕成为文抄公，竭力节省，却仍是抄了不少，这是为什么呢？八家和方姚的时文化的文章，理学家的玄学化的思想，固然多有缺点，已经有明眼人看穿，而且这些也都已是过去的事，现在何必再翻陈案来打死老虎呢？这话似乎也说得有理，可是只知其一不知其二，因为这依然还是现今的活问题，那只老虎并没有死，仍旧张牙舞爪地要咬人哩。中华民国成立已有三十四年，在三十岁左右的年轻人中间，诚然不见得再有专心讲究桐城义法或是程朱理学的人了罢，但是我们整个地一看文化界的情形，这些还有着绝大的势力，现在如此，将来也要如此，假如现今没有什么方法来补救，使得他变动一下，就是说到青年的读书作文，这也是一个严重的问题，不是可以轻轻看过的。大家鼓励青年读书，这固然是很好的事情，但是读什么书呢？现代的新书不多，即使多也总不够用，那么旧书还是不可不读，而这旧书这物事却不是好玩的，他真有点像一只大虫，你驾驭得他住，拿来作坐骑也可以，否则一不小心会被吃下肚去不算，还要给他当听差，文言称曰伥鬼。读新的学术书，特别是关于自然科学的，完全是吸收知识，只要听着记着便好，若是读中国旧书，本来也是吸收知识，却先要经过一番辨别选择作用，有如挑河水来泡茶煮饭，须得滤过，至少也得放下明矾去，使水中泥土杂质和他化合，再泌出水来饮用才行。上面抄了好许多人家的话，便是来做一个例子，旧书里边有这种麻烦的地方，要这样仔细地去辨别，才不至于上当，冒失地踏进门去再也爬不出来。但是预先的警告不得不说得严重一点，其实只要有备无患，别无什么问题了。学者如先具备科学常识，了知宇宙生物的事情，再明了中国思想大要，特别是儒家以仁为主旨的思想，多参考前贤通达的意见，如上文所引者，渐有定见之后，无论看什么书，便能自己辨别选择，书中所有都是药笼中物，孔子曰，三人行必有我师焉，善读书者的态度盖亦正是如此也。

道义之事功化

董仲舒有言曰："正其谊不谋其利，名其道不计其功。"这两句话看去颇有道理，假如用在学术研究上，这种为学问而学问的态度是极好的，可惜的事是中国不重学问，只拿去做说空话唱高调的招牌，这结果便很不大好。我曾说过，中国须有两大改革，一是伦理之自然化，二是道义之事功化。这第二点就是对于上说之纠正，其实这类意见前人也已说过，如黄式三《儆居集》中有《申董于功利说》云：

> 董子之意若曰，事之有益无害者谊也，正其谊而谊外之利勿谋也，行之有功无过者道也，明其道而道外之功勿计也。

这里固然补救了一点过来，把谊与道去当作事与行看，原是很对，可是分出道义之内或之外的功利来，未免勉强，况且原文明说其利其功，其字即是道与义的整个，并不限定外的部分也。我想这还当干脆地改正，道义必须见诸事功，才有价值，所谓为治不在多言，在实行如何耳。这是儒家的要义，离开功利没有仁义，孟子对梁惠王说，王何必曰利，亦有仁义而已矣，但是后边具体地列举出来的是这么一节：

> 五亩之宅，树之以桑，五十者可以衣帛矣。鸡豚狗彘之畜，无失其时，七十者可以食肉矣。百亩之田，勿夺其时，数口之家可以无饥矣。谨庠序之教，申之以孝悌之义，颁白者不

负戴于道路矣。七十者衣帛食肉，黎民不饥不寒，然而不王者未之有也。

阮伯元在《论语论仁论》中云：

中庸篇，仁者人也。郑康成注，读如相人偶之人。春秋时孔门所谓仁也者，以此一人与彼一人相人偶，而尽其敬礼忠恕等事之谓也。相人偶者，谓人之偶之也。凡仁必于身所行者验之而始见，亦必有二人而仁乃见，若一人闭户斋居，瞑目静坐，虽有德理在心，终不得指为圣门所谓之仁矣。盖士庶人之仁见于宗族乡党，天子诸侯卿大夫之仁见于国家臣民，同一相人偶之道，是必人与人相偶而仁乃见也。

我相信这是论仁的最精确的话，孟子所说的正即是诸侯之仁，此必须那样表现出来才算，若只是存在心里以至笔口之上，也都是无用。颜习斋讲学最重实行，《颜氏学记》引年谱记其告李恕谷语云：

犹是事也，自圣人为之曰时宜，自后世豪杰为之曰权略。其实此权字即未可与权之权，度时势，称轻重，而不失其节是也。但圣人纯出乎天理而利因之，豪杰深察乎利害而理与焉。世儒等之诡诈之流，而推于圣道之外，使汉唐豪杰不得近圣人之光，此陈同甫所为扼腕也。

颜君生于明季，尚记得那班读书人有如狂犬，叫号搏噬，以致误国殃民，故推重立功在德与言之上，至欲进汉唐豪杰于圣人之列，其心甚可悲，吾辈生三百年后之今日，繙其遗编，犹不能无所感焉。明末清初还有一位傅青主，他与颜君同是伟大的北方之学者，其重视事功也仿佛相似。王晋荣编《仙儒外纪削繁》有一则云：

外传云，或问长生久视之术，青主曰，大丈夫不能效力君
父，长生久视，徒猪狗活耳。或谓先生精汉魏古诗赋，先生
曰，此乃驴鸣狗吠，何益于国家？

此话似乎说得有点过激，其实却是很对的。所谓效力君父，用现在
的话来说即是对于国家人民有所尽力，并不限于殉孝殉忠，我们可以用
了颜习斋的话来做说明，《颜氏学记》引性理书评中有一节关于尹和靖
祭其师程伊川文，习斋批语起首有云：

吾读《甲申殉难录》，至愧无半策匡时难云云，未尝不泣
下也，至览和靖祭伊川，不背其师有之，有益于世则未二语，
为生民怆惶久之。

这几句话看似寻常，却极是沉痛深刻，我们不加注解，只引另一个
人的话来做证明，这是近人洪允祥的《醉余偶笔》的一则，其文曰：

《甲申殉难录》某公诗曰，愧无半策匡时难，只有一死报
君恩。天醉曰，没中用人死亦不济事。然则怕死者是欤？天醉
曰，要他勿怕死是要他拼命做事，不是要他一死便了事。

这里说得直接痛快，意思已是十分明白了。我所说的道义之事功
化，大抵也就是这个意思，要以道义为宗旨，去求到功利上的实现，以
名誉生命为资材，去博得国家人民的福利，此为知识阶级最高之任务。
此外如闭目静坐，高谈性理，或扬眉吐气，空说道德者，固全不足取，
即握管著述，思以文字留赠后人，作启蒙发聩之用，其用心虽佳，抑亦
不急之务，与傅君所谓驴鸣狗吠相去一间耳。

上边所根据的意见可以说是一种革命思想，在庸众看来，似乎有点

离经叛道，或是外圣无法，其实这本来还是出于圣与经，一向被封建的尘土与垃圾所盖住了，到近来才清理出来，大家看得有点陌生，所以觉得不顺眼，在我说来倒是中国的旧思想，可以算是老牌的正宗呢。中国的思想本有为民与为君两派，一直并存着，为民的思想可以孟子所说的话为代表，即《尽心章》的有名的那一节：

　　民为贵，社稷次之，君为轻。

　　为君的思想可以三纲为代表，据《礼记正义》在《乐记疏》中引《礼纬含文嘉》云：

　　三纲谓君为臣纲，父为子纲，夫为妻纲矣。

　　在孔子的话里原本是君君臣臣，父父子子，其关系是相对的，这里则一变而为绝对的了，这其间经过秦皇汉帝的威福，思想的恶化是不可免的事，就只是化得太甚而已。这不但建立了神圣的君权，也把父与夫提起来与君相并，于是臣民与子女与妻都落在奴隶的地位，不只是事实上如此，尤其是道德思想上确定了根基，二千年也翻不过身来，就是在现今民国三十四年实在还是那么样。不过究竟是民国了，民间也常有要求民主化的呼声，从五四以来已有多年，可是结果不大有什么，因为从外国来的影响根源不深，嚷过一场之后，不能生出上文所云革命的思想，反而不久礼教的潜势力活动起来，以前反对封建思想的勇士也变了相，逐渐现出太史公和都老爷的态度来，假借清议，利用名教，以立门户，争意气，与明季清末的文人没有多大不同。这种情形是要不得的。现在须得有一种真正的思想革命，从中国本身出发，清算封建思想，同时与世界趋势相应，建起民主思想来的那么一种运动。上边所说的道义之事功化本是小问题，但根底还是在那里，必须把中国思想重新估价，首先勾销君臣主奴的伦理观念，改立民主的国家人民的关系，再将礼教名分等旧意义加以修正，这才可以通行，我说傅洪二君的意见是革命的即是如此，他说没中用人死亦不济事，话似平常，却很含有危险，有如拔刀刺敌，若不成功，便将被只有一死报君恩者所杀矣。

中国这派革命思想势力不旺盛，但来源也颇远，孟子不必说了，王充在东汉虚妄迷信盛行的时代，以怀疑的精神作《论衡》，虽然对于伦理道德不曾说及，而那种偶像破坏的精神与力量却是极大，给思想界开了一个透气的孔，这可以算是第一个思想革命家。中间隔了千余年，到明末出了一位李贽通称李卓吾，写了一部《藏》，以平等自由的眼光，评论古来史上的人物，对于君臣夫妇两纲加以小打击，如说武则天卓文君冯道都很不错，可说是近代很难得的明达见解，可是他被御史参奏惑乱人心，严拿治罪，死在监狱内，王仲任也被后世守正之士斥不孝，却是这已在千百年之后了。占第三个是清代的俞正燮，他有好些文章都是替女人说话，幸而没有遇到什么灾难。上下千八百年，总算出了三位大人物，我们中国亦足以自豪了。因此我们不自量也想继续地做下去，近若干年来有些人在微弱地呼叫便是为此，在民国而且正在要求民主化的现在，这些言论主张大概是没甚妨碍的了，只是空言无补，所以我们希望不但心口相应，更要言行一致，说得具体一点，便是他的思想言论须得兑现，即应当在行事上表现出来，士庶人如有仁心，这必须见于宗族乡党才行，否则何与于人，何益于国家，仍不免将为傅青主所诃也。

要想这样办很有点不大容易罢。关于仁还不成问题，反正这是好事，大小量力做些个，也就行了，若是有些改正的意见本来是革命的，世间不但未承认而且还以为狂诞悖戾，说说尚且不可，何况要去实做。这怎么好呢？英国蔼理斯的《感想录》第二卷里有一则，我曾经译出，加上题目曰"女子的羞耻"，收在《永日集》里，觉得很有意思，今再录于此，其文云：

　　一九一八年二月九日。在我的一本著书里我曾记载一件事，据说义大利有一个女人，当房屋失火的时候，情愿死在火里，不肯裸体跑出来，丢了她的羞耻。在我力量所及之内，我常设法想埋炸弹于这女人所住的世界下面，使得他们一起毁掉。今天我从报上见到记事，有一只运兵船在地中海中了鱼雷，虽然离岸不远却立刻沉没了。一个看护妇还在甲板上。她动手脱去衣服，对旁边的人们说道，大哥们不要见怪，我须得去救小子们的命。她在水里游来游去，救起了好些的人。这个女人是属于我们的世界的。我有时遇到同样的女性的，优美而大胆的女人，她们做过同样勇敢的事，或者更为勇敢因为更复杂的困难，我常觉得我的心在她们前面像一只香炉似的摆动着，发出爱和崇拜之永久的香烟。

我梦想一个世界，在那里女人的精神是比火更强的烈焰，在那里羞耻化为勇气而仍还是羞耻，在那里女人仍异于男子与我所欲毁灭的并无不同，在那里女人具有自己显示之美，如古代传说所讲的那样动人，但在那里富于为人类服务而牺牲自己的热情，远超出于旧世界之上。自从我有所梦以来，我便在梦想这世界。

这一节话说得真好，原作者虽是外国人，却能写出中国古代哲人也即是现代有思想的人所说的话，在我这是一种启发，勇敢与新的羞耻，为人类服务而牺牲自己，这些词句我未曾想到，却正是极用得着在这文章里，所以我如今赶紧利用了来补足说，这里所主张的是新的羞耻，以仁存心，明智地想，勇敢地做，地中海岸的看护妇是为榜样，是即道义之事功化也。蔼理斯写这篇感想录的时候正是民国八年春天，是五四运动的前夜，所谓新文化运动正极活泼，可是不曾有这样明快的主张，后来反而倒退下去，文艺新潮只剩了一股浑水，与封建思想的残渣没甚分别了。现在的中国还须得从头来一个新文化运动，这回须得实地做去，应该看那看护妇的样，如果为得救小子们的命，便当不客气地脱衣光膀子，即使大哥们要见怪也顾不得，至多只能对他们说句抱歉而已。

说到大哥们的见怪，此是一件大事，不是可以看轻的。这些大哥们都是守正之士，或称正人君子，也就是上文所云太史公都老爷之流，虽然是生在民国，受过民主的新教育，可是其精神是道地的正统的，不是邹鲁而是洛闽的正统。他们如看见小子们落在河里，胸中或者也有恻隐之心，却不见得会出手去捞，若是另一位娘儿们在他们面前脱光了衣服要蹿下水去，这个情景是他们所决不能许可或忍耐的。凭了道德名教风化，或是更新式而有力量的名义，非加以制裁不可，至少，这女人的名誉与品格总要算是完全破坏的了。说大哥们不惜小子的性命也未免有点冤枉，他只是不能忍受别人在他们面前不守旧的羞耻，所以动起肝火来，而这在封建思想的那一纲上的确也有不对，其动怒正与正统相合，这是无可疑的。他们的人数很多，威势也很不少，凡是封建思想与制度的余孽都是一起，所以要反抗或无视他们须有勇敢，其次是理性。我们要知道这种守正全只是利己。中国过去都是专制时代，经文人们的尽力做到君权高于一切，曰臣罪当诛，天王圣明，曰君叫臣死，不得不死，父叫子亡，不得不亡，在那时候饶命要紧，明哲保身，或独善其身，自然也是无怪的，但总之不能算是好，也不能说是利己或为我。黄式三《为我兼爱说》中云，无禄于朝，遂视天下之尘沉鱼烂，即为我矣。在君主时代，这尚且不可，至少在于知识阶级，何况现今已是民国，还在《新青年》新潮乱嚷一起，有过新文化什么等等运动之后。现今的正人君子，在国土沦陷的期间，处世的方法不一，重要的还是或借祖宗亲戚之余荫，住洋楼，打麻将以遣日，或做交易生意，买空卖空，得利以度日。独善其身，在个人也就罢了，但如傅青主言何益于国家，以土车夫粪夫之工作与之相比，且将超出十百倍，此语虽似新奇，若令老百姓评较之，当不以为拟不于伦也。这样凭理性看去，其价值不过如此，若是叫天醉居士说来，没中用人活着亦不济事。从前读宋人笔记，说南宋初北方大饥，至于人相食，有山东登莱义民浮海南行，至临安犹持有人肉干为粮云，这段记事看了最初觉得恶心，后来又有点好笑，记得石天基的《笑得好》中有一则笑话，说孝子医父病，在门外乞丐的股上割了一块肉，还告诉他割股行孝不要乱嚷。此乃是自然的好安排，假如觉得恶心而不即转移，则真的就要呕吐出来了也。

上边的文章写得枝枝节节，不是一气写成的。近时正在看明季野史，看东厂的太监或威胁以及读书人的颂扬奔走，有时手不能释卷，往往把时间耽误了。但是终于寻些闲空工夫，将这杂文拼凑成功，结束起来，这可以叫作梦想之二，固我在前年写过一篇梦想之一，略谈伦理之自然化这问题，所以这可以算是第二篇。我很运气，有英国的老学者替我做枪手，有那则感想录做挡箭牌在那里，当可减少守正之士的好些攻击，因为这是外国人的话，虽然他在本国也还不是什么正统。蔼理斯说这话时是中华民八，我自己不安分地发议论也在民国七八年起头，想起来至今还无甚改变，可谓顽固，至少也是不识时务矣。有时候努力学识时务，也省悟道，这何必呢，于自己毫无利益的。然而事实上总是改不来。偶看佛经，见上面痛斥贪嗔痴，也警觉道，这可不是痴么？仔细一想的确是的，嗔也不是没有，不过还不多，痴则是无可抵赖的了。在《温陵外纪》中引有余永宁著《李卓吾先生告文》云：

　　先生古之为己者也。为己之极，急于为人，为人之极，至
于无己。则先生今者之为人之极者也。

案，这几句话说得很好。凡是以思想问题受迫害的人大抵都如此，他岂真有惑世诬民的目的，只是自有所得，不忍独秘，思以利他，终乃至于虽损己而无怨。我们再来看傅青主，据戴廷栻给他做的《石道人传》中说，青主能预知事物，盖近于宿命论，下云："道人犹自谓闻道而苦于情重，岂真于情有未忘者耶，吾乌足以知之。"这两位老先生尚且不免，吾辈凡人自然更不必说了。二十七年冬曾写下几首打油诗，其一云：

　　禹迹寺前春草生，沈园遗迹欠分明。偶然拄杖桥头望，流

水斜阳太有情。

有友人见而和之，下联云："斜阳流水干卿事，信是人间太有情。"哀怜劝诫之意如见，我也很知感谢，但是没有办法。要看得深一点，那地中海沉船上的看护妇何尝不是痴。假如依照中国守正的规则，她既能够游水，只需静静地偷偷地溜下水去，渡到岸上去就得了，还管那小子们则甚，淹死还不是活该么。这在生物之生活原则上并没有错，但只能算是禽兽之道罢了，禽兽只有本能，没有情或痴。人知道己之外有人，而己亦在人中，乃有种种烦恼，有情有痴，不管是好是坏，总之是人所以异于禽兽者，我辈不能不感到珍重。佛教呵斥贪嗔痴，其实他自己何曾能独免，众生无边誓愿度的大愿正是极大的痴情，我们如能学得千百分之一正是光荣，虽然同时也是烦恼。这样想来也就觉得心平气和，不必徒然嗔怒，反正于事实无补，搁笔卷纸，收束此文，但第三次引起傅青主的话来，则又未免觉得怅然耳。

谈 文 章

前几时我在一篇文章里曾经这样说："我不懂文学，但知道文章的好坏。"这句话看来难免有夸大狂妄，实在也未必然，我所说的本是实话，只是少欠婉曲，所以觉得似乎不大客气罢了。不佞束发受书于今已四十年，经过这么长的岁月，活孙种树似的搬弄这些鸟线装书，假如还不能辨别得一点好坏，岂不是太可怜了么？古董店里当徒弟，过了三四年也该懂得一个大概，不至于把花石雕成的光头人像看作玉佛了罢，可是我们的学习却要花上十倍的工夫，真是抱愧之至。我说知道文章的好坏，仔细想来实在还是感慨系之矣。

文章这件古董会得看了，可是对于自己的做文章别无好处，不，又是不但无益而且反而会有害。看了好文章，觉得不容易做，这自然是一个理由，不过并不重大，因为我们本来不大有这种野心，想拿了自己的东西去和前人比美的。理由倒是在看了坏文章，觉得很容易做成这个样子，想起来实在令人扫兴。虽然前车既覆来轸方遒，在世间原是常有的事，比美比不过，就同你比丑，此丑文之所以不绝迹于世也。但是这也是一种豪杰之士所谓，若是平常人未必有如此热心，自然多废然而返了。譬如泰西豪杰以该撒威廉为理想，我也不必再加臧否，只看照相上鼓目咧嘴的样子便不大喜欢，假如做豪杰必须做出那副嘴脸，那么我就有点不愿意做，还是仍旧当个小百姓好，虽然明知生活要吃苦，总还不难看，盖有大志而显丑态或者尚可补偿，凡人则不值得如此也。

做文章最容易犯的毛病其一便是作态,犯时文章就坏了。我看有些文章本来并不坏的,他有意思要说,有词句足用,原可好好地写出来,不过这里却有一个难关。文章是个人所写,对手却是多数人,所以这与演说相近,而演说更与做戏相差不远。演说者有话想说服大众,然而也容易反为大众所支配,有一句话或一举动被听众所赏识,常不免无意识地重演,如拍桌说大家应当冲锋,得到鼓掌与喝彩,下面便怒吼说大家不可不冲锋也不能不冲锋,拍桌使玻璃杯都蹦跳了。这样,引导听众的演说与娱乐观众的做戏实在已没有多大区别。我是不懂戏文的,但听人家说好的戏子也并不是这样演法,他有自己的规矩,不肯轻易屈己从人。小时候听长辈谈故乡的一个戏子的逸事,他把徒弟教成功了,叫他上台去演戏的时候,吩咐道:你自己演唱要紧,戏台下鼻孔像烟筒似的那帮家伙你千万不要去理他。乡间戏子有这样见识,可见他对于自己的技术确有自信,贤于一般的政客文人矣。

我读古今文章,往往看出破绽,这便是说同演说家一样,仿佛听他榨扁了嗓子在吼叫了,在拍桌子了,在怒目厉齿了,种种怪相都从纸上露出来,有如圆光似的,所不同者我并不要念咒画符,只需揭开书本子来就成了。文人在书房里写文章,心目却全注在看官身上,结果写出来的尽管应有尽有,却只缺少其所本有耳。这里只抽象地说,我却见过好些实例,触目惊心,深觉得文章不好写,一不小心便会现出丑态来,即使别无卑鄙的用意,也是很不好看。我们自己可以试验了看,如有几个朋友谈天,谈到兴高采烈的时候各人都容易乘兴而言,即不失言也常要口气加重致超过原意之上,此种经验人人可有,移在文章上便使作者本意迷糊,若再有趋避的意识那就成为丑态,虽然迹甚隐微,但在略识古董的伙计看去则固显然可知也。往往有举世推尊的文章我看了胸中作恶,如古代的韩退之即其一也。因有前车之鉴,使我更觉文章不容易写,但此事于我总是一个好教训,实际亦有不少好处耳。

妇女问题与东方文明等

妇女问题是全人类的问题，不单是关于女性的问题。英国凯本德（E. Carpenter）曾说过，妇女运动不能与劳工运动分离，这实在是社会主义中之一部分，如不达到纯正的共产社会时，妇女问题终不能彻底解决。无论政治改革到怎样，但如妇女在妊孕生产时不能得政府的扶助，或在平时尚有失业之虑，结果不能不求男子的供养，则种种形象的卖淫与奴隶生活仍不能免，与资本主义时代无异。苏俄现任驻诺威公使科隆泰（A. Kollontai）女士在所著小说《姊妹》一篇里描写这种情形，很是明白，在举世称为共产共妻的俄国，妇女的地位还是与世界各国相同，她如不肯服从那依旧专横的丈夫，容忍他酗酒或引娼女进家里来，她便只好独自走出去，去做那娼女的姊妹，因为此外无职业可就。这样看来，妇女问题的根本解决在此刻简直是不可能，而所谓纯正的共产社会也还只好当作乌托邦看罢了。

这个年头儿，本来也不必讲什么太理想的话，太理想容易近于过激，所以还是来"卑之，无甚高论"罢。在此刻讲妇女问题，就可讲的范围去讲，实在只有"缝穷"之一法，这就是说在破烂的旧社会上打上几个补丁而已。女子的职业开放，权利平等（选举及从政权，遗产承受权等），这自然都是很好的，一面是妇女问题的部分的改造，一面也确可以使妇女生活渐进于自由。但我所想说的，却在还要抽象的一方面，虽是比较地不切实，其实还比较地重要一点，因为我觉得中国妇女运动之不发达实由于女子之缺少自觉，而其原因又在于思想之不通彻，故思想改革实为现今最应重视的一件事。这自然，我的意思是偏于知识阶级的一边，一切运动多由他们发起煽动，已是既往的事实，大众本是最"安分守己"的，他的理想世界还是在辛亥以前，如没有人去叫他，一直还是愿意这样睡下去的：知识阶级无论是否即将被"奥伏赫变"的东西，总之这是他们的责任去叫醒别人，最初自然须得先使自己觉醒。我所说的便是关于这自己觉醒的问题，也即是青年的思想改革。

第一重要的事，青年必须打破什么东方文明的观念。自从不知是哪一位梁先生高唱东方文明的赞美歌以来，许多遗老遗少随声附和，到处宣传，以致青年耳濡目染，也中了这个毒，以为天下真有两种文明，东方是精神的，西方是物质的，而精神则优于物质，故东方文化实为天下至宝，中国可亡，此宝永存。这种幼稚的夸大也有天真烂漫之处，本可以一笑了之，唯其影响所及，不独拒绝外来文化，成为思想上的闭关，而且结果变成复古与守旧，使已经动摇之旧制度旧礼教得了这个护符，又能支持下去了。就是照事实上说来，东方文明这种说法也是不通的。他们见了佛陀之说寂灭，老庄之说虚无，孔孟之说仁义，与泰西的舰坚炮利很是不同，便以为东西文化有精神物质之殊；其实在东方之中，佛老或者可以说是精神的（假如这个名词可通），孔孟则是专言人事的实际家，其所最注意的即是这个物质的人生，而西方也有他们的基督教，虽是犹太的根苗，却生长在希腊罗马的土与空气里，完全是欧化了的宗教，其"精神的"之处恐怕迥非华人所能及，一方面为泰西物质文明的始基之希腊文化则又有许多地方与中国思想极相近，亚列士多德一路的格致家我们的确惭愧没有，但如梭格拉第之与儒家，衣壁鸠鲁之与道家，画廊派（Stoics）之与墨家，就是不去征引子民先生的话，也可以说是不少共通之点。其实这些议论都是废话，人类只是一个，文明也只是一个，其间大同小异，正如人的性情肢体一般，无论怎样变化，总不会眼睛生到背后去，或者会得贪死恶生的罢？那些人强生分别，妄自尊大，有如自称黄种得中央戊己土之颜色，比别的都要尊贵，未免可笑。又从别一方面说，人生各种活动大抵是生的意志之一种表现，所以世间

47

没有真的出世法，自迎蛇拜龟，吐纳静坐，以至耶之永生，佛之永寂，以至各主义者之欲建天国于此秽土之上，几乎都是这个意思，不过手段略有不同罢了。讲到这里，便有点分不出哪个是物质的，哪个是精神的，因为据我看来，佛教对于人生之奢望过于耶教，而耶教的奢望也过于共产主义者，共产主义者自然又过于普通政治家；但是这未必可作为精神文明的等级罢？总之，这东方文明的礼赞完全是一种谬论或是误解，我们应当理解明白，不要人云亦云地当作时髦话讲，否则不但于事实不合，而且谬种流传，为害匪浅，家族主义与封建思想都将兴盛起来，成为反动时代的起头了。

其次也就是末了的一件事，即是科学思想的养成。我们无论做什么事情，科学思想都是不可少的，但在妇女问题研究上尤其要紧。我尝想，孔子说"唯女子与小人为难养也"，不过是据他的观察而论事实，只要事实改变，这便成了虚论，不若佛道教的不净观之为害尤甚，民间迷信不必说了，就是后来的礼教在表面上经过儒家的修改，仿佛是合理的礼节，实在还是以原始道教即萨满教 Shamanism（本当译作沙门教，恐与佛教相混，故从改译）为基本，凡是关于两性间的旧道德禁戒几乎什九可以求出迷信的原义来。要破除这种迷信与礼教，非去求助于科学知识不可，法律可以废除这些表面的形迹，但只有科学之光才能灭他内中的根株。还有，直视事实的勇气，我们也很缺乏，非从科学训练中去求得不可。中国近来讲主义与问题的人都不免太浪漫一点，他们做着粉红色的梦，硬不肯承认说帐子外有黑暗。譬如谈革命文学的朋友便最怕的是人生的黑暗，有还是让他有着，只是没有这勇气去看，并且没有勇气去说，他们尽嚷着光明到来了，农民都觉醒了，明天便是世界大革命！至于农民实际生活是怎样的蒙昧、卑劣、自私，那是决不准说，说了即是有产阶级的诅咒。关于妇女问题也有相似的现象，男子方面有时视女子若恶魔，有时视若天使，女子方面有时自视如玩具，有时又视如帝王；但这恐怕都不是真相罢？人到底是奇怪的东西，一面有神人似的光辉，一面也有走兽似的嗜好，要能够睁大了眼冷静地看着的人才能了解这人与其生活的真相。研究妇女问题的人必须有这个勇气，考察矛盾的两面，人类与两性的本性及诸相，对于什说都不出惊，这才能够加以适当的判断与解决。关于恋爱问题尤非有这个眼光不可，否则如科隆泰女士小说《三种恋爱》中所说必苦于不能理解。不过，中国现社会还是中世纪状态，像书中祖母的恋爱还有点过于时新，不必说别的了；总之，即使不讲太理想的话，养成科学思想也仍是很有益的事罢？——病后不能做文章，今日勉强写这一篇，恐怕很有些糊涂的地方。

关于失恋

王品青君是阴历八月三十日在河南死去的，到现在差不多就要百日了，春蕾社诸君要替他出一个特刊，叫我也来写几句。我与品青虽是熟识，在孔德学校上课时常常看见，暇时又常同小峰来苦雨斋闲谈，夜深回去没有车雇，往往徒步走到北河沿，但是他没有对我谈过他的身世，所以关于这一面我不很知道，只听说他在北京有恋爱关系而已。他的死据我推想是由于他的肺病，在夏天又有过一回神经错乱，从病院的楼上投下来，有些人说这是他失恋的结果，或者是真的也未可知，至于是不是直接的死因我可不能断定了。品青是我们朋友中颇有文学的天分的人，这样很年轻地死去，是很可惜也很可哀的，这与他的失不失恋本无关系，但是我现在却就想离开了追悼问题而谈谈他的失恋。

品青平日大约因为看我是有须类的人，所以不免有点歧视，不大当面讲他自己的事情，但是写信的时候也有时略略提及。我在信堆里找出品青今年给我的信，一共只有八封，第一封是用"隋高子玉造象碑格"笺所写，文曰：

> 这几日我悲哀极了，急于想寻个躲避悲哀的地方，曾记有一天在苦雨斋同桌而食的有一个朋友是京师第一监狱的管理员，先生可以托他设法开个特例把我当作犯人一样收进去度一度那清素的无情的生活么？不然，我就要被柔情缠死了啊！品青，一月二十六日夜十二时。

我看了这封信有点摸不着头脑，不知所说的是凶是吉，当时就写了一点回复他，此刻也记不起是怎么说的了。不久品青就患盲肠炎，进医院去，接着又是肺病，到四月初才出来寄住在东皇城根友人的家里。他给我的第二封信便是出医院后所写，日期是四月五日，共三张，第二张云：

> 这几日我竟能起来走动了，真是我的意料所不及。然到底像小孩学步，不甚自然。得闲肯来寓一看，亦趣事也。
>
> 在床上，我的世界只有床帐以内，以及与床帐相对的一间窗户。头一次下地，才明白了我的床的位置，对于我的书箱书架，书架上的几本普通的破书，都仿佛很生疏，还得从新认识一下。第二回到院里晒太阳，明白了我的房的位置，依旧是西厢，这院落从前我没有到过，自然又得认识认识。就这种情形看来，如生命之主不再太给我过不去，则于桃花落时总该能去重新认识凤凰砖和满带雨气的苦雨斋小横幅了罢？那时在孔德教员室重新共吃瓦块鱼自然不成问题。

这时候他很是乐观，虽然末尾有这样一节话，文曰：

> 这封信刚写完，接到四月一日的《语丝》，读第十六节的《闲话拾遗》，颇觉畅快。再谈。

所谓《闲话拾遗》十六是我译的一首希腊小诗，是无名氏所作，戏题曰"恋爱偈"，译文如下：

> 不恋爱为难，
> 恋爱亦复难。

一切中最难，

是为能失恋。

　　四月二十日左右我去看他一回，觉得没有什么，精神兴致都还好，二十二日给我信说，托交民卫生试验所去验痰，云有结核菌，所以"又有点悲哀"，然而似乎不很厉害。信中说：

　　肺病本是富贵人家的病，却害到我这又贫又不贵的人的身上。肺病又是才子的病，而我却又不像□□诸君常要把他写出来。真是病也倒霉，我也倒霉。
　　今天无意中把上头这一片话说给□□，她深深刺了我一下，说我的脾气我的行为简直是一个公子，何必取笑才子们呢？我接着说，公子如今落魄了，听说不久就要去做和尚去哩。再谈。

　　四月三十日给我的第六封信还是很平静的，还讲到维持《语丝》的办法，可是五月初的三封信（五日两封，八日一封）忽然变了样，疑心友人们（并非女友）对他不好，大发脾气。五日信的起首批注道："到底我是小孩子，别人对我只是表面，我全不曾理会。"八日信末云："人格学问，由他们骂去罢，品青现在恭恭敬敬地等着承受。"这时候大约神经已有点错乱，以后不久就听说他发狂了，这封信也就成为我所见的绝笔。那时我在《世界日报》附刊上发表一篇小文，论曼殊与百助女史的关系，品青见了说我在骂他，百助就是指他，我怕他更要引起误会，所以一直没有去看他过。
　　品青的死的原因我说是肺病，至于发狂的原因呢，我不能知道。据他的信里看来，他的失恋似乎是有的罢。倘若他真为失恋而发了狂，那么我们只能对他表示同情，此外没有什么说法。有人要说这全是别人的不好，本来也无所不可，但我以为这一半是品青的性格的悲剧，实在是无可如何的。我很同意于某女士的批评，友人"某君"也常是这样说，品青是一个公子的性格，在戏曲小说上公子固然常是先落难而后成功，但是事实上却是总要失败的。公子的缺点可以用圣人的一句话包括起来，就是"既不能令，又不受命"。在旧式的婚姻制度里这原不成什么问题，然而现代中国所讲的恋爱虽还幼稚到底带有几分自由性的，于是便不免有点不妥。我想恋爱好像是大风，要挡得他住只有学那橡树（并不如伊索所说就会折断）或是芦苇，此外没有法子。譬如有一对情人，一个是希望正式地成立家庭，一个却只想浪漫地维持他们的关系，如不在适当期间有一方面改变思想，迁就那一方面，我想这恋爱的前途便有障碍，难免不发生变化了。品青的优柔寡断使他在朋友中觉得和善可亲，但在恋爱上恐怕是失败之源，我们朋友中之□□大抵情形与品青相似，他却有决断，所以他的问题就安然解决了。本来得恋失恋都是极平常的事，在本人当然觉得这是可喜或是可悲，因失恋的悲剧而入于颓废或转成超脱也都是可以的，但这与旁人可以说是无关，与社会自然更是无涉，别无大惊小怪之必要，不过这种悲剧如发生在我们的朋友中间，而且终以发狂与死，我们自不禁要谈论叹息，提起他失恋的事来，却非为他声冤，也不是加以非难，只是对于死者表示同情与悼惜罢了。至于这事件的详细以及曲直我不想讨论，第一是我不很知道内情，第二因为恋爱是私人的事情，我们不必干涉，旧社会那种萨满教的风化的迷信我是极反对的，我所要说的只在关于品青的失恋略述我的感想，充作纪念他的一篇文字而已。但是，照我上边的主张看来，或者我写这篇小文也是不应当的，是的，这个错我也应该承认。

国语改造的意见

　　我于国语学不曾有什么研究，现在只就个人感想所及，关于国语改造的问题略略陈述我的意见。我的意见大略可以分作下列三项：一、国语问题之解决；二、国语改造之必要；三、改造之方法。

　　国语问题现在可以算是已经解决了，本来用不着再有什么讨论，但是大家赞成推行国语，却各有不同的理想，有的主张国语神圣，有的想以注音字母为过渡，换用罗马字拼音，随后再改别种言语。后者这种运动的起源还在十五六年以前，那时吴稚晖先生在巴黎发刊《新世纪》，在那上边提倡废去汉字改用万国新语（即现在所谓世界语的 Esperanto），章太炎先生在东京办《民报》便竭力反对他，做了一篇很长的驳文，登在《民报》上，又印成单行的小册子分散；文中反对以世界语替代汉语，却赞成中国采用字母以便诵习，拟造五十八个字母附在后边，这便是现在的注音字母的始祖了。当时我们对于章先生的言论完全信服，觉得改变国语非但是不可能，实在是不应当的；过了十年，思想却又变更，以世界语为国语的问题重又兴盛，钱玄同先生在《新青年》上发表意见之后，一时引起许多争论，大家大约还都记得。但是到了近年再经思考，终于得到结论，觉得改变言语毕竟是不可能的事，国民要充分地表现自己的感情思想终以自己的国语为最适宜的工具。总结起来，光绪末年的主张是革命的复古思想的影响，民国六年的主张是洪宪及复辟事件的反动，现在的意见或者才是自己的真正的判断了。我现在仍然看重世界语，但只希望用他作为第二国语，至于第一国语仍然只能用那运命指定的或好或歹的祖遗的言语；我们对于他可以在可能的范围内加以修改或扩充，但根本上不能有所更张。埃及人之用亚刺伯语，满洲人之用汉语，实际上未尝没有改变国语的例，但他们自有特殊的情况，更加以长远的时间，才造成这个结果，倘若在平常的时地想人为地求成功，当然是不能达到的。一民族之运用其国语以表现情思，不仅是文字上的便利，还有思想上的便利更为重要：我们不但以汉语说话作文，并且以汉语思想，所以便用这言语去发表这思想，较为自然而且充分。至于言语的职分本来在乎自然而且充分地表现思想，能够如此，就可以说是适用了。但是我并不因此而赞成国语神圣的主张，我觉得我们虽然多少受着历史的遗传的束缚，但国语到底是我们国民利用的工具，不是崇拜的偶像。我所以为重要的并不是说民族系统上的固有国语，乃是指现在通行活用，在国民的想法语法上有遗传的影响者，所以汉语固然是汉族的国语，也一样地是满族的国语，因为他们采用了一二百年，早已具备了国语的种种条件与便利，不必再去复兴满语为国语了。使已死的古语复活，正如想改用别国语一样的困难而且不自然。倘以国语为神圣，便容易倾向于崇古或民族主义，一方面对于现在也多取保守的态度，难于改革以求适用。因此我承认现在通用的汉语是国民适用的唯一的国语，但欲求其能负这个重大的责任，同时须有改造的必要。

中国以前用古文，这也是国语，不过是古人的言语，现在没有人说的罢了。思想自思想，文字自文字，写出来的时候中间须经过一道转译的手续，因此不能把想要说的话直接地恰好地达出，这是文言的一个致命伤。文言因为不是活用着的言语，单靠古人的几篇作品做模范，所以成为一套印板似的格式，作文的人将思想去就文章，不能用文章去就思想，从前传说有许多科甲出身的人不能写一封通畅的家信，的确并不是笑话，便是查考现在学校的国文成绩也差不多都是如此。改用国语教授当然可以没有这个弊病了，但是现在的简单的国语，就已足用，能应表现复杂微密的思想之需要了么？这是一个疑问。目下关于国语的标准问题，大家颇有争论，京音国音之争大约已可解决，但是国语的本身问题却还未确定；有的主张以明清小说的文章为主，有的主张以现代民间的言语为主：这两说虽然也有理由，却都不免稍偏于保守，太贪图容易了。明清小说里原有好的文学作品，而且又是国语运动以前的国语著作，特别觉得有价值，然而他们毕竟只是我们所需要的国语的资料，不能作为标准。区区二三百年的时日，未必便是通行的障碍，其最大的缺点却在于文体的单调。大家都知道文章的形式与内容是极有关系的，韵文与散文的界限无论如何变换，抒情的诗与叙事的赋这两种性质总是很明显的，在外形上也就有这分别。明清小说专是叙事的，即使在这一方面有了完全的成就，也还不能包括全体；我们于叙事以外还需要抒情与说理的文字，这便非是明清小说所能供给的了。其次，现代民间的言语当然是国语的基本，但也不能就此满足，必须更加以改造，才能适应现代的要求。常见有许多人反对现在的白话文，以为过于高深复杂，不过"之"改为"的"，"乎"改为"么"，民众仍旧不能了解。现在的白话文诚然是不能满足，但其缺点乃是在于还未完善，还欠高深复杂，而并非过于高深复杂。我们对于国语的希望，是在他的能力范围内，尽量地使他化为高深复杂，足以表现一切高尚精微的感情与思想，做艺术学问的工具，一方面再依这个标准去教育，使最大多数的国民能够理解及运用这国语，做他们各自相当的事业。或者以为提倡国语乃是专在普及而不在提高，是准了现在大多数的民众智识的程度去定国语的形式的内容，正如光绪中间的所谓白话运动一样，那未免是大错了。那时的白话运动是主张知识阶级仍用古文，专以白话供给不懂古文的民众；现在的国语运动却主张国民全体都用国语，因为国语的作用并不限于供给民众以浅近的教训与知识，还要以此为建设文化之用，当然非求完备不可，不能因陋就简地即为满足了。我们决不看轻民间的言语，以为粗俗，但是言辞贫弱，组织单纯，不能叙复杂的事实，抒微妙的情思，这是无可讳言的。民间的歌谣自有其特殊的价值，但这缺点也仍是显著，我曾在《中国民歌的价值》（见《学艺》第二卷）一篇短文里说过："久被蔑视的俗语，未经文艺上的运用，便缺乏细腻的表现力，以致变成那种幼稚的文体，而且将意思也连累了。……所以我要说明，中国情歌的坏处，大半由于文辞的关系。"民间的俗语，正如明清小说的白话一样，是现代国语的资料，是其分子而非全体。现代国语须是合古今中外的分子融合而成的一种中国语。

想建设这种现代的国语，须得就通用的普通语上加以改造，大约有这几个重要的项目，可以注意。

一、采纳古语。现在的普通语虽然暂时可以勉强应用，但实际上言辞还是很感缺乏，非竭力地使他丰富起来不可。这个补充方法虽有数端，第一条便是采纳古语。无理地使不必要的古语复活，常会变成笑柄，如希腊本了革命的复古精神，驱逐外来语，以古文字代之，以致雅俗语重复存在，反为不便，学生在家吃面包（Psōmion）而在学校须读作别物（Artos 系古文）。但这是俗语已有而又加入古语，以致重出，倘若俗语本缺而以古语补充，便没有什么问题了。中国白话中所缺的大约不是名词等，乃是形容词助动词一类以及助词虚字，如寂寞，朦胧，蕴藉，幼稚等字都缺少适当的俗语，便应直接地采用；然而，至于，关于，况且，岂不，而等字，平常在"斯文"人口里也已用惯，本来不成问题，此外"之"字替代"的"字以示区别，"者"替代作名词用的"的"字，"也"字用在注解里，都可以用的。总之只要是必要，而没有简单的复古的意义，便不妨尽量地用进去，即使因此在表面上国语与民间的俗语之距离愈益增加，也不足为意，因为目下求国语丰富适用是第一义，只要能够如此，日后国语教育普及，这个距离自然会缩短而至于无，补充的古语都化为通行的新熟语，更分不出区别来了。但是我虽不赞成古今语的重出，对于通行的同义语，却以为应当听其并存，不必强为统一，譬如疾病，毛病，病痛这三个字，意义虽然一样，其色度略有差异，足以供行文时的选择；不过这也只以通行者为限，若从字典广部里再去取出许多不认得的同义语来，那又是好古太过，不足为训的了。

二、采纳方言。有许多名物动作等言辞，在普通白话中不完备而方言里独具者，应该一律收入，但也当以必要为限。国语中本有此语，唯方言特具有历史的或文艺的意味的，亦可以收录于字典中，以备查考或选用，此外不必过于博采，只听其流行于一地方就是了。方言里的熟语颇有言简意赅的，如江南的"像煞有介事"，早已有人用进文章里去，或者主张正式地录为国语，这固然没有什么不可，不过注音上略为困难，因为用国音读便不成话，大抵只能仍用原音注读才行。至于这些熟语的运用，当然极应注意，正如古奥的故典一般，必须用得恰好，才发生正当的效力，不然反容易毁坏文章的全体风格，在初学者尤非谨慎不可。

三、采纳新名词，及语法的严密化。新名词的增加在中国本是历来常有的事，如唐以前的佛教，清末的欧化都输入许多新名词到中国语里来，现在只需继续进行，创造未曾有过的新语，一面对于旧有的略加以厘定，因为有许多未免太拙笨单调了，应当改良才好。譬如石油普通称作洋油，似不如改称煤油或石油，洋灯也可以改作石油灯，洋火改作火柴，定为国语，旧称不妨听其以方言的资格而存在。中国以前定名多过于草率，往往用一"洋"字去笼罩一切，毫无创造的新味，日常或者可以勉强应用，在统一的文学的国语上便不适宜了。此外艺术学问上的言辞，尽了需要可以尽量地采纳，当初各任自由地使用，随后酌量收录二三个同义语，以便选择，不必取统一的方针。但是最重要的还是在于语法的严密化，因为没有这一个改革，那上边三层办法的效果还是极微，或者是直等于零的。这件事普通称作国语的欧化问题，近年来颇引起一部分人的讨论，虽然不能得到具体的结论，但大抵都已感到这个运动的必要，不过细目上还有多少应该讨论的地方罢了。因为欧化这两个字容易引起误会，所以常有反对的论调，其实系统不同的言语本来决不能同化的，现在所谓欧化实际上不过是根据国语的性质，使语法组织趋于严密，意思益以明了而确切，适于实用。中国语没有语尾变化，有许多结构当然不能与曲折语系的欧文相同，但是根底上的文法原则总是一样，没有东西之分。我们所主张者就是在这一点上。国语大体上颇有与英文相似之处，品词解说不很重要，其最要紧的事件却在词句之分析，审定各个的地位与相互的关系，这在阅读或写作时都是必要，否则只能笼统地得一个大意，没有深切显明的印象。普通有许多新文章，其中尤以翻译为甚，罗列着许多字样，表面上成为一句文句，而细加寻绎，不能理会其中的意思。这大约可以寻出两个理由来，其一是无文法的杂乱，其二是过于文法的杂乱；一是荒弃文法，以致词不达意，一是拘泥文法，便是滥用外国的习惯程式，以致出国语能力以外，等于无意义，这种过与不及的办法都是很应纠正的。我们的理想是在国语能力的范围内，以现代语为主，采纳古代的以及外国的分子，使他丰富柔软，能够表现大概感情思想，至于现在已不通用的古代句法如"未之有也"，或直抄的外国式句法如"我不如想明从意念中"（见诗集《红蔷薇》），都不应加入。如能这样地做去，国语渐益丰美，语法也益精密，庶几可以适应现代的要求了。

关于实行的办法，我想应当分三方面去进行，这本来略有先后，但在现今也不妨同时并进，各自去做。

一、从国语学家方面，编著完备的语法修辞学与字典。字典应打破旧例，以词为单位，又须包含两部，甲以汉字分部，从文字去求音训，乙以注音字母分部，从音去求字训。这种事业最好是由"国语统一筹备会"等机关去担任，不过编纂及印刷的经费也是一种问题；目下不能希望有完成大著出现，但是这方面创始的工作实是刻不容缓了。

二、从文学家方面，独立地开拓，使国语因文艺的运用而渐臻完善，足供语法字典的资料，且因此而国语的价值与势力也始能增重。此外文艺学术的研究评论之文，无论著译，亦于国语发达大有帮助，因为语法之应如何欧化，如何始适于表现这些高深的事理，都须经过试验才有标准，否则不曾知道此中甘苦，随意地赞成或反对，无一是处。

三、从教育家方面，实际地在中小学建立国语的基本。我的意见以为国语教育的目的，当在使学生人人能以国语自由地表现自己的意思，能懂普通古文，看古代的书。小学以国语为主，中学可以并进，不应偏于一面。国语学得很好，而古文一点不懂的人，现在还未曾见过，但是念形式的古文而不懂古书的意义，写形式的古文而不能抒自己的胸臆的人，在中学毕业生中却是多有，据升学试验的约略的统计，总有百分之八十。这便是以前偏重古文的流弊，至今还未能除去，所以国语教育的工具与材料现在虽然还未足用，但是治标的一种改革却也是必要了。以前的教国文是道德教育的一种变相，所教给学生的东西是纲常名分，不是语言文字，现在应当大加改变，认定国语教育只是国语教育，所教给学生的是怎样表现自己的和理解别人的意思，这是唯一的目的，其余的好处都是附属的。在国语字典和语法还没有一部出版的今日，教育家的困难是可以想见的，但是正因为是青黄不接的时代，教育家的责任也更为重大，不得不勉为其难，兼作国语学家一部分的事业，一面直接应用在教育上，一面也就间接地帮助国语改造的早日完成了。

我于国语学不是专门研究，所以现在所说的很是粗浅，只是贡献个人的意见罢了。我对于国语的各方面问题的意见，是以"便利"为一切的根据。为便利计，国民应当用现代国语表现自己的意思，凡复兴古文或改用外国语等的计划都是不行的，这些计划如用强迫也未始不可实现，但我觉得没有这个必要，因为成效还很可疑，牺牲却是过大了。为便利计，现在中国需要一种国语，尽他能力的范围内，容纳古今中外的分子，成为言辞充足、语法精密的言文，可以应现代的实用。总之我们只求实际上的便利，一切的方法都从这一点出来，此外别无什么理论的限制。照理想说来，我们也希望世界大同，有天下书同文的一天，但老实说这原来只是理想，若在事实上则统一的万国语之下必然自有各系的国语，正如统一的国语之下必然仍有各地的方言一样；将来的解决方法，只需国民于方言以外必习国语，各国民于国语以外再习万国语，理想便可达到，而于实行上也没有什么障碍，因为我相信普通的中国人于方言外学习国语，于国语外学习万国语（或一种别的外国语），并不是什么难事。——不过这第一要是普通人，不是异常，多少低能的人，第二要合法地学习才好；这都是很重大的问题，要等候专门学者的研究与指示了。

娼女礼赞

这个题目，无论如何总想不好，原拟用古典文字写作 Apologia pro Pornês，或以国际语写之，则为 Apologia pro Prostituistino，但都觉得不很妥当，总得用汉文才好，因此只能采用这四个字。虽然礼赞应当是 Enkomion 而不是 Apologia，但也没有法子了。

民国十八年四月吉日，于北平

贯华堂古本《水浒传》第五十回叙述白秀英在郓城县勾栏里说唱笑乐院本，参拜了四方，拍下一声界方，念出四句定场诗来：

新鸟啾啾旧鸟归，老羊羸瘦小羊肥，
人生衣食真难事，不及鸳鸯处处飞。

雷横听了喝声彩，金圣叹批注很称赞道好，其实我们看了也的确觉得不坏。或有句云，世事无如吃饭难，此事从来远矣。试观天下之人，固有吃饱得不能再做事者，而多做事却仍缺饭吃的朋友，盖亦比比然也。尝读民国十年十月廿一日《觉悟》上所引德国人柯祖（Kautzky）的话：

62

资本家不但利用她们（女工）的无经验，给她们少得不够自己开销的工钱，而且对她们暗示，或者甚至明说，只有卖淫是补充收入的一个法子。在资本制度之下，卖淫成了社会的台柱子。

我想，资本家的意思是不错的。在资本制度之下，多给工资以致减少剩余价值，那是断乎不可，而她们之需要开销亦是实情：那么还有什么办法呢，除了设法补充？圣人有言，饮食男女，人之大欲存焉。世之人往往厄于贫贱，不能两全，自手至口，仅得活命，若有人为"煮粥"，则吃粥亦即有两张嘴，此穷汉之所以兴叹也。若夫卖淫，乃寓饮食于男女之中，犹有鱼而复得兼熊掌，岂非天地间仅有的良法美意，吾人欲不喝彩叫好又安可得耶？

美国现代批评家里有一个姓们肯（Mencken）的人，他也以为卖淫是很好玩的。《妇人辩护论》第四十三节是讲花姑娘的，他说卖淫是这些女人所可做的最有意思的职业之一，普通娼妇大抵喜欢她的工作，决不肯去和女店员或女堂倌调换位置。先生女士们觉得她是堕落了，其实这种生活要比工场好，来访的客也多比她的本身阶级为高。我们读西班牙伊巴涅支（Ibanez）的小说《侈华》，觉得这不是乱说的话。们肯又道：

牺牲了贞操的女人，别的都是一样，比保持贞洁的女人却更有好的机会，可以得到确实的结婚。这在经济的下等阶级的妇女特别是如此。她们一同高等阶级的男子接近，——这在平时是不容易，有时几乎是不可能的，——便能以女性的稀奇的能力逐渐收容那些阶级的风致趣味与意见。外宅的女子这样养成姿媚，有些最初是姿色之恶俗的交易，末了成了正式的结婚。这样的结婚数目在实际比表面上所发现者要大几倍，因为两边都常努力想隐藏他们的事实。

那么，这岂不是"终南捷径"，犹之绿林会党出身者就可以晋升将官，比较陆军大学生更是阔气百倍乎。

哈耳波伦（Heilborn）是德国的医学博士，著有一部《异性论》，第三篇是论女子的社会的位置之发达。在许多许多年的黑暗之后，到了希腊的雅典时代，才发现了一点光明，这乃是希腊名妓的兴起。这种女子在希腊称作赫泰拉（Hetaira），意思是说女友，大约是中国的鱼玄机薛涛一流的人物，有几个后来成了执政者的夫人。

> 因了她们的精练优雅的举止，她们的颜色与姿媚，她们不但超越普通的那些外宅，而且还压倒希腊的主妇，因为主妇们缺少那优美的仪态，高等教育，与艺术的理解。而女友则有此优长，所以在短时期中使她们在公私生活上占有极大的势力。

哈耳波伦结论道："这样，欧洲妇女之精神的与艺术的教育因卖淫制度而始建立。赫泰拉的地位可以算是所谓妇女运动的起始。"这样说来，柯祖基的资本家真配得高兴，他们所提示的卖淫原来在文化史上有这样的意义。虽然这上边所说的光荣的营业乃是属于"非必要"的，独立的游女部类，与那徒弟制包工制的有点不同。们肯的话注解得好，"凡非必要的东西在世上常得尊重，有如宗教，时式服装，以及拉丁文法"，故非为糊口而是营业的卖淫自当有其尊严也。

总而言之，卖淫足以满足大欲，获得良缘，启发文化，实在是不可厚非的事业，若从别一方面看，她们似乎是给资本主义背了十字架，也可以说是为道受难，法国小说家路易非立（Louis Philippe）称她们为可怜的小圣女，虔敬得也有道理。老实说，资本主义是神人共佑，万打不倒的，而有些诗人空想家又以为非打倒资本主义则妇女问题不能根本解决。夫资本主义既有万年有道之长，所有的办法自然只有讴歌过去，拥护现在，然则卖淫之可得而礼赞也盖彰彰然矣。无论雷横的老母怎样骂为"千人骑万人压乱人入的贼母狗",但在这个世界上,白玉乔所说的"歌舞吹弹普天下伏侍看官"总不失为最有效力最有价值的生活法。我想到书上有一句话道,"夫人,内掌柜,姨太太,校书等长短期的性的买卖,真是滔滔者天下皆是",恐怕女同志们虽不赞成我的提示,也难提出抗议。我又记起友人传述劝卖男色的古歌,词虽粗鄙,亦有至理存焉,在现今什么都是买卖的世界,我们对于卖什么东西的能加以非难乎?日本歌人石川啄木不云乎:

> 我所感到不便的,不仅是将一首歌写作一行这一件事情。但是我在现今能够如意地改革,可以如意地改革的,不过是这桌上的摆钟砚台墨水瓶的位置,以及歌的行款之类罢了。说起来,原是无可无不可的那些事情罢了。此外真是使我感到不便,感到苦痛的种种的东西,我岂不是连一个指头都不能触他一下么?不但如此,除却对了他们忍从屈服,继续地过那悲惨的二重生活以外,岂不是更没有别的生于此世的方法么?我自己也用了种种的话对于自己试为辩解,但是我的生活总是现在的家族制度,阶级制度,资本制度,知识买卖制度的牺牲。(见《陀螺》二二〇页)

哑巴礼赞

俗语云，"哑巴吃黄连"，谓有苦说不出也。但又云，"黄连树下弹琴"，则苦中作乐，亦是常有的事，哑巴虽苦于说不出话，盖亦自有其乐，或者且在吾辈有嘴巴人之上，未可知也。

普通把哑巴当作残废之一，与一足或无目等视，这是很不公平的事。哑巴的嘴既没有残，也没有废，他只是不说话罢了。《说文》云："瘖，不能言病也。"就是照许君所说，不能言是一种病，但这并不是一种要紧的病，于嘴的大体用处没有多大损伤。查嘴的用处大约是这几种，（一）吃饭，（二）接吻，（三）说话。哑巴的嘴原是好好的，既不是缺少舌尖，也并不是上下唇连成一片，那么他如要吃喝，无论番菜或是"华餐"，都可以尽量受用，决没有半点不便，所以哑巴于个人的荣卫上毫无障碍，这是可以断言的。至于接吻呢？既如上述可以自由饮啖的嘴，在这件工作当然也无问题，因为如荷兰威耳德（Van de Velde）医生在《圆满的结婚》第八章所说，接吻的种种大都以香味触三者为限，于声别无关系，可见哑巴不说话之绝不妨事了。归根结蒂，哑巴的所谓病还只是在"不能言"这一点上。据我看来，这实在也不关紧要。人类能言本来是多此一举，试看两间林林总总，一切有情，莫不自遂其生，各尽其性，何曾说一句话。古人云："猩猩能言，不离禽兽，鹦鹉能言，不离飞鸟。"可怜这些畜生，辛辛苦苦，学了几句人家的口头语，结果还是本来的鸟兽，多被圣人奚落一番，真是何苦来。从前四只眼睛的仓颉先生无中生有地造文字，害得好心的鬼哭了一夜，我怕最初类猿

66

人里那一匹直着喉咙学说话的时候，说不定还着实引起了原始天尊的长叹了呢。人生营营所为何事，"饮食男女，人之大欲存焉"，既于大欲无亏，别的事岂不是就可以随便了么？中国处世哲学里很重要的一条是，多一事不如少一事，如哑巴者，可以说是能够少一事的了。

语云："病从口入，祸从口出。"说话不但于人无益，反而有害，即此可见。一说话，话中即含有臧否，即是危险，这个年头儿，人不能老说"我爱你"等甜美的话，——况且仔细检查，我爱你即含有我不爱他或不许他爱你等意思，也可以成为祸根。哲人见客寒暄，但云"今天天气……哈哈哈"，不再加说明，良有以也，盖天气虽无知，唯说其好坏终不甚妥，故以一笑了之。往读杨恽《报孙会宗书》，但记其"种一顷豆，落而为萁"等语，心窃好之，却不知杨公竟因此而腰斩，犹如湖南十五六岁的女学生们以读《落叶》（系郭沫若的，非徐志摩的《落叶》）而被枪决，同样地不可思议。然而这个世界就是这样不可思议的世界，其奈之何哉。几千年来受过这种经验的先民留下遗训曰，"明哲保身"。几十年来看惯这种情形的茶馆贴上标语曰，"莫谈国事"。吾家金人三缄其口，二千五百年来为世楷模，声闻弗替。若哑巴者岂非今之金人欤？

常人以能言为能，但亦有因装哑巴而得名者，并且上下古今这样的人并不很多，即此可知哑巴之难能可贵了。第一个就是那鼎鼎大名的息夫人。她以倾国倾城的容貌，做了两任王后，她替楚王生了两个儿子，可是没有对楚王说一句话。喜欢和死了的古代美人吊膀子的中国文人于是大做特做其诗，有的说她好，有的说她坏，各自发挥他们的臭美，然而息夫人的名声也就因此大起来了。老实说，这实是妇女生活的一场悲剧，不但是一时一地一人的事情，差不多就可以说是妇女全体的运命的象征。易卜生所作《玩偶之家》一剧中女主人公娜拉说，她想不到自己竟替漠不相识的男子生了两个子女，这正是息夫人的运命，其实也何尝不就是资本主义下的一切妇女的运命呢。还有一位不说话的，是汉末隐士姓焦名先的便是。吾乡金古良作《无双谱》，把这位隐士收在里面，还有一首赞题得好：

> 孝然独处，绝口不语，默隐以终，笑杀狐鼠。

并且据说"以此终身，至百余岁"，则是装了哑巴，既成高士之名，又享长寿之福，哑巴之可赞美盖彰彰然明矣。

世道衰微，人心不古，现今哑巴也居然装手势说起话来了。不过这在黑暗中还是不能用，不能说话。孔子曰："邦无道，危行言逊。"哑巴其犹行古之道也欤。

麻醉礼赞

麻醉，这是人类所独有的文明。书上虽然说，斑鸠食桑葚则醉，或云，猫食薄荷则醉，但这都是偶然的事，好像是人错吃了笑菌，笑得个一塌糊涂，并不是成心去吃了好玩的。成心去找麻醉，是我们万物之灵的一种特色，假如没有这个，人之所以异于禽兽者几希了。

麻醉有种种的方法。在中国最普通的一种是抽大烟，西洋听说也有文人爱好这件东西，一位散文家的杰作便是烟盘旁边的回忆，另一诗人的一篇《忽不烈汗》的诗也是从芙蓉城的醉梦中得来的。中国人的抽大烟则是平民化的，并不为某一阶级所专享，大家一样地吱吱地抽吸，共享麻醉的洪福，是一件值得称扬的事。鸦片的趣味何在，我因为没有入过黑籍，不能知道，但总是麻苏苏地很有趣罢。我曾见一位烟户，穷得可以，真不愧为鹑衣百结，但头戴一顶瓜皮帽，前面顶边烧成一个大窟窿，乃是沉醉时把头屈下去在灯上烧去的，于此即可想见其陶然之状态了。近代传闻孙馨帅有一队烟兵，在烟瘾抽足的时候冲锋最为得力，则已失了麻醉的意义，至少在我以为总是不足为训的了。

中国古已有之的国粹的麻醉法，大约可以说是饮酒。刘伶的"死便埋我"，可以算是最彻底了，陶渊明的诗也总是三句不离酒，如云"拨置且莫念，一觞聊可挥"，又云"天运苟如此，且进杯中物"，又云"中觞纵遥情，忘彼千载忧，且极今朝乐，明日非所求"，都是很好的例。酒，我是颇喜欢的，不过曾经声明过，殊不甚了解陶然之趣，只是乱喝一番罢了。但是在别人确有麻醉的力量，他能引人着胜地，就是所

69

谓童话之国土。我有两个族叔，尤是这样幸福的国土里的住民。有一回冬夜，他们沉醉归来，走过一乘吾乡所很多的石桥，哥哥刚一抬脚，棉鞋掉了，兄弟给他在地上乱摸，说道："哥哥棉鞋有了。"用脚一踹，却又没有，哥哥道："兄弟，棉鞋汪的一声又不见了！"原来这乃是一只黑小狗，被兄弟当作棉鞋捧了来了。我们听了或者要笑，但他们那时神圣的乐趣我辈外人哪里能知道呢？的确，黑狗当棉鞋的世界于我们真是太远了，我们将棉鞋当棉鞋，自己说是清醒，其实却是极大的不幸，何为可惜十二文钱，不买一提黄汤，灌得倒醉以入此乐土乎。

信仰与梦，恋爱与死，也都是上好的麻醉。能够相信宗教或主义，能够做梦，乃是不可多得的幸福的性质，不是人人所能获得。恋爱要算是最好了，无论何人都有此可能，而且犹如采补求道，一举两得，尤为可喜，不过此事至难，第一须有对手，不比别的只要一灯一盏即可过瘾，所以即使不说是奢侈，至少也总是一种费事的麻醉罢。至于失恋以致反目，事属寻常，正如酒徒呕吐，烟客脾泄，不足为病，所当从头承认者也。末后说到死。死这东西，有些人以为还好，有些人以为很坏，但如当作麻醉品去看时，这似乎倒也不坏。伊壁鸠鲁说过，死不足怕，因为死与我辈没有关系，我们在时尚未有死，死来时我们已没有了。快乐派是相信原子说的，这种唯物的说法可以消除死的恐怖，但由我们看来，死又何尝不是一种快乐，麻醉得使我们没有，这样乐趣恐非醇酒妇人所可比拟的罢？所难者是怎样才能如此麻醉，快乐？这个我想是另一问题，不是我们现在所要谈论的了。

醉生梦死，这大约是人生最上的生活法罢？然而也有人不愿意这样。普通外科手术总用全身或局部的麻醉，唯偶有英雄独破此例，如关云长刮骨疗毒，为世人所佩服，固其宜也。盖世间所有唯辱与苦，茹苦忍辱，斯乃得度。画廊派哲人（Stoics）之勇于自杀，自成宗派，若彼得洛纽思（Petronius）听歌饮酒，切脉以死，虽稍贵族的，故自可喜。达拉思布耳巴（Taras Bulba）长子为敌所获，毒刑致死，临死曰："父亲，你都看见么？"达拉思匿观众中大呼曰："儿子，我都看见！"此则哥萨克之勇士，北方之强也。此等人对于人生细细尝味，如啜苦酒，一点都不含糊，其坚苦卓绝盖不可及，但是我们凡人也就无从追踪了。话又说了回来，我们的生活恐怕还是醉生梦死最好罢。——所苦者我只会喝几口酒，而又不能麻醉，还是清醒地都看见听见，又无力高声大喊，此乃是凡人之悲哀，实为无可如何者耳。

体　罚

　　近来随便读斯替文生（R. L. Stevenson）的论文《儿童的游戏》，首节说儿时的过去未必怎么可惜，因为长大了也有好处，譬如不必再上学校了，即使另外须得工作，也是一样的苦工，但总之无须天天再怕被责罚，就是极大的便宜，我看了不禁微笑，心想他老先生（虽然他死时只有四十四岁）小时候大约很打过些手心罢？美国人类学家洛威（R. H. Iowie）在所著《我们是文明么》第十七章论教育的一章内说，"直到近时为止，欧洲的小学教师常用皮鞋抽打七岁的小儿，以致终身带着伤痕。在十七八世纪，年幼的公侯以至国王都被他们的师傅所凶殴。"譬如亨利第四命令太子的保姆要着实地打他的儿子，因为"世上再没有别的东西于他更为有益"。太子的被打详明地记在账上，例如——

　　一六〇三年十月九日，八时醒，很不听话，初次挨打。
（附注，太子生于一六〇一年九月二十七日。）
　　一六〇四年三月四日，十一时想吃饭。饭拿来时，命搬出去，又叫拿来。麻烦，被痛打。

　　到了一六一〇年五月正式即位，却还不免于被打。王曾曰："朕宁可不要这些朝拜和恭敬，只要他们不再打朕。"但是这似乎是不可能的事。罗素的《教育论》第九章论刑罚，开首即云："在以前直到很近的时代，儿童和少年男女的刑罚认为当然的事，而且一般以为在教育上是必要的。"西洋俗语有云，"省了棍子，坏了孩子"，就是这个意思，据丹麦尼洛普（C. Nyrop）教授的《接吻与其历史》第五章说：

> 不但表示恭敬，而且表示改悔，儿童在古时常命在被打过的棍子上亲吻。凯撒堡（Ceilor von Kaiserberg）在十六世纪时曾这样说过：儿童被打的时候，他们和棍子亲吻，说道，——
> 亲爱的棍子，忠实的棍子，
> 没有你老，我哪能变好。
> 他们和棍子亲吻，而且从上边跳过，是的，而且从上边蹦过。

这个教育上的打，自天子以至于庶人，从上古直到近代，大约是一律通行，毫无疑问的。听说琼生博士（Samuel Johnson）很称赞一个先生，因为从前打他打得透而且多。卢梭小时候被教师的小姐打过几次屁股，记在《忏悔录》里，后来写《爱弥儿》，提倡自由教育，却也有时主张要用严厉的处置，——我颇怀疑他是根据自己的经验，或者对于被打者没有什么恶意，也未可知。据罗素说，安诺德博士（即是那个大批评家的先德）对于改革英国教育很有功绩，他减少体罚，但仍用于较幼的学生，且以道德的犯罪为限，例如说诳，喝酒，以及习惯地偷懒。有一杂志说体罚使人堕落，不如全废，安诺德博士愤然拒绝，回答说：

> 我很知道这些话的意思，这是根据于个人独立之傲慢的意见，这是既非合理，也不是基督教的，而是根本的野蛮的思想。

他的意思是要养成青年精神的单纯，清醒谦卑，罗素却批注了一句道，由他训练出来的学生那么很自然地相信应该痛打印度人了，在他们缺少谦卑的精神的时候。

我们现在回过来看看中国是怎样呢？棒头出孝子这句俗语是大家都晓得的，在父为子纲的中国厉行扑作教刑，原是无疑的事，不过太子和小皇帝是否也同西国的受教训，那是不明罢了。我只听说光绪皇帝想逃出宫，被太监拦住，拔住御辫拉了回来，略有点儿相近，至于拉回宫去之后有否痛打仍是未详。现在暂且把高贵的方面搁起，单就平民的书房来找材料，亦可以见一斑。材料里最切实可靠的当然是自己的经验，不过不知怎的，大约因为我是稳健派的缘故罢，虽然从过好几个先生，却不曾被打过一下，所以没有什么可说，那么自然只能去找间接的，也就是次等的材料了。

普通在私塾的宪法上规定的官刑计有两种，一是打头，一是打手心。有些考究的先生有两块戒方，即刑具，各长尺许，宽约一寸，一薄一厚。厚的约可五寸，用以敲头，在书背不出的时候，落在头角上，嘣然一声，可以振动迟钝的脑筋，发生速力，似专作提撕之用，不必以刑罚论。薄的一块则性质似乎官厅之杖，以扑犯人之掌，因板厚仅二三分，故其声清脆可听。通例，犯小罪，则扑十下，每手各五，重者递加。我的那位先生是通达的人，那两块戒尺是紫檀的，处罚也很宽，但是别的塾师便大抵只有一块毛竹的板子，而且有些凶残好杀的也特别打得厉害，或以桌角抵住手背，以左手提其指力向后拗，令手心突出而拼命打之。此外还有类似非刑的责法，如跪钱板或螺蛳壳上等皆是。传闻曾祖辈中有人，固学生背书不熟，以其耳夹门缝中，推门使阖，又一叔辈用竹枝鞭学生血出，取擦牙盐涂其上，结果二人皆被辞退。此则塾师内的酷吏传的人物，在现今青天白日的中国总未必再会有的罢。

可是，这个我也不大能够担保。我不知道现在社会上的一切体罚是否都已废止？笞杖枷号的确久已不见了，但是此外侦查审问时的拷打，就是所谓"做"呢，这个我不知道。普通总是官厅里的苦刑先废，其次才是学校，至于家庭恐怕是在最后，——而且也不知到底废得成否，特别是这永久"伦理化"的民国。在西洋有一个时候把儿童当作小魔鬼，种种地想设法克服他，中国则自古至今将人都作魔鬼看，不知闹到何时才肯罢休。我回想斯替文生的话，觉得他真舒服极了，因为他不去上学校之后总可以无须天天再怕被责罚了。

论八股文

我查考中国许多大学的国文学系的课程，看出一个同样的极大的缺陷，便是没有正式的八股文的讲义。我曾经对好几个朋友提议过，大学里——至少是北京大学应该正式地"读经"，把儒教的重要的经典，例如易，诗，书，一部部地来讲读，照在现代科学知识的日光里，用言语历史学来解释他的意义，用"社会人类学"来阐明他的本相，看他到底是什么东西，此其一。在现今大家高呼伦理化的时代，固然也未必会有人胆敢出来提倡打倒圣经，即使当日真有"废孔于庙罢其祀"的呼声，他们如没有先去好好地读一番经，那么也还是白呼的。我的第二个提议即是应该大讲其八股，因为八股是中国文学史上承先启后的一个大关键，假如想要研究或了解本国文学而不先明白八股文这东西，结果将一无所得，既不能通旧的传统之极致，亦遂不能知新的反动之起源，所以，除在文学史大纲上公平地讲过之外，在本科二三年应礼聘专家讲授八股文，每周至少二小时，定为必修科，凡此课考试不及格者不得毕业。这在我是十二分的诚实的提议，但是，鸣呼哀哉，朋友们似乎也以为我是以讽刺为业，都认作一种玩笑的话，没有一个肯接受这个条陈。固然，人选困难的确也是一个重要的原因，精通八股的人现在已经不大多了，这些人又未必都适于或肯教，只有夏曾佑先生听说曾有此意，然而可惜这位先觉早已归了道山了。

八股文的价值却决不因这些事情而跌落，他永久是中国文学——不，简直可以大胆一点说中国文化的结晶，无论现在有没有人承认这个事实，这总是不可遮掩的明白的事实。八股算是已经死了，不过，他正如童话里的妖怪，被英雄剁作几块，他老人家整个是不活了，那一块一块的却都活着，从那妖形妖势上面看来，可以证明老妖的不死。我们先从汉字看起，汉字这东西与天下的一切文字不同，连日本朝鲜在内：他有所谓六书，所以有象形会意，有偏旁；有所谓四声，所以有平仄。从这里，必然地生出好些文章上的把戏。有如对联，"云中雁"对"鸟枪打"这种对法，西洋人大抵还能了解。至于红可以对绿而不可以对黄，则非黄帝子孙恐怕难以懂得了。有如灯谜，诗钟。再上去，有如律诗，骈文，已由文字游戏而进于正宗的文学。自韩退之文起八代之衰，化骈为散之后，骈文似乎已交末运，然而不然：八股文生于宋，至明而少长，至清而大成，实行散文的骈文化，结果造成一种比六朝的骈文还要圆熟的散文诗，真令人有观止之叹。而且破题的做法差不多就是灯谜，至于有些"无情搭"显然须应用诗钟的手法才能奏效，所以八股不但是集合古今骈散的精华，凡是从汉字的特别性质演出的一切微妙的游艺也都包括在内，所以我们说他是中国文学的结晶，实在是没有一丝一毫的虚价。民国初年的文学革命，据我的解释，也原是对于八股文化的一个反动，世上许多褒贬都不免有点误解，假如想了解这个运动的意义而不先明了八股是什么东西，那犹如不知道清朝历史的人想懂辛亥革命的意义，完全是不可能的了。

其次，我们来看一看八股里的音乐的分子。不幸我于音乐是绝对的门外汉，就是顶好的音乐我听了也只是不讨厌罢了，全然不懂他的好处在哪里，但是我知道，中国国民酷好音乐，八股文里含有重量的音乐分子，知道了这两点，在现今的谈论里也就勉强可以对付了。我常想中国人是音乐的国民，虽然这些音乐在我个人偏偏是不甚喜欢的。中国人的戏迷是实在的事，他们不但在戏园子里迷，就是平常一个人走夜路，觉得有点害怕，或是闲着无事的时候，便不知不觉高声朗诵出来，是《空城计》的一节呢，还是《四郎探母》，因为是外行我不知道，但总之是唱着什么就是。昆曲的句子已经不大高明，皮黄更是不行，几乎是"八部书外”的东西，然而中国的士大夫也乐此不疲，虽然他们如默读脚本，也一定要大叫不通不止，等到在台上一发声，把这些不通的话拉长了，加上丝弦家伙，他们便觉得滋滋有味，颠头摇腿，至于忘形：我想，这未必是中国的歌唱特别微妙，实在只是中国人特别嗜好节调罢。从这里我就联想到中国人的读诗，读古文，尤其是读八股的上面去。他们读这些文章时的那副情形大家想必还记得，摇头摆脑，简直和听梅畹华先生唱戏时差不多，有人见了要诧异地问，哼一篇烂如泥的烂时文，何至于如此快乐呢？我知道，他是麻醉于音乐里哩。他读到这一出股：“天地乃宇宙之乾坤，吾心实中怀之在抱，久矣夫千百年来已非一日矣，溯往事以追维，曷勿考记载而诵诗书之典要。”耳朵里只听得自己琅琅的音调，便有如置身戏馆，完全忘记了这些狗屁不通的文句，只是在抑扬顿挫的歌声中间三魂渺渺七魄茫茫地陶醉着了。（说到陶醉，我很怀疑这与抽大烟的快乐有点相近，只可惜现在还没有充分的材料可以证明。）再从反面说来，做八股文的方法也纯粹是音乐的。他的第一步自然是认题，用做灯谜诗钟以及喜庆对联等法，检点应用的材料，随后是选谱，即选定合宜的套数，按谱填词，这是极重要的一点。从前的一个族叔，文理清通，而屡试不售，遂发愤用功，每晚坐高楼上朗读文章（《小题正鹄》?），半年后应府县考皆列前茅，次年春间即进了秀才。这个很好的例可以证明八股是文义轻而声调重，做文的秘诀是熟记好些名家旧谱，临时照填，且填且歌，跟了上句的气势，下句的调子自然出来，把适宜的平仄字填上去，便可成为上好时文了。中国人无论写什么都要一面吟哦着，也是这个缘故，虽然所做的不是八股，读书时也是如此，甚至读家信或报章也非朗诵不可，于此更可以想见这种情形之普遍了。

其次，我们再来谈一谈中国的奴隶性罢。几千年的专制养成很顽固的服从与模仿根性，结果是弄得自己没有思想，没有话说，非等候上头的吩咐不能有所行动，这是一般的现象，而八股文就是这个现象的代表。前清末年有过一个笑话，有洋人到总理衙门去，出来了七八个红顶花翎的大官，大家没有话可讲，洋人开言道："今天天气好。"首席的大声答道："好。"其余的红顶花翎接连地大声答道好好好……其声如狗叫云。这个把戏，是中国做官以及处世的妙诀，在文章上叫作"代圣贤立言"，又可以称作"赋得"，换句话就是奉命说话。做"制艺"的人奉到题目，遵守"功令"，在应该说什么与怎样说的范围之内，尽力地显出本领来，显得好时便是"中式"，就是新贵人的举人进士了。

我们不能轻易地笑前清的老腐败的文物制度，他的精神在科举废止后在不曾见过八股的人们的心里还是活着。吴稚晖公说过，中国有土八股，有洋八股，有党八股，我们在这里觉得未可以人废言。在这些八股做着的时候，大家还只是旧日的士大夫，虽然身上穿着洋服，嘴里咬着雪茄。要想打破一点这样的空气，反省是最有用的方法，赶紧去查考祖先的窗稿，拿来与自己的大作比较一下，看看土八股究竟死绝了没有，是不是死了之后还是夺舍投胎地复活在我们自己的心里。这种事情恐怕是不大愉快的，有些人或者要感到苦痛，有如洗刮身上的一个大疔疮。这个，我想也可以各人随便，反正我并不相信统一思想的理论，假如有人怕感到幻灭之悲哀，那么让他仍旧把膏药贴上也并没有什么不可罢。

总之，我是想来提倡八股文之研究，纲领只此一句，其余的说明可以算是多余的废话，其次，我的提议也并不完全是反话或讽刺，虽然说得那么的不规矩相。

论 骂 人

有一天，一个友人问我怕骂否。我答说，从前我骂人的时候，当然不能怕被人家回骂，到了现在不再骂人了，觉得骂更没有什么可怕了，友人说这上半是"瓦罐不离井上破"的道理，本是平常，下半的话有李卓吾的一则语录似乎可作说明。这是李氏《焚书》附录《寒灯小话》的第二段，其文如下：

> 是夜（案第一段云九月十三夜）怀林侍次，见有猫儿伏在禅椅之下，林曰，这猫儿日间只拾得几块带肉的骨头吃了，便知痛他者是和尚，每每伏在和尚座下而不去。和尚叹曰，人言最无义者是猫儿，今看养他顾他时，他即恋着不去，以此观之，猫儿义矣。林曰，今之骂人者动以禽兽奴狗骂人，强盗骂人，骂人者以为至重，故受骂者亦目为至重，吁，谁知此岂骂人语也。夫世间称有义者莫过于人，你看他威仪礼貌，出言吐气，好不和美，怜人爱人之状。好不切至，只是还有一件不如禽兽奴狗强盗之处。盖世上做强盗者有二，或被官司逼迫，怨气无伸，遂尔遁逃，或是盛有才力，不甘人下，倘有一个半个怜才者，使之得以效用，彼必杀身图报，不宜忘恩矣。然则以强盗骂人，是不为骂人了，是反为赞叹称美其人了也。狗虽人奴，义性尤重，守护家主，逐亦不去，不与食吃，彼亦无嗔，自去吃屎，将就度日，所谓狗不厌家贫是也。今以奴狗骂人，

又岂当乎？吾恐不是以狗骂人，反是以人骂狗了也。至于奴之一字，但为人使而不足以使人者咸谓之奴。世间曷尝有使人之人哉？为君者汉唯有孝高孝文孝武孝宣耳，余尽奴也，则以奴名人，乃其本等名号，而反怒人，何也？和尚谓禽兽畜生强盗奴狗既不足以骂人，则当以何者骂人，乃为恰当。林遂引数十种，如蛇如虎之类，俱是骂人不得者，直商量至夜分，亦竟不得。乃叹曰，呜呼，好看者人也，好相处者人也，只是一副肚肠甚不可看不可处。林曰，果如此，则人真难形容哉。世谓人皮包倒狗骨头，我谓狗皮包倒人骨头，未审此骂何如？和尚曰，亦不足以骂人。遂去睡。

此文盖系怀林所记，《坚瓠集》甲三云："李卓吾侍者怀林甚颖慧，病中作诗数首，袁小修随笔载其一绝云，哀告太阳光，且莫急如梭，我有禅未参，念佛尚不多。亦可念也。"所论骂人的话也很聪明，要是仔细一想，人将真有无话可骂之概，不过我的意思并不是完全一样，无话可骂固然是一个理由，而骂之无用却也是别一个理由。普通的骂除了极少数的揭发阴私以外都是咒诅，例如什么杀千刀，乌焦火灭啦，什么王八兔子啦，以及辱及宗亲的所谓国骂，皆是。——有些人以为国骂是讨便宜，其实不是，我看英国克洛来（E. Crauley）所著《性与野蛮之研究》中一篇文章，悟出我们的国骂不是第一人称的直叙，而是第二人称的命令，是叫他去犯乱伦的罪，好为天地所不容，神人所共嫉，所以王八虽然也是骂的材料之一，而那种国骂中决不涉及他的配偶，可以为证。但是我自从不相信符咒以来，对于这一切诅骂也失了兴趣，觉得只可作为研究的对象，不值得认真地去计较我骂他或他骂我。我用了耳朵眼睛看见听见人家口头或纸上费尽心血地相骂，好像是见了道士身穿八卦衣手执七星木剑划破纸糊的酆都城，或是老太婆替失恋的女郎作法，拿了七支绣花针去刺草人的五官四体，常觉得有点忍俊不禁。我想天下一切事只有理与不理二法，不理便是不理，要理便干脆地打过去。可惜

81

我们礼义之邦另有两句格言，叫作"君子动口，小人动手"，于是有所谓"口诛笔伐"的玩意儿，这派的祖师大约是作《春秋》的孔仲尼先生，这位先生的有些言论我也还颇佩服，可是这一件事实在是不高明，至少在我看来总很缺少绅士态度了。本来人类是有点儿夸大狂的，他从四条腿爬变成两条腿走，从吱吱叫变成你好哇，又（不知道其间隔了几千或万年）把这你好哇一画一画地画在土石竹木上面，实在是不容易，难怪觉得了不得，对于语言文字起了一种神秘之感，于是而有符咒，于是而有骂，或说或写。然而这有什么用呢，在我没有信仰的人看来，出出气，这也是或种解释，不过在不见得否则要成鼓胀病的时候这个似乎也非必须。——天下事不能执一而论，凡事有如鸦片，不吃的可以不吃，吃的便非吃不可，不然便要拖鼻泪打呵欠，那么骂不骂也没有多大关系，总之只"存乎其人"罢了。

文字的魔力

中国是文字之国，中国人是文字的国民。这是日本人时常挖苦中国的话，但是我仔细想过觉得并不怎么冤枉。

中国人之善于做应制文诗，章奏状词，传单揭帖等，截至民国十九年止，至少也有二千年的历史了。不过这个暂且搁起不谈，我所想说的只是文字在中国的一种魔力。

据说那位有四只眼睛的仓颉菩萨造字的时候，天雨粟，鬼夜哭，就闹得天翻地覆，惜字圣会的大黄布口袋至今还出现于北平市上，可见不是偶然的事。张天师派的鬼画符，以至夜行不恐的手心的虎字，或者是各地都有类似的花样，等于西洋也有臭虫，但是"对我生财"等标语则似乎是我们的特别国情了。再看通行全国的戏曲小说，其才子佳人一类的结构，无非是小生落难，后花园订百年盟，状元及第，考试院对七字课之流，《平山冷燕》与《花月痕》等书里的主人公，唯一的本领几乎就是吟诗。在秀才阶级支配着思想的中国，虽然实际上还是武帝与财神在执牛耳，文章却有他的虚荣，武帝财神都非仗他拥护不可，有时他们还得屈尊和他来做同伴才行。儒将和儒医一样，有特别的声价，所以说关圣帝君必得说他读《春秋》，说岳爷爷也必得举出他的一首《满江红》来。民国以来这种情形还不大变，如威名盖世的吴子玉先生和冯焕章先生都有一部诗集出世，即是很好的例子。

诸暨蒋观云先生在《新民丛报》上咏卢骚曰："文字成功日，全球革命潮。"其是之谓欤？

谈 策 论

自从吴稚晖先生提出"土八股""洋八股"的名称以来，大家一直沿用，不曾发生过疑问，因为这两种东西确实存在，现在给他分类正名，觉得更是明了了。但是我有时不免心里纳闷，这两个名称虽好，究竟还是诨名，他们的真姓名该是什么。土八股我知道即是经义，以做成散文赋似的八对股得名；可是洋八股呢，这在中国旧名词里叫作什么的呢？无意之中，忽然想到，真是——踏破铁鞋无觅处，得来全不费工夫，原来这洋八股的本名就只是策论。顶好的证据是，前清从前考试取士用八股文，后来维新了要讲洋务的时候改用策论，二者同是制艺或功令文，而有新旧之别，亦即是土洋之异矣。不过这个证据还是随后想到的，最初使我得到这新发现的是别人的偶然一句闲话。我翻阅冯班的《钝吟杂录》，卷一《家戒》上有一则，其上半云：

> 士人读书学古，不免要作文字，切忌勿作论。成败得失，古人自有成论，假令有所不合，阙之可也，古人远矣，目前之事犹有不审，况在百世之下而欲悬定其是非乎。

何义门评注云："此亦名言。"此其所以为名言据我想是在于教人切勿作论。作策论的弊病我也从这里悟出来，这才了解了与现代洋八股的关系。同是功令文，但作八股文使人庸腐，作策论则使人谬妄，其一重在模拟服从，其一则重在胡说乱道也。专作八股文的结果只学会按谱填词，应拍起舞，里边全没有思想，其作八股文而能胡说乱道者仍靠兼作策论之力也。八股文的题目只出在经书里，重要的实在还只是四书，策论范围便很大了，历史政治伦理哲学玄学是一类，经济兵制水利地理天文等是一类，一个人哪里能够知道得这许多，于是只好以不知为知，后来也就居然自以为知，胡说乱道之后继以误国殃民，那些对空策的把"可得而言欤"改作"可得而言也"去交卷，还只庸腐而已，比较起来无妨从轻发落。钝吟上边所说单是史论一种，弊病已经很大，或者这本来是策论中顶重要的一种也未可知。我们小时候学作管仲论汉高祖论，专门练习舞文弄墨的勾当，对于古代的事情胡乱说惯了，对于现在的事情也那么地说，那就很糟糕了。洋八股的害处并不在他的无聊瞎说，乃是在于这会变成公论。《朱子语类》中有云：

> 秀才好论事，朝廷才做一事，哄哄地哄过了又只休，凡事皆然。

又云：

> 真能者未必能言，文士虽未必能，却口中说得，笔下写得，足以动人所闻，多至败事。

可见宋朝已是如此，但是时代远了，且按下不表，还是来引近时的例罢。"芦泾遁士"原是清季浙西名士，今尚健在，于光绪甲午乙未之际著《求己录》三卷，盖取孟子祸福无不自己求之之意，其卷下《言公论难从》节下有论曰：

> 士大夫平日未尝精究义理，所论虽自谓不偏，断难悉合于正，如《左传》所引君子曰及马班诸史毁誉褒贬，名为公论，大半杂以偏见，故公论实不可凭……夫因循坐误，时不再来，

政事有急宜更张者，乃或徇公论而姑待之，一姑待而机不再来矣。百病婴身，岂容斗力，用兵有明知必败者，乃竟畏公论而姑试之，一姑试而事不可救矣。济济公卿，罕读大学知止之义，胸无定见，一念回护，一念徇俗，甚至涕泣彷徨，终不敢毅然负谤，早挽狂澜，而乘艰危之来巧盗虚名者，其心尤不胜诛。

注中又有云：

> 山左米协麟有言，今日之正言谠论皆三十年后之梦呓笑谈。

自乙未到现在已整四十年了，不知今昔之感当何如，米君的意见似犹近于乐观也。《求己录》下卷中陶君的高见尚多，今不能多引。读书人以为自己无所不知，又反正只是口头笔下用力，无妨说个痛快，此或者亦是人情，然而误事不少矣。古人云，耕当问奴，织当问婢，此即是孔子说吾不如老农老圃之意。何况打仗，这只好问军事专家了，而书生至今好谈兵，盖是秀才的脾气，朱晦庵原也是知道了的。我听说山西有高小毕业会考，国文试题曰明耻教战论，又北平有大学招考新生，国文试题曰国防策。这是道地的洋八股，也是策论的正宗，这样下去大约哄哄地攘臂谈天下事的秀才是不会绝迹的，虽然我们所需要的专门知识与一般常识之养成是很不容易希望做到。

中国向来有几部书我以为很是有害，即《春秋》与《通鉴纲目》，《东莱博议》与胡致堂的《读史管见》，此外是《古文观止》。孔子作《春秋》而乱臣贼子惧，本是一句谎话，朱子又来他一个续编，后世文人作文便以笔削自任，俨然有判官气象，《博议》《管见》乃是判例，《观止》则各式词状也。这样养成的文章思想便是洋八股，其实他还是真正国货，称之曰洋未免冤枉。这种东西不见得比八股文好，势力却更大，生命也更强，因为八股文只寄托在科举上，科举停了也就了结，策论则到处生根，不但不易拔除，且有愈益繁荣之势。他的根便长在中国人的秀才气质上，这叫人家如何能拔乎。我对于洋八股也只能随便谈谈，实在想不出法子奈何他，盖欲木之茂者必先培其本根，而此则本根甚固也。

关于家训

　　古人的家训这一类东西我最喜欢读，因为在一切著述中这总是比较地诚实，虽然有些道学家的也会益发虚假得讨厌。我们第一记起来的总是见于《后汉书》的马援《诫兄子严敦书》，其中有云：

　　龙伯高敦厚周慎，口无择言，谦约节俭，廉公有威，吾爱之重之，愿汝曹效之。杜季良豪侠好义，忧人之忧，乐人之乐，清浊无所失，父丧致客，数郡毕至，吾爱之重之，不愿汝曹效也。效伯高不得，犹为谨敕之士，所谓刻鹄不成尚类鹜者也，效季良不得，陷为天下轻薄子，所谓画虎不成反类狗者也。

　　这段文章本来很有名，因为刻鹄画虎的典故流传很广，但是我觉得有意思的乃是他对于子侄的诚实的态度。他同样地爱重龙伯高杜季良，却希望他们学这个不学那个，这并不是好不好学的问题，实在是在计算利害，他怕豪侠好义的危险，这老虎就是画得像他也是不赞成的。故下文即云：

　　迄今季良尚未可知，郡将下车辄切齿，州郡以为言，吾常为寒心，是以不愿子孙效也。

88

后人或者要笑伏波将军何其胆怯也，可是他的态度总是很老实近人情，不像后世宣传家自己猴子似的安坐在洞中只叫猫儿去抓炉火里的栗子。我常想，一个人做文章，要时刻注意，这是给自己的子女去看去做的，这样写出来的无论平和或激烈，那才够得上算诚实，说话负责任。谢在杭的《五杂组》卷十三有云：

> 今人之教子读书不过取科第耳，其于立身行己不问也。……非独今也，韩文公有道之士也，训子之诗有一为公与相潭潭府中居之句，而俗诗之劝世者又有书中自有黄金屋等语，语愈俚而见愈陋矣。

这也可以算是老实了罢，却又要不得，殆伪善之与怙恶亦犹过与不及欤。

陶集中《与子俨等疏》实是一篇好文章，读下去只恨其短，假如陶公肯写得长一点，成一两卷的书，那么这一定大有可观，《颜氏家训》当不能专美了。其实陶诗多说理，本来也可抵得他的一部语录，我只因为他散文又写得那么好，所以不免起了贪心，很想多得一点看看，乃有此妄念耳。《颜氏家训》成于隋初，是六朝名著之一，其见识情趣皆深厚，文章亦佳，赵敬夫作注将以教后生小子，卢抱经序称其委曲近情，纤悉周备，可谓知言。伍绍棠跋彭兆荪所编《南北朝文钞》云：

> 窃谓南北朝人所著书多以骈俪行之，亦均质雅可诵，如范蔚宗沈约之史论，刘勰《文心雕龙》，钟嵘《诗品》，郦道元《水经注》，杨衒之《洛阳伽蓝记》，斯皆篇章之珠泽，文采之邓林，诚使勒为一书，与此编相辅而行，足为辞章家之圭臬。

这一番话很合我的意思，就只漏了一部《颜氏家训》。伍氏说六朝人的书用骈俪而质雅可诵，我尤赞成，韩愈文起八代之衰，其文章实乃

89

虚骄粗犷，正与质雅相反，即《盘谷序》或《送孟东野序》也是如此。唐宋以来受了这道统文学的影响，一切都没有好事情，家训因此亦遂无什么可看的了。

从前在涵芬楼秘笈中得一读明霍渭崖家训，觉得通身不愉快。此人本是道学家中之蛮悍者，或无足怪，但其他儒先训迪亦是百步五十步之比。在明末清初我遇见了两个人，傅青主与冯钝吟，傅集卷二十五为家训，冯有家戒两卷，又诫子帖遗言等，收在《钝吟杂录》中。青主为明遗老中之铮铮者，通二氏之学，思想通达，非凡夫所及，钝吟虽儒家而反宋儒，不喜宋人论史及论政事文章的意见，故有时亦颇有见解能说话。家戒上第一节类似小引，其下半云：

> 我无行，少年不自爱，不堪为子弟之法式，然自八九岁读古圣贤之书，至今六十余年，所知不少，更历事故，往往有所悟。家有四子，每思以所知示之。少年性快，老人谆谆之言非所乐闻，不至头触屏风而睡，亦已足矣。无如之何，笔之于书，或冀有时一读，未必无益也。

我们再看《颜氏家训》的《序致》第一云：

> 夫圣贤之书教人诚孝，慎言检迹，立身扬名，亦已备矣，魏晋以来所著诸子，理重事复，递相摹效，犹屋下架屋，床上施床耳。吾今所以复为此者，非敢轨物范世也，业以整齐门内，提撕子孙。夫同言而信，信其所亲，同命而行，行其所服。禁童子之暴谑，则师友之诫不如傅婢之指挥，止凡人之斗阋，则尧舜之道不如寡妻之诲谕。吾望此书为汝曹之所信，犹贤于傅婢寡妻耳。

两相比较，颜文自有胜场，冯理却亦可取，盖颜君自信当为子孙所信，冯君则不是这样乐观，似更懂得人情物理也。陶渊明《杂诗》十二首之六云：

　　昔闻长者言，掩耳每不喜，奈何五十年，忽已亲此事。

　　义大利诗人勒阿巴耳地（G. Leopardi）曾云，儿子与父亲决不会讲得来，因为两者年龄至少总要差二十岁。这都足以证明冯君的忧虑不是空的，"无如之何，笔之于书，或冀有时一读"，乃实为写家训的最明达勇敢的态度，其实亦即是凡从事著述者所应取的态度也。古人云，藏之名山传诸其人，原未免太宽缓一点，但急于求效，强聒不舍，至少亦是徒然。诗云：

　　风雨凄凄，鸡鸣喈喈，既见君子，云胡不夷。

　　王瑞玉夫人在《诗问》中释曰："故人未必冒雨来，设辞尔。"钝吟居士之意或亦如此，此正使人觉得可以佩服感叹者也。

谈 错 字

八年前我曾写过一篇杂感小文，是讲两件书里的错字的，其文云：

十八年前用古文所译的匈加利小说《黄蔷薇》于去冬在上海出版了。因为是用古文译的，有些民歌都被译成五言古诗了，第二页上一个牧牛儿所唱的一首译如下文：

不以酒家垆，近在咫尺间。

金樽与玉碗，此中多乐欢。

不以是因缘——

胡尔长流连，不早相归还。

译语固然原也不高明，但刊本第二行下句排成了此中多乐歌，更是不行了。印书有错字本已不好，不过错得不通却还无妨，至多无非令人不懂罢了，倘若错得有意思可讲，那更是要不得。日前读文化学社版的《人间词话笺证》至第十二页，注中引陶渊明《饮酒》诗，末二句云：但恨多谬误，君当恕罪人。

这也错得太有意思了。所以我常是这样想，一本书的价值，排印，校对，纸张装订，要各占二成，书的本身至多才是十分之四，倘若校刊不佳，无论什么好书便都已损失了六分光了。

日前看商务印书馆版的《越缦堂诗话》，卷下之下有一节云：

> 子九兄来，云自芝村回棹过此，诵其身中作一绝云：紫樱桃熟雨如丝，村店村桥人尽时。忽忽梦回舟过市，半江凉水打鸬鹚。绝似带经堂作也。

《诗话》编辑凡例，卷上中及下之上均录自日记，下之下则转录各节抄本，故无年月可考。这一条见于越中文献辑存书第三种《日记钞》之第百零六页，即宣统中绍兴公报社所印，对校一过，字字皆合。读者看了大约都不觉得什么出奇，不过就不知道这子九为何许人罢了。凑巧我却知道，因为我有他的诗集，而且还有两部。子九姓孙名垓，会稽人，有《退宜堂诗集》六卷。上面的诗即在第一卷内，题曰过东浦口占，共有两首，今抄录于下：

> 紫樱桃熟雨如丝，村店村桥入畫时。
> 忽忽梦回船过市，半江凉水打鸬鹚。
>
> 南湖白小论斗量，北湖鲫鱼尺半长。
> 渔船进港鲼船出，水气着衣闻酒香。

这里第一首的第三句里舟与船字面不同，别无什么关系，第二句可就很有问题了。人尽呢，还是入畫呢？这好像是推门与敲门，望南山与见南山，两者之中有一个较好的读法，其实是不然。退宜堂诗系马氏弟兄鸥堂所编订，果庵所校刻，当然该是可信的，那么正当是"入畫时"，虽然这句诗似乎原来有点疲软。"人尽时"倒也幽峭可喜，可是不论这里意思如何，只可惜这两个字太与"入畫"相像了，所以觉得这不是字义之异而乃是字形之讹。那么这难道是越缦老人的错么？也未必。早年日记原本未曾印出，究竟不知如何，但我想恐怕还是绍兴公

93

报社的书记抄错，或是"手民"排错，恰好做成那种有意思的词句，以致连那编辑者也被蒙过去了。

在这里，我们自然地联想起古时的一件公案来，这就是陶诗里的"刑天舞干戚"案。陶渊明《读山海经》诗第十首前四句云：

> 精卫衔微木，将以填沧海，形天無千歲，猛志固常在。

续古逸丛书绍熙壬子（一一九二）本，毛刻苏写本及邵亭覆刻宋本均如此，但通行本多改第三句为"刑天舞干戚"，据曾端伯说明云：

> "形天無千歲，猛志固常在"，疑上下文义不甚相贯，遂取《山海经》参校，经中有云："刑天兽名也，口中好衔干戚而舞。"乃知此句是"刑天舞干戚"，故与下句"猛志固常在"意旨相应。五字皆讹，盖字画相近，无足怪者。

周益公却不以为然，后来遂有千歲与干戚两派。干戚派的根据似乎有两点，其一是精卫填海够不上说猛志，其二是恰好有个刑天，如朱晦庵所云《山海经》分明如此说也。但是，《山海经》里有是一件事，陶诗里有没有又是别一件事，未便混为一谈。大约因为太巧合了，"五字皆讹"，大有书房小学生所玩的菜字加一笔变成菊字的趣味，所以大家觉得好玩，不肯放弃，其实他的毛病即出在巧上，像这样"都都平丈我"式的改字可以当作闲话讲，若是校勘未免太是轻巧一点了罢。我还是赞成原本的"無千歲"，要改也应注曰"疑当作"云云，总不该奋笔直改，如塾师之批课艺也。

对于曾君我还有一点小意见。查《山海经》第七《海外西经》云：

> 刑天与帝至此争神，帝断其首，葬之常羊之山，乃以乳为目，以脐为口，操干戚以舞。

94

郭璞注云：

干，盾。戚，斧也。是为无首之民。

曾君乃云口中好衔干戚而舞，与经文不合，以此作为考订的根据，未免疏忽。《淮南·地形训》云西方有形残之尸，高诱注云：

以两乳为目，肥脐为口，操干戚以舞，天神断其手后天帝断其首也。

他是没有手的，但一盾一斧不知怎么操法，更不知怎么衔法，高氏所说即自相抵牾，不能引作解释，且曾君原只说经中有云，不曾引《淮南子》也。"衔"既不合，"好"更未必，虽出想象，亦太离奇。我们本不该妄议先贤，唯曾君根据《山海经》以改诗，而所说又与经文有出入，觉得可疑，不免要动问一声耳。

苦口甘口

　　平常接到未知的青年友人的来信，说自己爱好文学，想从这方面努力做下去，我看了当然也喜欢，但是要写回信却觉得颇难下笔，只好暂时放下，这一搁就会再也找不出来，终于失礼了。为什么呢？这正合于一句普通的成语，叫作"一言难尽"。对于青年之弄文学，假如我是反对的，或者完全赞成的，那么回信就不难写，只需简单的一两句话就够了。但是我自己是曾经弄过一时文学的，怎么能反对人家，若是赞成却又不尽然，至少也总是很有条件的，说来话长，不能反复地写了一一寄去。可是老不回复人家也不是办法，虽然因年岁经验的差异，所说的话在青年听了多是落伍的旧话，在我总是诚意的，说了也已尽了诚意，总胜于不说，听不听别无关系，那是另一问题。现今在这里总答几句，希望对于列位或能少供参考之用。

　　第一件想说的是，不可以文学作职业。本来在中国够得上说职业的，只是农工商这几行，士虽然位居四民之首，为学乃是他的事业，其职业却仍旧别有所在，达则为官，现在也还称公仆，穷则还是躬耕，或隐于市井，织屦卖艺，非工则商耳。若是想以学问文章谋生，唯有给大官富贾去做门客，呼来喝去，与奴仆相去无几，不唯辱甚，生活亦不安定也。我还记得三十五六年前，大家在东京从章太炎先生听讲小学，章先生常教训学生们说，将来切不可以所学为谋生之具，学者必须别有职业，借以糊口，学问事业乃能独立，不至因外界的影响而动摇以致堕落。章先生自己是懂得医道的，所以他的意思以为学者最好也是看点医

96

书，将来便以中医为职业，不但与治学不相妨，而且读书人去学习也很便利容易。章先生的教训我觉得很对，虽然现今在大学教书已经成了一种职业，教学相长，也即是做着自己的事业，与民国以前的情形很有不同了，但是这在文学上却正可应用，所以引用在这里。中国出版不发达，没有作家能够靠稿费维持生活，文学职业就压根儿没有，此其一。即使可以有此职业了，而作家须听出版界的需要，出版界又要看社会的要求，新旧左右，如猫眼睛的转变，亦实将疲于奔命，此其二。因此之故，中国现在有志于文学的最好还是先取票友的态度，为了兴趣而下手，仍当十分地用心用力，但是决心不要下海，要知正式唱戏不是好玩的事也。

第二，弄文学也并不难，却也很不容易。古人说写文章的秘诀，是多读多作。现在即使说是新文学了，反正道理还是一样。要成为一个文学家，自然要先有文学而后乃成家，决不会有不写文学而可称文学家的，这是一定的事，所以要弄文学的人要紧的是学写文学作品，多读多作，此外并无别的方法。简单的一句话，文学家也是实力要紧，虚声是没有用的。我们举过去的例来说，民六以后新文学运动轰动了一时，胡陈鲁刘诸公那时都是无名之士，只是埋头工作，也不求名声，也不管利害，每月发表力作的文章，结果有了一点成绩，后来批评家称之为如何运动，这在他们当初是未曾预想到的。这时代是早已过去了，这种风气或者也已改变，但是总值得称述的，总可以当作文人作家练成之一模范。这有如一队兵卒，在同一目的下人自为战，经了好些苦斗，达成目的之后，肩了步枪回来，衣履破碎，依然是个兵卒，并不是千把总，却是经过战斗，练成老兵了，随时能跳起来上前线去。这个比喻不算很好，但意思是正对的，总之文学家所要的是先造成个人，能写作有思想的文人，别的一切都在其次。可是话又说了回来，多读多作未必一定成功，这还得尝试了来看。学画可以有课程，学满三四年之后便毕业了，即使不能算名画家，也总是画家之一，学书便不能如此，学文学也正是一样，不能说何时可以学会，也许半年，也许三年，也许终于不成。这一点要请弄文学的人预先了解，反正是票友，试试来看，唱得好固可喜，不好也就罢了，对于自己看得清，放得下，乃是必要也。

第三，须略了解中国文学的传统。无论现在文学新到哪里去，总之还是用汉字写的，就这一点便逃不出传统的圈子。中国人的人生观也还以儒家思想为主流，立起一条为人生的文学的统系，其间随时加上些道家思想的分子，正好作为补偏救弊之用，使得调和渐近自然。因此中国文学的道德气是正当不过的，问题只是在于这道德观念的变迁，由人为的阶级的而进于自然的相互的关系，儒道思想之切磋与近代学术之发达都是同样的有力。别国的未必不也是如此，现在只就中国文学来说，这里边思想的分子很是重要，文学里的东西不外物理人情，假如不是在这里有点理解，下余的只是词句，虽是写得华美，有如一套绣花枕头，外面好看而已。在反对的一方面，还有外国的文艺思想，也要知道大概才好。外国的物事固然不是全好的，例如有人学颓废派，写几句象征派的情诗，自然也可笑，但是有些杰作本是世界的公物，各人有权利去共享，也有义务去共学的，这在文明国家便应当都有翻译介绍，与本国的古典著作一同供国民的利用。在中国却是还未办到，要学人自己费力去张罗，未免辛苦，不过这辛苦也是值得，虽然书中未必有颜如玉的美人，精神食粮总可得到不少，这于弄文学的人是比女人与酒更会有益的。前一代的老辈假如偷看了外国书来讲新文学，却不肯译出给大家看，固然是自私得很，但是现今青年讲更新的文学，却只拿几本汉文的书来看，则不是自私而是自误了。末了再附赘两句老婆心的废话，要读外国文学须看标准名作，不可好奇立异，自找新著，反而上当，因为外国文学作品的好丑我们不能懂得，正如我们的文学也还是自己知道得清楚，外国文人如罗曼·罗兰亦未必能下判断也。

以上所说的话未免太冷一点，对于热心的青年恐怕逆耳，不甚相宜亦未可知。但是这在我是没法子的事，因为我虽不能反对青年的弄文学，赞成也是附有条件的，上边说的便是条件之一部分。假如鸦片烟可以寓禁于征，那么我的意思或者可以说是寓反对于条件罢。因为青年热心于文学，而我想劝止至少也是限制他们，这些话当然是不大咽得下去的，题目称曰苦口，即是这个意义。至于甘口，那恐怕只是题目上的配搭，本文中还未曾说到。据桂氏《说文解字义证》卷三十，鼩字下所引云：

> 《玉篇》，鼩，小鼠也，螫毒，食人及鸟兽皆不痛，今之甘口鼠也。《博物志》，鼩，鼠之最小者，或谓之甘鼠，谓其口甘，为其所食者不知觉也。

日本《和汉三才图会》卷三十九引《本草纲目》鼩鼠条，亦如此说，和名阿末久知祢须美，汉字为甘口鼠，与中国相同。所谓甘口的典故即出于此。这在字面上正好与苦口作一对，但在事实上我只说了苦口便罢，甘口还是"恕不"了罢。或者怕得青年们的不高兴，在要收场的时候再说几句，——话虽如此，世间有《文坛登龙术》一书，可以参考，便讲授几条江湖诀，这也不是难事，不过那就是咬人不痛的把戏，何苦来呢。题目写作苦口甘口，而本文中只有苦口，甘口则单是提示出来，叫列位自己注意谨防，此乃是新式作文法之一，为鄙人所发明，近几年中只曾经用过两次者也。

99

梦想之一

鄙人平常写些小文章，有朋友办刊物的时候也就常被叫去帮忙，这本来是应该出力的。可是写文章这件事正如俗语所说是难似易的，写得出来固然是容容易易，写不出时却实在也是繁繁难难。《笑倒》中有一篇笑话云：

> 一士人赴试作文，艰于构思。其仆往候于试门，见纳卷而出者纷纷矣，日且暮，甲仆问乙仆曰，不知做文章一篇约有多少字。乙仆曰，想来不过五六百字。甲仆曰，五六百字难道胸中没有，到此时尚未出来。乙仆慰之曰，你勿心焦，渠五六百字虽在肚里，只是一时凑不起耳。

这里所说的凑不起实在也不一定是笑话，文字凑不起是其一，意思凑不起是其二。其一对于士人很是一种挖苦，若是其二则普通常常有之，我自己也屡次感到，有交不出卷子之苦。这里又可以分作两种情形，甲是所写的文章里的意思本身安排不好，乙是有着种种的意思，而所写的文章有一种对象或性质上的限制，不能安排得恰好。有如我平时随意写作，并无一定的对象，只是用心把我想说的意思写成文字，意思是诚实的，文字也还通达，在我这边的事就算完了，看的是些男女老幼，或是看了喜欢不喜欢，我都可以不管。若是预定要给老年或是女人看的，那么这就没有这样简单，至少是有了对象的限制，我们总不能说

100

得太是文不对题，虽然也不必揣摩讨好，却是不能没有什么顾忌。我常想要修小乘的阿罗汉果并不大难，难的是学大乘菩萨，不但是誓愿众生无边度，便是应以长者居士长官婆罗门妇女身得度者即现妇女身而为说法这一节，也就迥不能及，只好心向往之而已。这回写文章便深感到这种困难，踌躇好久，觉得不能再拖延了，才勉强凑合从平时想过的意思中间挑了一个，略为敷陈，聊以塞责，其不会写得好那是当然的了。

在不久以前曾写小文，说起现代中国心理建设很是切要，这有两个要点，一是伦理之自然化，一是道义之事功化。现在这里所想说明几句的就是这第一点。我在《螟蛉与萤火》一文中说过：

> 中国人拙于观察自然，往往喜欢去把他和人事联结在一起。最显著的例，第一是儒教化，如乌反哺，羔羊跪乳，或枭食母，都一一加以伦理的附会。第二是道教化，如桑虫化为果蠃，腐草化为萤，这恰似仙人变形，与六道轮回又自不同。

说起来真是奇怪，中国人似乎对于自然没有什么兴趣，近日听几位有经验的中学国文教员说，青年学生对于这类教材不感趣味，这无疑地是的确的事实，虽然不能明白其原因何在。我个人却很看重所谓自然研究，觉得不但这本身的事情很有意思，而且动植物的生活状态也就是人生的基本，关于这方面有了充分的常识，则对于人生的意义与其途径自能更明确地了解认识。平常我很不满意于从来的学者与思想家，因为他们于此太是怠惰了，若是现代人尤其是青年，当然责望要更为深切一点。我只看见孙仲容先生在《籀廎述林》的一篇与友人论动物学书中，有好些很是明达的话，如云：

> 动物之学为博物之一科，中国古无传书。《尔雅》虫鱼鸟兽畜五篇唯释名物，罕详体性。《毛诗》《陆疏》旨在诂经，遗略实众。陆佃郑樵之论，撮拾浮浅，同诸自郐。……至古鸟

兽虫鱼种类今既多绝灭，古籍所记尤疏略，非徒《山海经》《周书·王会》所说珍禽异兽荒远难信，即《尔雅》所云比肩民比翼鸟之等咸不为典要，而《诗》《礼》所云螟蛉果蠃，腐草为萤，以逮鹰鸠爵蛤之变化，稽核物性亦殊为疏阔。……今动物学书说诸虫兽，有足者无多少皆以偶数，绝无三足者，《尔雅》有鳖三足能，龟三足贲，殆皆传之失实矣。……中土所传云龙凤虎休征瑞应，则揆之科学万不能通，今日物理既大明，固不必曲徇古人耳。

这里假如当作现代的常识看去，那原是极普通的当然的话，但孙先生如健在该是九十六岁了，却能如此说，正是极可佩服的事。现今已是民国甲申，民国的青年比孙先生至少要年轻六十岁以上，大部分也都经过高小初中出来，希望关于博物或生物也有他那样的知识，完全理解上边所引的话，那么这便已有了五分光，因为既不相信腐草为萤那一类疏阔的传说，也就同样地可以明了，羔羊非跪下不能饮乳（羊是否以跪为敬，自是别一问题），乌鸦无家庭，无从反哺，凡自然界之教训化的故事其原意虽亦可体谅，但其并非事实也明白地可以知道了。我说五分光，因为还有五分，这便是反面的一节，即是上文所提的伦理之自然化也。

我很喜欢《孟子》里的一句话，即是：人之所以异于禽兽者几希。这一句话向来也为道学家们所传道，可是解说截不相同。他们以为人禽之辨只在一点儿上，但是二者之间距离极远，人若逾此一线堕入禽界，有如从三十三天落到十八层地狱，这远才真叫的是远。我也承认人禽之辨只在一点儿上，不过二者之间距离却很近，仿佛是窗户里外只隔着一张纸，实在乃是近似远也。我最喜欢焦理堂先生的一节，屡经引用，其文云：

先君子尝曰，人生不过饮食男女，非饮食无以生，非男女无以生生。唯我欲生，人亦欲生，我欲生生，人亦欲生生，孟子好货好色之说尽之矣。不必屏去我之所生，我之所生生，但不可忘人之所生，人之所生生。循学《易》三十年，乃知先人此言圣人不易。

我曾加以说明云：

  饮食以求个体之生存，男女以求种族之生存，这本是一切生物的本能，进化论者所谓求生意志，人也是生物，所以这本能自然也是有的。不过一般生物的求生是单纯的，只要能生存便不顾手段，只要自己能生存，便不惜危害别个的生存，人则不然，他与生物同样地要求生存，但最初觉得单独不能达到目的，须与别个联络，互相扶助，才能好好地生存，随后又感到别人也与自己同样地有好恶，设法圆满地相处。前者是生存的方法，动物中也有能够做到的，后者乃是人所独有的生存的道德，古人云人之所以异于禽兽者几希，盖即此也。

  这人类的生存的道德之基本在中国即谓之仁，己之外有人，己亦在人中，儒与墨的思想差不多就包含在这里，平易健全，为其最大特色，虽云人类所独有，而实未尝与生物的意志断离，却正是其崇高的生长，有如荷花从莲根出，透出水面的一线，开出美丽的花，古人称其出淤泥而不染，殆是最好的赞语也。

  人类的生存的道德既然本是生物本能的崇高化或美化，我们当然不能再退缩回去，复归于禽道，但是同样的我们也须留意，不可太爬高走远，以致与自然违反。古人虽然直觉地建立了这些健全的生存的道德，但因当时社会与时代的限制，后人的误解与利用种种原因，无意或有意地发生变化，与现代多有龃龉的地方，这样便会对于社会不但无益且将有害。比较笼统地说一句，大概其原因出于与自然多有违反之故。人类摈绝强食弱肉，雌雄杂居之类的禽道，固是绝好的事，但以前凭了君父之名也做出好些坏事，如宗教战争，思想文字狱，人身卖买，宰白鸭与卖淫等，也都是生物界所未有的，可以说是落到禽道以下去了。我们没有力量来改正道德，可是不可没有正当的认识与判断，我们应当根据了生物学人类学与文化史的知识，对于这类事情随时加以检讨，务要使得我们道德的理论与实际都保持水平线上的位置，既不可不及，也不可过而反于自然，以致再落到淤泥下去。这种运动不是短时期与少数人可以做得成的，何况现在又在乱世，但是俗语说得好，人落在水里的时候第一是救出自己要紧，现在的中国人特别是青年最要紧的也是第一救出自己来，得救的人多起来了，随后就有救别人的可能。这是我现今仅存的一点梦想，至今还乱写文章，也即是为此梦想所眩惑也。

文艺复兴之梦

　　文艺复兴是一件好事情。近来时常有人提起中国的文艺复兴，我们听了自然是无不喜欢的，但是这到底是怎么一回事，却又一时说不清楚，大概各人心里只有一个漠然的希望，但愿中国的文艺能够复兴而已。不过文艺复兴是一句成语，我们说到他便自然有些联想，虽然不免近于迂阔，这里且来简单地考虑一下。

　　文艺复兴的出典，可以不必多说，这是出于欧洲的中古时代。笼统点说来，大抵可以算作十四世纪中至十六世纪末，在中国历史上或者可云始于马可波罗之西返，讫于利玛窦之东来罢。这时候欧洲各民族正在各自发展，实力逐渐充实，外面受了古典文化的影响，遂勃然兴起，在学术文艺各方面都有进展，此以欧洲的整个文化言故谓之"再生"，若在各民族实乃是一种新生也。中国沿用日本的新名词，称这时期为文艺复兴，其实在文学艺术之外还有许多别的成就，所以这同时也是学问振兴，也是宗教改革的时代。内在的精力与外来的影响都是整个的，所以其结果也是平均发展，不会枝枝节节偏于局部的。我们一时来不及严密地去查书本，只就平常显著在人耳目间的姓氏来说，有如美术方面的达文西、密凯兰及罗，文学方面的但丁、薄伽乔、拉勃来、西万提司、沙士比亚，思想方面的厄拉思穆斯、培根、蒙田，宗教方面的路德，各方面都有人，而且又是巨人，都有不朽的业绩。以后各时代的学问艺术也均自有其特色，但是在人与事业的重与大与深与厚上面，是再也没有可以和这相比的了。这样的一种整个的复兴的确值得景仰与羡慕，希望自己的国里也有这么一回幸运的事，即使显然有点近于梦想，我也总是举起两手赞成，而且衷心愿望的。

关于欧洲的文艺复兴还有可以注意的一点，便是他的内外两重的原因。内的是民族自有的力量，在封建制度与旧教的统治下自然养成一种文化上的传统，这里固然有好的一部分，后来就成为国民精神的基本，却也有坏的一部分，逐渐在酿成自然的反动。外不必说那是外来的影响，这引动内面的力量，使之发生动作，因其力之大小而得成就，如佛经所云，随其福行，各得道迹，我们读史于此可以获得很大的教训。西罗马亡后，欧洲各民族开始建国，自立基础，及东罗马亡，学者多亡命欧陆，希腊罗马的古典文化亦随以流入，造成人文主义的思潮，在历史上的结果便是那伟大的文艺复兴。当时义大利因承受罗马的传统，其发动为最早，若是影响西欧全部，成为显明的文化运动，那已在君士但丁堡陷落之后，盖在十五世纪中叶矣。各民族的精力为所固有，唯思想上所有者，在封建制度则为君，在旧教则为神耳，得古希腊人之人间本位思想而发生变化，近代文明也可以说由此发轫。希腊罗马的文化已古老矣，唯其法力却仍复极大，当时古典之研究与传播虽或似有闲的工作，而其影响效力乃有如此者，此看似奇怪，实在则亦并不奇也。古典文书之流通最初只是传抄，及古登堡造活字版，传播更为容易，中国在这里也总算略有资助，虽然出于间接，总之是有了关系，及利玛窦南怀仁辈东来，也带来了好些还礼，凡中国最早所接受到的泰西文物，无论是形而上下，那时从义大利日耳曼拿来的东西，殆无一不是文艺复兴之所赐也。

以上所说，并不曾考察文书，只凭记得的事情胡乱谈一起，谬误恐所不免，但大抵也就是那么情形罢。我们再回过来看本国的文艺复兴问题，是怎么样呢？古今中外的情形不同，我们固然也不好太拘执地来比较，不过大体上说总是可以的，譬如说，文艺复兴应是整个而不是局部的。照这样看去，日本的明治时代可以够得上这样说，虽然当时并未标榜文艺复兴的名称，只把他作为维新运动之文化方面的成就而已。这个看法实在是很对的，因为明治文学的发达并不是单独的一件事，那时候在艺术，文史，理论的与应用的科学，以至法政军事各方面，同样地有极大的进展，事实与理论正是相合。中国近年的新文化运动可以说是有了做起讲之意，却是不曾做得完篇，其原因便是这运动偏于局部，只有若干文人出来嚷嚷，别的各方面没有什么动静，完全是孤立偏枯的状态，即使不转入政治或社会运动方面去，也是难得希望充分发达成功的。后来的事情怎么样？这恐怕是一代不如一代，中日事变前十年间的成绩大家多还记得，可以不必赘说。中国现在正是受难时期，古人云多难兴邦，大家的确不可没有这样一个大誓愿，在自定的范围内尽年寿为国家尽力，但这只是尽其在我，要想大事成就还须得有各方面的合作，若是偏信自己的事业与力量最胜，可以集事，此种大志固亦可嘉，唯在事实上却总是徒然也。

根据欧洲中世纪的前例，在固有的政教的传统上，加上外来的文化的影响，发生变化，结果成为文艺复兴这段光荣的历史。中国如有文艺复兴发生，原因大概也应当如此。不过这里有一件很不相同的事，欧洲那时外来的影响是希腊罗马的古典文化，古时虽是某一民族的产物，其时却早已过去，现今成为国际公产，换句话说便是没有国旗在背后的，而在现代中国则此影响悉来自强邻列国，虽然文化侵略未必尽真，总之此种文化带有国旗的影子，乃是事实。接受这些影响，要能消化吸收，又不留有反应与副作用，这比接受古典文化其事更难，此其一。希腊思想以人间本位为主，虽学术艺文方面杂多，而根本则无殊异，以此与中古为君为神的思想相对，予以调剂，可以得到好结果，现代则在外国也是混乱时期，思想复杂，各走极端，欲加采择，苦于无所适从，此其二。民初新文化运动中间，曾提出民主与科学两大目标，但不久辗转变化，即当初发言人亦改口矣，此可为一例。国民传统率以性情为本，力至强大，中国科举制度与欧洲文艺复兴同时开始，于今已有五百余年，以八股式的文章为手段，以做官为目的，奕世相承，由来久矣。用了这种熟练的技巧，应付新来的事物，亦复绰有余裕，于是所谓洋八股者立即发生，即有极好的新思想，也遂由甜俗而终于腐化，此又一厄也。拉杂说到这里，似乎都是些消极话，却并非作者本意，这原来有如治病，说体质何处亏损，病征如何情形，明白之后才能下药，现在也就是这个意思，如或病重药轻，能否立见功效，那自然又是别一回事，不能并作一谈者也。

我们希望中国文艺复兴是整个的，就是在学术文艺各方面都有发展，成为一个分工合作，殊途同归的大运动。弄文笔的自然只能在文艺方面尽力，但假如别的方面全然沉寂，则势孤力薄，也难以存立。文人固然不能去奔走呼号，求各方的兴起援助，亦不可以孤独自馁，但须得有此觉悟，我辈之力尽于此，成固可喜，败亦无悔，唯总不可以为文艺复兴只是几篇诗文的事，旦夕可成名耳。本国固有的传统固不易于变动，但显明的缺点亦不可不力求克服，如八股式文的做法与应举的心理，在文人胸中尤多存留的可能，此所应注意者一。对于外国文化的影响，应溯流寻源，不仅以现代为足，直寻求其古典的根源而接受之，又不仅以一国为足，多学习数种外国语，适宜地加以采择，务深务广，依存之弊自可去矣，此所应注意的二。民国初年的新文化运动，参加者未尝无相当的诚意，然终于一现而罢，其失败之迹可为鉴戒，深望以后能更注意，即或未能大成，其希望自必更大矣。中国文艺复兴，此名称极佳，吾辈固无日不在梦想中，虽曰立春之后梦无凭据，唯愿得好梦，不肯放弃，固亦人情之常，不足怪者也。

女子与读书

十一月间凌女士来访，接到佐藤女史的信，叫我给杂志写文章。我很想帮忙，可是很有点儿为难。这并不是因为没有闲暇，大抵费一两天的工夫写篇小文，也还有这机会。所说的困难乃是缺乏好的题材，因为一种杂志假如是特殊性质，或读者限于某范围内的，那么这文章也就不大好写，至少为了受这性质与范围的拘束，不能够随意地要说什么就说什么。为了这个缘故，一连耽搁了两个月，不曾写得出一点东西来。近日忽然想到，略为介绍日本现代女作家的文章罢。这题目倒是恰好，可是怎么办才好呢？我在日本留学还是在明治时代，已是四十年前的事了，因此我所知道的日本文学也以那时代为主，后来的事情就比较很是隔膜，要问现今的女作家谁最有名，我都回答不过来，此其一。正式地讲介绍，自以评论为重要，这个固然不敢下笔，就是说翻译，也是极不容易，莫说诗歌，即小说也是如此，此其二。这样地一归结起来，那么可说的自然就限于明治末期，文学的种类也只是散文中的感想文与随笔而已。

明治四十年前后是日本新文学很发达的时期，我们所注意的女作家有好几个。佐藤俊子女史的小说《她的生活》还是记得，在二十年前我们编译《现代日本小说集》的时候，序文中说及原来拟定而未及翻译的几家，即有佐藤女史在内，可是后来第二集不曾着手，所以终于没有译出。此外还有一位是森茂子夫人，笔名写作森茂女，在杂志《昴》的上边发表小说《狂花》等数篇，后来印成单行本，就以此为书名。

本来女小说家也并不少，但是她们所写的女人多不免以男子的理想为标准，或是贤媛，或是荡妇，都合于男子所定的畴范，但总之不是女子的天然本色。我读中国闺秀的诗文集，往往有此种感觉，假如有美这也是象牙美人之美罢了。上边所说的两位所写的却不是这种意味的小说，即使不能说达于理想之域，总之是女性自身的话，有许多是非女人不能知不能言的，这一点乃是极可珍重的事。可是小说翻译很不容易，既如上述，那么这也只好搁下，等候将来适任的人来做。与谢野晶子夫人本是歌人，却也多写批评感想的文章，歌集不敢以不知为知，只买得《晶子歌话》与《歌之作法》两种，感想文集有十四册，则差不多都陆续得到了。其第一册书名"从角落里"，系明治四十四年出版，即是辛亥那一年，已是三十二年前事了，现在拿出来一看，仍旧觉得很可佩服，其见识深远非常人所能及。与谢野夫人的第五册感想集名曰"爱与理性及勇气"，这可以代表感想全部的内容，实在是最适切的评语。我在民国六年译过一篇论贞操的文章，登在《新青年》上，至今重阅这最早的感想集，里边好议论还是不少，但是要想整篇地翻译，却又一时不易做到。译者的懒是一个原因，其次是文章是旧了而意思可以仍新，有时候历时愈久而新的意味增加，因此也就是不合时式。余下来可做的事，是找一篇平常点的文章，摘要叙述，以见一斑。原来这一册《从角落里》的感想集里列着二十题目，唯末尾的"杂记账"一目实在乃是总名，收容长短文章甚多，占全书分量之半，约有三百余页。其中有一短篇，是劝人读书的，现在便介绍过来，也说不清是抄是译了。

对于现今在家庭里的青年女性有一件希望的事，便是为得将来可以做得丈夫的伴侣，做得儿女的教师，又使得自己的心贤明聪慧，温雅开阔，在短的一生里享受长的精神上的快乐起见，每日至少要有一小时，就是在晚上把睡眠时间减省下来也好，养成读书的习惯。外国的女人就是在火车里也不放下书籍，日本则平安朝以后的女人大抵不爱读书，虽然男子也是一样。近时年青的女子在结婚以前还在读书，及至做了家庭里的人，便是心爱的小说也再不拿起来了。说是家庭的事务繁忙么，其实说废话所耗费的时间着实不少。或者因为职业关系，全无余暇的人也会有的，但是只要用心，在一星期中省出一两小时的读书时间并非不可能。故樋口一叶女史在家中做着副业，供给一家数口，却也能够那么样地著作和读书。

关于所读书籍的种类，最好还是多取硬性的书物。哲学，心理学，历史，动植物学，这些书可以补这方面所缺的智识，养成细密的观察与精确的判断力，于今后的妇人均为必要。哲学书可以先读三宅博士著的《宇宙》，心理学有元良博士的讲义，自然科学则丘博士著《进化论讲话》与《物种由来》，石川博士的《动物学讲话》，日本历史有久米博士的《古代史》等，顶好不要读断片的东西，只取有信用的专门家所写的整册大著，孜孜矻矻地看下去，养成这种习惯最为要紧。古典书中也可以从《古事记》那里起，顺着时代去读历史及文学的书，汉文所写的似乎有点不容易读，可是只要字面看惯了，自然意味也会懂得，譬如《庄子》《论语》，唐宋的诗集，或是佛教的书，找人指教了读下去也很有意味。像我这样关于汉文或国文一行半句都没有跟人学过，可是在母家的时候偷了店务的余闲，独自学读，实行读书百遍其义自见的办法，也渐渐地懂得意义了。

我劝大家读硬性的书，不大劝人读软性的文学书的缘故，便是因为先从文学读起，则硬性的书便将觉得难读，不大喜欢，不容易理解了。假如一面读着可以磨炼理性，养成深锐的判断力的书籍，再去读软性的文学书，就会觉得普通甜俗的小说有点儿无聊，读不下去了，因此对于有高尚趣味的文学书加以注意，自能养成温雅的情绪。本来女人容易为低级的感情所支配，轻易地流泪，或无谓地生气，现在凭了硬性的学问，使得理性明确，自不至为卑近的感情所动，又因了高尚的艺术，使得感情清新，于是各人的心始能调整，得到文明妇人的资格，对于夫可为贤妻，对于子可为贤母，在社交界可为男子的好伴侣。大家都以此种抱负，各自努力去养成读书的习惯罢。即使没有这些大抱负，儿女们不久将进学校了，大家不可使儿童单只依赖学校的教育，须得使他们觉得父母所知道的事比学校教育更为广大，对于家庭的教育信用而且尊敬才好，因此磨炼自己，可以成为儿童们的学问的顾问，正是必要。假如真是深爱儿童，父母先自成为贤明，再将儿童养育成贤明的人，那是很切紧的事罢。

以上的话虽是三十多年前所说，但是我觉得在现今还是都很对，所以抄了出来，以供现代中国诸位女士们的参考。

谈 翻 译

　　有好些事情，经过了多少年的努力以后，并未能做出什么成绩，可是有了这许多经验，能够知道其中的甘苦黑白，这也是可珍重的一件事。即如翻译就是一例。我从清光绪甲辰即一九〇四年起，在南京的学堂里就开始弄笔，至今已有四十个年头了，零整译品无甚足道，但是凭了这些经验，即使是失败的经验，也就有了经验之谈，现今大可拿来谈谈了。

　　第一可谈的是翻译的文字。这里可以分作两面，一是所译的本国文，二是原来的外国文。本国译文自然只是一种汉文，可是他又可以有文言与白话之分。据我看来，翻译当然应该用白话文，但是用文言却更容易讨好。自从严几道发表宣言以来，信达雅三者为译书不刊的典则，至今悬之国门无人能损益一字，其权威是已经确定的了，但仔细加以分析，达雅重在本国文方面，信则是与外国文有密切关系的。必须先将原来的文字与意思把握住了，再找适合的本国话来传达出来，正当的翻译的分数似应这样的打法，即是信五分，达三分，雅二分。假如真是为书而翻译，则信达最为重要，自然最好用白话文，可以委曲也很辛苦地传达本来的意味，只是似乎总缺少点雅，虽然据我说来白话文也自有其雅，不过与世俗一般所说不大同，所以平常不把他当作雅看，而反以为是俗。若是要想为自己而翻译的话，那么雅便是特别要紧，而且这还是俗受的雅，唯有用文言才能达到目的，不，极容易地可以达到目的。上边的话并非信口开河，乃是我自己从经验上得来的结果。简单的办法是先将原文看过一遍，记清内中的意思，随将原本搁起，拆碎其意思，另找相当的汉文一一配合，原文一字可以写作六七字，原文半句也无妨变成一二字，上下前后随意安置，总之只要凑得像妥帖的汉文，便都无妨碍，唯一的条件是一整句还他一整句，意思完全，不减少也不加多，那就行了。这种译文不能纯用八大家，最好是利用骈散夹杂的文体，伸缩比较自由，不至于为格调所拘牵，非增减字句不能成章，而且这种文体看去也有色泽，因近雅而似达，所以易于讨好。这类译法似乎颇难而实在并不甚难，以我自己的经验说，要比用白话文还容易得多，至少是容易混得过去，不十分费力而文章可以写得像样，原意也并不怎么失掉，自己觉得满足，读者见了也不会不加以赏识的。这可以说是翻译的成功捷径，差不多是事半而功倍，与事倍功半的白话文翻译不可同年而语。我们于一九〇九年译出《域外小说集》二卷，其方法即是如此，其后又译了《炭画》与《黄蔷薇》，都在辛亥以前，至民国六年为《新青年》译小说，始改用白话文。文言译书不很费力而容易讨好，所以于译者有利，称曰为自己而翻译，即为此故，不过若是因为译者喜欢这本原书，心想介绍给大家去看，那么这是为译书而翻译了，虽然用文言译最有利益，而于读者究不方便，只好用白话文译去，亦正是不得已也。至于说到外国文这一边，那就没有几句话即可说了。我想在原则上最好是直接译，即是根据原书原文译出，除特别的例外在外，不从第二国语重译为是。可是这里有几个难问题。一、从第二国语重译常较直接译为容易，因原文有好些难解的熟语与句法，在第二国语译本多已说清，而第二国语固有的这些难句又因系译文之故多不滥用，故易于了解。要解除这个困难，应于原文原书之外，多备别国语的译本以备参考比较。二、外国语的知识不深，那时不识艰难，觉得翻译不很难，往往可以多有成绩，虽然错误自然也所不免，及至对于这一国语了解更进，却又感到棘手，就是这一句话，从前那么译了也已满意了，现在看出这里语气有点出入，字义有点异同，踌躇再四，没有好办法，结果只好搁笔。这样的例很是普通，有精通外国语的前辈谦虚地说没法子翻译，一生没有介绍过他所崇拜的文人的一篇著作。这里没有好的解决方法，只是迂阔的一句话，希望译者努力勉为其难而已。

其次且一谈翻译的性质，或者可以称作态度。这里大概可分三种，一是职务的，二是事业的，三是趣味的。职务的翻译是完全被动的，因职务的关系受命令而翻译，这种人在日本称为通译，中国旧称通事，不过从前只重在传话，现在则改为动笔而已。跟了教士传道，则说天堂，在洋行里谈生意经，如办外交又须讲天下大事，此种工作要有极大语学能力，却可以不负责任。用在译书上也正是如此，时代有时很需要他，而人才难得，有些能力的人或者不大愿意做通事的生意，因此这类工作难得很好的成绩，至于读者方面之不看重还是在其次了。事业的翻译是以译书为其毕生的事业，大概定有一种范围，或是所信仰的宗教，或是所研究的学术，或是某一国某一时代的文艺，在这一定的范围内广泛地从事译述介绍。中国自晋至唐的译经事业是一个好例，最值得称赞，近时日本翻译外国文学，有专译特别一国的，如古希腊、罗马、中国、俄国、义大利，以及西欧各国，都有若干专家，孜孜矻矻地在做着这种工作，也是很足供我们取法的。这是翻译事业的正宗，其事业之发达与否与一国文化之盛衰大有关系。可惜这在我国一直就不很发达。至于趣味的翻译乃是文人的自由工作，完全不从事功上着想，可是其价值与意义亦仍甚重大，因为此种自动地含有创作性的译文多具有生命，至少也总是译者竭尽了心力，不是模糊敷衍之作，那是无疑的。所谓趣味的，或者这里也略须解说。这并不说是什么有趣味的书，实在只是说译者的工作纯粹从他的趣味上出发，即是对于所译的书译者衷心地爱好，深切了解作者的思想，单是自己读了觉得可惜，必须把他写出来多给人看才为满意，此是一种爱情的工作，与被动的出于职务关系者正是相反也。不过这样的翻译极不容易，盖因为知之深，爱之极，故着笔也就很难，不必等批评家来吹毛求疵，什么地方有点不妥当自己早已知道，往往写不到一半，就以此停滞，无法打通这难关，因而只好中止者，事常有之。要想翻译文学发达，专来期待此项作品，事实上本不可能，但是学术文艺的译书中去找出有生命的，大抵以此项为多，此亦是自然的事。译者不以译书为事业，但只偶尔执笔，事实是翻译而当作自己的创作做去，创作的条件也是诚与达，结果仍是合格的译书，此盖所谓闭户造车，出门合辙，正是妙事，但亦不易得，殆是可遇而不可求者也。上边所说三种或者都有必要，事业的翻译前已说过是为正宗，但是这须政治与文化悉上轨道，有国家的力量为其后盾，才能发展成功，趣味的翻译虽是一星半点，不能作有系统的介绍，在兵荒马乱的时代或者倒是唯一的办法，于学艺前途不无小补。职务的翻译也是好的，不过这是属于机关或公司的事情，有些在政策或什么上要赶紧译出的东西便应交给办理，与普通的翻译家无干。个人尽他的良心与能力，翻译自己所想译的书，那就好了，社会与国家可以不要他的翻译，以至于不准，即是禁止出版，可是不能强迫他必须翻译某一种某一册书，因为翻译并不是通译。世间热心的人们看见一篇译文，常说这也不错，但为什么不译某一方面的作品呢，可惜见识尚缺，或是认识不足。译者对于各种批评固然愿意听受，但是也希望批评者要承认他不是雇定的通事，他没有一定要那么做的义务。这道理本来很简单，却常有人不免误会，顺便于此说明几句。

　　此外还有些琐屑的翻译经验，本想写进去，因为这是自己的事，写得不好便容易俗，而且反正也没有多大的意思，今且从略，或者将来看机会再写罢。

阳九述略

甲申年又来到了。我们这么说，好像是已经遇见过几回甲申年似的，这当然不是。我也是这回才算遇见第二回的甲申年，虽然精密一点地算，须得等到民国三十四年，我才能那么说，因为六十年前的今日我实在还没有出世也。说到甲申，大家仿佛很是关心，这是什么缘故呢？崇祯十七年甲申是崇祯皇帝殉国明亡的那一年，至今恰是三百年了。这个意义之重大是不必说的。

民国初年我在绍兴，看见大家拜朱天君，据说这所拜的就是崇祯皇帝。朱天君像红脸，被发赤足，手执一圈，云即象征缢索，此外是否尚有一手握蛇，此像虽曾见过，因为系三十年前事，也记不清楚了。民间还流行一种《太阳经》，只记得头一句云：

太阳明明朱光佛。

这显然是说明朝皇帝，其中间又有一句云：

太阳三月十九生。

三月十九日正是崇祯皇帝的忌辰，则意义自益明了了。年代相隔久远，东南海边的人民尚在那么怀念不忘，可见这一年的印象是多么深刻。现今民国建立，初次遇见甲申之年，抚今追昔，乐少哀多，闻有识

117

者将发起大会，以为纪念，此正是极当然的事也。

中国古来皇帝国亡身殉者并不少，民间并未见得怎么纪念。李自成本来不是好东西，但总也比得过明太祖，若是他做得下去，恐怕这件事或者也就马虎过下了罢。可是清兵被吴三桂请了进来，定鼎燕京，遗老在东南及西南方面力谋反抗，事虽不成，其影响于人心者实深而且大，末后虽化而为宗教仪式，亦尚历久不灭焉。但是就当年事实而论，崇祯与明朝其时已为人所共弃，不，至少也为北京内臣外臣之所弃了。吴庆坻著《蕉廊脞录》卷五云：

> 阅《流寇长编》，卷十七纪甲申三月甲辰日一事云，京官凡有公事，必长班传单，以一纸列衔姓，单到写知字。兵部魏提塘，杭州人，是日遇一所识长班亟行，叩其故，于袖出所传单，乃中官及文武大臣公约开门迎贼，皆有知字，首名中官则曹化淳，大臣则张缙彦。此事万斯同面问魏提塘所说。案，京师用长班传送知单，三百年来尚沿此习，特此事绝奇，思宗孤立之势已成，至中官宰相倡率开门迎敌，可为痛哭者矣。

京中大小臣工既已如此，人民却是如何？知单开城这种阔绰举动，固然没有他们的份，但是秦晋燕豫这几省当流寇的人虽是为生计所迫，而倒戈相向，也显然是视君如寇仇了。朱舜水著《阳九述略》中第一篇致虏之由云：

> 中国之有逆虏之难，贻羞万世，固逆虏之负恩，亦中国士大夫之自取之也。语曰，木必朽而后蛀生之，未有不朽之木蛀能生之者也。杨镐养寇卖国，前事不暇渎言，即如崇祯末年缙绅罪恶贯盈，百姓痛入骨髓，莫不有时日曷丧及汝偕亡之心，故流贼至而内外响应，逆虏入而迎刃破竹，惑其邪说流言，竟有前徒倒戈之势，一旦土崩瓦解，不可收拾耳。不然，河北二

118

十四郡岂无坚城，岂无一人义士，而竟令其韬戈服矢，入无人之境至此耶。总之莫大之罪尽在士大夫，而细民无知，徒欲泄一朝之愤，图未获之利，不顾终身及累世之患，不足责也。

下文叙说明朝以制义举士，士人以做文章为手段，做官为目的，不复知读书之义，因此无恶不作，列举现任官与在乡官害民之病，凡七八百言，末了结论云：

> 总之官不得人，百蔽丛集。百姓者黄口孺子也，绝其乳哺，立可饿死，今乃不思长养之方，独工掊克之术，安得而不穷。既被其害，无从表白申诉，而又愁苦无聊，安得不愤懑切齿，为盗为乱，思欲得当，以为出尔反尔之计。……是以逆虏乘流寇之讧而陷北京，遂布散流言，倡为均田均役之说，百姓既以贪利之心，兼欲乘机而伸其抑郁无聊之志，于是合力一心，翘首俟后。彼百姓者，分而听之则愚，合而听之则神，其心既变，川决山崩。以百姓内溃之势，歆之以意外可欲之财，以到处无备之城，怖之以狡虏威约之渐，增虏之气，以相告语，诱我之众，以为前驱，所以逆虏因之，溥天沦丧，非逆虏之兵强将勇，真足无敌也，皆士大夫为之驱除耳。

《阳九述略》收在《舜水文集》中，作为卷二十七，又有单行本，与卷二十八《安南供役纪事》同作一册，寒斋于全集外亦有此本，封套上有椭圆朱文木印云，全集抄出印本五十部之一。民国初年有重编铅印全集，云校勘出马一浮手，而颇多谬误，今所据仍为日本刻本。此文末署辛丑年六月，盖明亡后十七年，留予其门人安东守约，文经传刻，多有生涩处，或由字误亦未可知，今悉仍其旧。所说官民断送明朝本非新的发现，唯语颇深切，且谓清兵宣传均田，人民悉受其愚，此种传说殊有意义，觉得更值得提出来加以注意者也。

119

民不聊生，铤而走险，此亦是古已有之，或者如朱君所言，不足责矣。但是士大夫，为什么至于那么不成样子的呢？说是崇祯皇帝刻薄寡恩，却也并没有什么对不起他们的地方，何至与流寇同一鼻孔出气，这个原因一定是有而且很深的。我在小时候看过些明末的野史，至今还不能忘记的是张献忠这一段之外便是魏忠贤的一段，我觉得造生祠是划时代的大事，是士大夫堕落的顶点。看过的书一时找不着了，只就《二申野录》卷七天启六年丙寅项下摘抄本文云，浙江巡抚潘汝桢请俯舆情，鼎建厂臣祠宇，赐额以垂不朽，从之。小注云：

> 礼部阎可陛曰，二三年建媚献祠，几半海内，除台臣所劾外，尚有创言建祠者李蕃也。其天津河间真定等处倡率士女，酿金建祠，上梁迎像，行五拜礼，呼九千九百岁，目中真不知有君父矣。创建两祠者李精白也。其迎忠像旗帜上对联有云，至神至圣，中乾坤而立极，多福多寿，同日月以常明。若乃毛一鹭之建祠应天，姚宗文张翼明建祠于湖广大同，朱蒙童建祠于延绥，刘诏蓟州建祠用冕旒金像，吴淳夫临清祠毁民房万余间，河南建祠毁民房一万七十余间，江西建祠毁先贤澹台灭明之祠，诸如此辈不可胜纪。上得罪于名教，下播恶于生民，取百取千，只博泥沙之用，筑愁筑怨，争承尸祝之欢，皆汝桢之疏作之俑也。

至于生祠的名号，据《两朝识小录》说，自永恩祠创始而后，有怀仁，崇仁，隆仁，彰德，显德，怀德，昭德，茂德，戴德，瞻德，崇功，报功，元功，旌功，崇勋，茂勋，表勋，感恩，祝恩，瞻恩，德馨，鸿惠，隆禧，已是应有尽有，就只没有说出圣神这两字来，但杭州的祠建于关岳两祠之间，国子监生陆万龄呈请建祠于太学之侧，则也就是这个意思了。陆监生请以魏忠贤配享孔子疏云，孔子作《春秋》，厂臣作《要典》，孔子诛少正卯，厂臣诛东林党人，礼宜并尊。此种功夫原是土八股的本色，唯其有此精神，乃能知单迎贼，舜水列举士大夫的恶迹，而未曾根究到这里，殆只知症候而未明其病根也。

十几年前我曾写过一篇《闭户读书论》，其中有云，我始终相信二十四史是一部好书，他很诚恳地告诉我们过去曾如此，现在是如此，将来也是如此。这话未免太阴沉一点了罢，我愿意改过来附和巴古宁的旧话，说历史的用处是在警告我们不要再如此。明朝甲申之变至少也该给我们一个大的教训。民不聊生，为盗为乱，又受外诱，全体崩溃，是其一。士人堕落，唯知做官，无恶不作，民不聊生，是其二。这两件事断送了明朝，至今已是三百年，引起现在人的追悼，继以嗟叹，末了却须得让我们来希望，如巴古宁所说，以后再没有这些毛病了。《阿房宫赋》云，秦人不暇自哀而后人哀之，后人哀之而不鉴之，亦使后人而复哀后人也。这两句话已经成为老生常谈，却是很有意义的，引来作结，倒也适宜。论史事亦殊危险，容易近于八股，故即此为止，不复多赘。

谈金圣叹

关于金圣叹的事迹，孟心史先生在《心史丛刊》二集中收辑得不少。有些记圣叹临死开玩笑的事，说法不一致，但流传很广。王应奎《柳南随笔》云：

> 闻圣叹将死，大叹诧曰，断头至痛也，籍家至惨也，而圣叹以不意得之，大奇。于是一笑受刑。

许奉恩《里乘》转录金清美《豁意轩录闻》云：

> 弃市之日作家信托狱卒寄妻子，临刑大呼曰，杀头至痛也，灭族至惨也，圣叹无意得此，呜呼哀哉，然而快哉。遂引颈受戮。狱卒以信呈官，官疑其必有谤语，启缄视之，上书曰，字付大儿看，盐菜与黄豆同吃，大有胡桃滋味，此法一传，我无遗憾矣。官大笑曰，金先生死且侮人。

柳春浦《聊斋续编》卷四云：

> 金圣叹临刑时饮酒自若，且饮且言曰，割头痛事也，饮酒快事也，割头而先饮酒，痛快痛快。圣叹平日批评诗文每涉笔成趣，故临死不忘趣语，然则果痛耶快耶，恨不起圣叹问之。

毛祥麟《对山书屋墨余录》卷一云：

> 当人瑞在狱时，付书于妻曰，杀头至痛也，籍没至惨也，
> 而圣叹以无意得之，不亦异乎。

廖柴舟《二十七松堂集》卷十四《金圣叹先生传》云：

> 临刑叹曰，砍头最是苦事，不意于无意中得之。

柴舟生于清初，甚佩服圣叹，传后记曰："予过吴门，访先生故居
而莫知其处，因为诗吊之，并传其略如此云。"查卷七有《汤中丞毁五
通淫祠记》，后记云"予于丙子岁来吴"，计其时为康熙三十五年，距
圣叹之死亦正三十五年，此种传说已在吴中流行，如或可据则自当以廖
说为近真耳。传中又记圣叹讲《圣自觉三昧经》事，说明圣叹字义及
《古诗十九首》不可说事，皆未见他人记述。《唱经堂才子书汇稿》有
矍斋二序，一曰"才子书小引"，署顺治己亥春日同学矍斋法记圣瑗
书，有云：

> 唱经仆弟行也，仆昔从之学《易》，二十年不能尽其事，
> 故仆实以之为师。凡家人伏腊，相聚以嬉，犹故弟耳。一至于
> 有所咨请，仆即未尝不坐为起立为右焉。

二曰"叙第四才子书"，即杜诗，署矍斋昌金长文识，无年月，盖
在圣叹死后矣，末曰：

> 临命寄示一绝，有且喜唐诗略分解，庄骚马杜待何如句，
> 余感之，欲尽刻遗稿，首以杜诗从事。

123

此又一说也。我们虽不能因此而就抹杀以前各种传说，但总可以说这金长文的话当最可靠，圣叹临死乃仍拳拳于其批评工作之未完成，此与胡桃滋味正是别一副面目也。顺治癸卯周雪客覆刻本《才子必读书》上有徐而庵序，其记圣叹性情处颇多可取，如云：

> 圣叹性疏宕，好闲暇，水边林下是其得意之处，又好饮酒，日辄为酒人邀去，稍暇又不耐烦，或兴至评书，奋笔如风，一日可得一二卷，多逾三日则兴渐阑，酒人又拉之去矣。

又云：

> 每相见，圣叹必正襟端坐，无一嬉笑容。同学辄道其饮酒之妙，余欲见之而不可得，叩其故，圣叹以余为礼法中人而然也。盖圣叹无我与人相，与则辄如其人，如遇酒人则曼卿轰饮，遇诗人则摩诘沉吟，遇剑客则猿公舞跃，遇棋客则鸠摩布算，遇道士则鹤气横天，遇释子则莲花绕座，遇辩士则珠玉随风，遇静人则木讷终日，遇老人则为之婆娑，遇孩赤则啼笑宛然也。以故称圣叹善者各举一端，不与圣叹交者则同声詈之，以其人之不可方物也。

圣叹之为人盖甚怪，在其临命时，与同学仍谈批书，故亦不妨对狱吏而说谐语欤？而庵序中又记圣叹刻书次第云：

> 同学诸子望其成书，百计怂恿之，于是刻《制义才子书》，历三年又刻王实甫《西厢》，应坊间请，止两月，皆从饮酒之暇诸子迫促而成者也。己亥评《唐才子书》，乃至键户，梓人满堂，书者腕脱，圣叹苦之，间许其一出。书成，即

124

评《天下才子必读书》，将以次完诸才子书，明年庚子《必读书》甫成而圣叹死，书遂无序，诸子乃以无序书行。

廖柴舟传中亦云：

兹行世者，独《西厢》《水浒》《唐诗》《制义》《唱经堂杂评》诸刻本。

但《制义才子书》至今极少见，问友人亦无一有此书者，查《才子书汇稿》卷首所列"唱经堂外书总目"，其已刻过者只《第五才子书》《第六才子书》《唐才子书》《必读才子书》等四种，亦不见制义一种，不知何也。赖古堂《尺牍新钞》卷二有稽永仁与黄俞邰书，说圣叹死后灵异，眉批云：

圣叹尚有《历科程墨才子书》，已刻五百叶，今竟无续成之者，可叹。

《尺牍新钞》刻于康熙元年壬寅，批当系周雪客笔，时在徐而庵为《才子必读书》作序前一年。矍斋而庵雪客的话应该都靠得住，总结起来大约制义还是刻而未成，所以说有亦可，说无亦未始不可也。

世传有鬼或狐附在圣叹身上，曰慈月宫陈夫人，又曰泐大师，钱牧斋《初学集》卷四十三有《天台泐法师灵异记》，记其事云，以天启丁卯五月降于金氏之乩，是也。释戒显著《现果随录》一卷，有康熙十年周栎园序，其十九则纪戴宜甫子星归事，附记云：

昔金圣叹馆戴宜甫香勋斋，无叶泐大师附圣叹降乩，余时往叩之，与宜甫友善。

这可以考见圣叹少时玩那鬼画符的时和地，也是很有兴味的事，但不知为何在他各才子书批评里却看不出一点痕迹。我不知道刻《西厢》的年代，只查出《水浒》序题崇祯十四年二月，或者事隔十三四年，已不复再作少年狡狯乎。

《心史丛刊》二集中云："袁枚《随园诗话》，金圣叹好批小说，人多薄之，然其《宿野庙》一绝云：众响渐已寂，虫于佛面飞，半窗关夜雨，四壁挂僧衣。殊清绝。案，圣叹所著之文皆存于所批书中，其诗仅见随园称道一首。"刘继庄《广阳杂记》卷四，说蜀中山水之奇，后云："唱经堂于病中无端忽思成都，有诗云：卜肆垂帘新雨霁，酒垆眠客乱花飞，余生得到成都去，肯为妻儿一洒衣。"圣叹在《杜诗解》卷二注中自引一首，云：

> 曾记幼年有一诗：营营共营营，惰性易为工。留湿生萤火，张灯诱小虫。笑啼兼饮食，来往自西东。不觉闲风日，居然头白翁。此时思之，真为可笑。

又圣叹内书《圣人千案》之第二十五中云：

> 昔者圣叹亦有一诗：何处谁人玉笛声，黄昏吹起彻三更。沙场半夜无穷泪，未到天明便散营。

但此一首亦在《沉吟楼借杜诗》中，为末第二首，题曰"闻笛"，"未到"作"不得"。我却喜欢最末一首，以首二字为题曰"今春"：

> 今春刻意学庞公，斋日闲居小阁中。
> 为汲清泉淘钵器，却逢小鸟吃青虫。

矍斋识语云："唱经诗不一格，总之出入四唐，渊涵彼土，而要其

126

大致实以老杜为归。兹附刻《借杜诗》数章，岂唯虎贲貌似而已。"
《借杜诗》只二十五首，然尝鼎一脔，亦可知味矣。但刘袁二君所引不
知又系何本，岂唱经堂诗文稿在那时尚有写本流传欤。

圣叹的散文现在的确只好到他所批书中去找了，在五大部才子书中
却也可找出好些文章来，虽然这工作是很不容易。我觉得他替东都施耐
庵写的《水浒传序》最好，此外《水浒》《西厢》卷头的大文向来有
名，但我看《唐才子诗》卷一那些谈诗的短札实在很好，在我个人觉
得，还比洋洋洒洒的大文更有意思。《杜诗解》卷二，自《萧八明府实
处觅桃栽》至《早起》，以四绝一律合为一篇，说得很是别致，其中这
段批语，也是一首好文章：

　　无量劫来，生死相续，无贤无愚，俱为妄想骗过。如汉高
纵观秦皇帝，喟然叹曰，大丈夫当如此矣。岂非一肚皮妄想？
及后置酒未央，玉卮上寿，却道，季与仲所就孰多？此时心满
意足，不过当日妄想圆成。陈涉辍耕垄上曰，富贵无相忘。此
时妄想与汉高无别，到后为王沉沉，不过妄想略现。阮嗣宗登
广武观刘项战处曰，遂使孺子成名。亦是此一副肚肠，一副眼
泪，后来身不遇时，托于沉冥以至于死，不过妄想消灭。或为
帝王，或为草寇，或为酒徒，事或殊途，想同一辙。因忆为儿
嬉戏时，老人见之，漫无文理，不知其心中无量经营，无边筹
划，并非卒然徒然之事也。羊车竹马，意中分明国王迎门拥
彗，县令负弩前驱；尘羹涂饭，意中分明盛馔变色，菜羹必
祭；桐飞剪笏，榆落收钱，意中分明恭己垂裳，绕床阿堵。其
为妄想，与前三人有何分别。

又《早起》题下批语亦佳，可算作一篇小文，原诗首句"春来常
早起"下注云：

127

此句盖于未来发愿如此，若作过后叙述，便索然无味，则下句所云幽事，皆如富翁日记账簿，俗子强作《小窗清记》恶札，不可不细心体贴。

读之不禁微笑，我们于此窥见了一点圣叹个人的好恶，可知他虽然生于晚明，却总不是王百谷吴从先一流人也。

附记一：

一两个月前语堂来信，叫我谈谈金圣叹及李笠翁等人。这事大难，我不敢动手，因为关于文学的批评和争论觉得不能胜任。日前得福庆居士来信云，"雨中无事，翻寻唱经堂稿为之叹息。讲《离骚》之文只是残稿，竟是残了。庄骚马杜待何如，可叹息也。"看了记起金长文序中所说的诗，便想关于圣叹死时的话略加调查，拉杂写此，算是一篇文章，其实乃只几段杂记而已。对于圣叹的文学主张不曾说着一字，原书俱在，朋友们愿意阐扬或歪曲之者完全自由，与不佞正是水米无干也。

买得日本刻《徐而庵诗话》一卷，盖即《而庵说唐诗》卷首，有文化丁丑星岩居士梁纬跋云："余独于清人诗话得金圣叹徐而庵两先生，其细论唐诗透彻骨髓，则则皆中今人之病，真为紧要之话。"星岩本名梁川孟纬，妻名红兰，皆以诗名。

六月八日记于北平

附记二：

闲步庵得《第四才子书》，有西泠赵时揖声伯序；又贯华堂评选杜诗总识十余则，多记圣叹事，今录其七八九则于下：

邵兰雪（讳点）云，先生解杜诗时，自言有人从梦中语云，诸诗皆可说，唯不可说《古诗十九首》，先生遂以为戒。

128

后因醉后纵谈"青青河畔草"一章，未几而绝笔矣。明夷辍讲，青草符言，其数已前定也。

先生善画，其真迹吴人士犹有藏者，故论画独得神理，如所评王宰山水图及画马画鹘诸篇，无怪其有异样看法也。

先生饮酒，辄三四昼夜不醉，诙谐曼谑，座客从之，略无厌倦。偶有倦睡者，辄以新言醒之。不事生产，不修巾幅，谈禅谈道，仙仙然有出尘之致，殆以狂自好乎。余问邵悟非（讳然）先生之称圣叹何义，曰：先生云，《论语》有两喟然叹曰，在颜渊则为叹圣，在与点则为圣叹。此先生之自为狂也。

赵晴园生圣叹同时，所言当较可信，廖柴舟著传中说及《古诗十九首》与圣叹释义，盖即取诸此也。

七月二十五日又记

129

关于焚书坑儒

《雅笑》三卷，题李卓吾汇辑，姜肇昌校订并序。卷三有坑儒一则云：

> 人皆知秦坑儒，而不知何以坑之。案，卫宏《古文奇字序》，秦始皇密令人种瓜于骊山型谷中温处，瓜实成，使人上书曰瓜冬实。有诏下博士诸生说之，人人各异，则皆使往视之，而为伏机，诸儒生皆至，方相难不决，因发机从上填之以土，皆压死。

眉批有云：

> 秦始皇知瓜冬实儒者必多饶舌，岂非明王。

又云：

> 儒者凡谈说此等事原可厌，宜坑，秦始皇难其人耳。

这究竟是否出于李卓吾之手本属疑问，且不必说，但总是批得很妙，其痛恶儒生处令人举双手表同意也。金圣叹批《西厢》《水浒》，时常拉出秀才来做呆鸟的代表，总说宜扑，也是同样的意思，不过已经

130

和平得多也幽默得多了。为什么呢？秦之儒生本来就是明朝秀才的祖宗，他们都是做八股和五言八韵的朋友，得到赋得瓜冬实的好题目怎能不技痒，如或觉得可厌，"扑"也就很够了，那么大规模地伏机发机未免有点小题大做了。秦始皇的小题大做也不只是坑儒这一件，焚书的办法更是笨得可以。清初有曲江廖燕者，著《二十七松堂文集》十六卷，卷一有《明太祖论》是天下妙文，其中有云：

> 吾以为明太祖以制义取士与秦焚书之术无异，特明巧而秦拙耳，其欲愚天下之心则一也。

后又申言之曰：

> 且彼乌知诗书之愚天下更甚也哉。诗书者为聪明才辨之所自出，而亦为耗其聪明才辨之具，况吾有爵禄以持其后，后有所图而前有所耗，人日腐其心以趋吾法，不知为法所愚，天下之人无不尽愚于法之中，而吾可高拱而无为矣，尚安事焚之而杀之也哉。

又云：

> 明制，士唯习四子书，兼通一经，试以八股，号为制义，中式者录之。士以为爵禄所在，日夜竭精敝神以攻其业，自四书一经外咸束高阁，虽图史满前皆不暇目，以为妨吾之所为，于是天下之书不焚而自焚矣。非焚也，人不复读，与焚无异也。

我们读了此文，深知道治天下愚黔首的法子是考八股第一，读经次之，焚书坑儒最下。盖考八股则必读经，此外之书皆不复读，即不焚而自焚，又人人皆做八股以求功名，思想自然统一纯正，尚安事杀之坑之哉。至于得到一题目，各用其得意之做法，或正做或反做，标新立异以争胜，即所谓人人各异，那也是八股中应有之义，李卓吾以为讨厌可也，金圣叹以为应扑亦可也，若明太祖与廖燕当必能谅解诸生的苦心而点头微笑耳。秦始皇立志欲愚黔首，看见儒生如此热心于文章，正应欢喜奖励，使完成八股之制义，立万世之弘基，庶乎其可，今乃勃然大怒而坑杀之，不唯不仁之甚，抑亦不智之尤矣。中国臣民自古喜做八股，秦暴虐无道，焚书以绝八股的材料，坑儒以灭八股的作者，而斯文之运一厄，其后历代虽用文章取士，终不得其法，至明太祖应天顺人而立八股，至于今五百余年风靡天下，流泽孔长焉。破承起讲那一套的八股为新党所推倒，现在的确已经没有了，但形式可灭而精神不死，此亦中国本位文化之一，可以夸示于世界者欤。新党推倒土八股，赶紧改作洋八股以及其他，其识时务之为俊杰耶，抑本能之自发，或国运之所趋耶。总之都是活该。诸君何不先读熟一部《四书味根录》，吾愿为新进作家进一言。

附记：

《文饭小品》第六期上有施蛰存先生的《无相庵断残录》，第五则云"八股文"，谈及廖燕的文章，云《二十七松堂集》已有铅印本，遂以银六元买了回来。其实那日本文久二年（一八六二）的柏悦堂刊本还不至于"绝无仅有"，如张日麟的铅印本序所说，我就有一部，是以日金二元买得的。名古屋的其中堂书店旧书目上几乎每年都有此书，可知并不难得，大抵售价也总是金二元，计书十册，木版皮纸印，有九成新，恐怕还是近时印刷的。中国有好事家拿来石印用白纸装订，亦是佳事，卖价恐亦不必到六元罢。

读 禁 书

禁书目的刻版大约始于《咫进斋丛书》，其后有《国粹学报》的排印本，最近有杭州影印本与上海改编索引式本。这代表三个时期，各有作用：一是讲掌故，学术的；二是排满，政治的；三是查考，乃商业的了。

在现今第三时期中，我们想买几本旧书看的人于是大吃其亏，有好些明末清初的著作都因为是禁书的缘故价格飞涨，往往一册书平均要卖十元以上，无论心里怎么想要，也终于没有法子可以"获得"。果真是好书善本倒也罢了，事实却并不这样，只要是榜上有名的，在旧书目的顶上便标明禁书字样，价钱便特别地贵，如尹会一王锡侯的著述，实在都是无聊的东西，不值得去看，何况更花了大钱。话虽如此，好奇心到底都有的，说到禁书谁都想看一看，虽然那蓝胡子的故事可为鉴戒，但也可以知道禁的效力一半还是等于劝。假如不很贵，王锡侯的《字贯》我倒也想买一部，否则想借看一下，如是太贵而别人有这部书。至于看了不免多少要失望，则除好书善本外的禁书大抵都不免，我也是预先承认的。

近时上海禁书事件发生，大家谈起来都知道。可是《闲话皇帝》一文谁也没有见过，以前不注意，以后禁绝了。听说从前有《闲话扬州》一文激怒了扬州人，闹了一个小问题，那篇《闲话》我也还不曾见到。这篇《闲话》因为事情更大了，所以设法去借了一个抄本来，从头至尾用心读了一遍，觉得文章还写得漂亮，此外，还是大失望。这是我最近读禁书的一个经验。

不过天下事都有例外。我近日看到明末的一册文集，十足有可禁的程度，然而不是禁书。这书叫作《拜环堂文集》，会稽陶崇道著，即陶石篑石梁的侄子，我所有的只是残本第五六两卷，内容都是尺牍。从前我翻阅姚刻《禁书目》，仿佛觉得晚明文章除七子外皆在禁中，何况这陶路甫的文中有许多奴虏字样，其宜全毁明矣，然而重复检查索引式的《禁书总录》，却终未发现他的名字，这真真是大运气罢。虽然他的文集至今也一样地湮没，但在发现的时候，头上可以不至于加上标识，定价也不至过高，我们或者还有得到的机会，那么这又可以算是我们读者的运气了。

文集卷四《复杨修翎总督》云：

> 古人以犬羊比夷虏，良有深意。触我啮我则屠之，弭耳乞怜则抚而驯之。

又《与张雨苍都掌科》云：

> 此间从虏中逃归者言，虏张甚，日则分掠，暮则饱归。为大头目者二，故妓满帐中，醉后鼓吹为乐。此虽贼奴常态，然非大创势不即去，奈何。

看这两节就该禁了。此外这类文字尚多，直叙当时的情形，很足供今日的参考。最妙的如《答毛帅》（案即毛文龙）云：

> 当奴之初起也，彼密我疏，彼狡我拙，彼合我离，彼捷我钝，种种皆非敌手。及开铁一陷，不言守而言战，不言战而且言剿。正如衰败大户，仍先世余休，久驾人上，邻居小民见室中虚实，故来挑搆，一不胜而怒目张牙，诧为怪事，必欲尽力

惩治之，一举不胜，墙垣户牖尽为摧毁，然后紧闭门扇，面面相觑，各各相讯。此时从颓垣破壁中一人跃起，招摇童仆，将还击邻居，于是群然色喜，望影纳拜，称为大勇，岂知终是一人之力。

形容尽致，真可绝倒。不过我们再读一遍之后，觉得有点不好单笑明朝人了，仿佛这里还有别的意义，是中国在某一时期的象征，而现今似乎又颇相像了。集中也有别的文章，如《复朱金岳尚书》云：

凡人作文字，无首无尾，始不知何以开，后不知何以阖，此村郎文字也。有首有尾，未曾下笔，便可告人或用某事作开，或用某事作阖，如观旧戏，锣鼓未响，关目先知，此学究文字也。苏文忠曰，吾文如万斛源泉，不择地而布，行乎不得不行，止乎不得不止。夫所谓万斛也，文忠得而主之者也；不得不行不得不止者，文忠不得而主之者也。识此可以谈文，可以谈兵矣。

作者原意在谈兵，因为朱金岳本来就是兵家，但是这当作谈文看，也说得很有意思。谢章铤《赌棋山庄笔记》云：

窃谓文之未成体者冗剽芜杂，其气不清，桐城诚为对症之药。然桐城言近而境狭，其美亦殆尽矣，而迤逦陵迟，其势将合于时文。

这所说的正是村郎文字与学究文字，那与兵法合的乃是文学之文耳。陶路甫毕竟是石篑石梁的犹子，是懂得文章的，若其谈兵如何，则我是外行，亦不能知其如何也。

135

文章的放荡

偶然翻阅《困学纪闻》，见卷十七有这一则云：

> 梁简文诫子当阳公书云，立身之道与文章异，立身先须谨重，文章且须放荡。斯言非也。文中子谓文士之行可见，放荡其文，岂能谨重其行乎。

翁凤西注引《中说·事君篇》云：

> 子谓文士之行可见。谢灵运小人哉，其文傲，君子则谨。沈休文小人哉，其文冶，君子则典。

其实，深宁老人和文中子的评论文艺是不大靠得住的，全谢山在这节上加批云：

> 六朝之文所以无当于道。

这就凑足了鼎足而三。

我们再来《全梁文》里找梁简文的原文，在卷十一录有据《艺文类聚》二五抄出的一篇《诫当阳公大心书》云：

汝年时尚幼，所阙者学。可久可大，其唯学欤。所以孔丘言，吾尝终日不食，终夜不寝以思，无益，不如学也。若使墙面而立，沐猴而冠，吾所不取。立身之道与文章异，立身先须谨重，文章且须放荡。

这些勉学的话原来也只平常，其特别有意思的却就是为大家所非难的这几句话，我觉得他不但对于文艺有了解，因此也是知道生活的道理的人。我们看他余留下来的残篇剩简里有多少好句，如《舞赋》中云：

眄鼓微吟，回巾自拥。发乱难持，簪低易捧。

又《答新渝侯和诗书》中云：

双鬓向光，风流已绝，九梁插花，步摇为古。高楼怀怨，结眉表色，长门下泣，破粉成痕。复有影里细腰，令与真类，镜中好面，还将画等。

又《筝赋》中歌曰：

年年花色好，足侍爱君傍。
影人着衣镜，裙含辟恶香。
鸳鸯七十二，乱舞未成行。

看他写了这种清绮语，可是他的行为却并不至于放荡，虽然千四百年前事我们本来不能详知，也只好凭了一点文献的记录。简文被侯景所幽絷时有题壁自序一首云：

有梁正士兰陵萧世缵，立身行道，终始如一。风雨如晦，鸡鸣不已。弗欺暗室，岂况三光。数至于此，命也如何。

《梁书》四《简文帝纪》虽然说：

雅好题诗，其序云，余七岁有诗癖，长而不倦。然伤于轻艳，当时号曰宫体。

又史臣曰：

太宗幼年聪睿，令问凤标，天才纵逸，冠于今古，文则时以轻华为累，君子所不取焉。

但下文也说：

洎乎继统，实有人君之懿矣。

可见对于他的为人，君子也是没有微词的了。他能够以身作则地实行他的诫子书，这是非常难得的事情。文人里边我最佩服这行谨重而言放荡的，即非圣人，亦君子也。其次是言行皆谨重或言行皆放荡的，虽属凡夫，却还是狂狷一流。再其次是言谨重而行放荡的，此乃是道地小人，远出谢灵运沈休文之下矣。谢沈的傲冶其实还不失为中等，而且在后世也就不可多得，言行不一致的一派可以说起于韩愈，则滔滔者天下皆是也，至今遂成为载道的正宗了。一般对于这问题有两种误解。其一以为文风与世道有关，他们把《乐记》里说的亡国之音那一句话歪曲了，相信哀愁的音会得危害国家，这种五行志的论调本来已过了时，何况倒因为果还是读了别字来的呢。其二以为文士之行可见，不但是文如其人，而且还会人如其文，写了这种文便非变成这种人不可，即是所谓放荡其文岂能谨重其行乎。这也未免说得有点神怪，事实倒还是在反

138

面，放荡其文与谨重其行，其实乃不独不相反而且还相成呢。英国蔼理斯在他的《凯沙诺伐论》中说过：

我们愈是绵密地与实生活相调和，我们里面的不用不满足的地面当然愈是增大。但正在这地方，艺术进来了。艺术的效果大抵在于调弄这些我们机体内不用的纤维，因此使他们达到一种谐和的满足之状态，就是把他们道德化了，倘若你愿意这样说。精神病医生常述一种悲惨的疯狂病，为高洁地过着禁欲生活的老处女们所独有的。她们当初好像对于自己的境遇很满意，过了多少年后却渐显出不可抑制的恼乱与色情冲动，那些生活上不用的分子被关闭在心灵的窖里，几乎被忘却了，终于反叛起来，喧扰着要求满足。古代的狂宴——基督降诞节的腊祭，圣约翰节的中夏祭——都证明古人很聪明地承认，日常道德的实生活的约束有时应当放松，使他不至于因为过紧而破裂。我们没有那狂宴了，但我们有艺术替代了他。

又云：

这是一个很古的观察，那最不贞洁的诗是最贞洁的诗人所写，那些写得最清净的人却生活得最不清净。在基督教徒中也正是一样，无论新旧宗派，许多最放纵的文学都是教士所作，并不因为教士是一种堕落的阶级，实在只因他们生活的严正更需这种感情的操练罢了。从自然的观点说来，这种文学是坏的，这只是那猥亵之一种形式，正如许思曼所说唯有贞洁的人才会做出的。在大自然里，欲求急速地变成行为，不留什么痕迹在心上面。……在社会上我们不能常有容许冲动急速而自由地变成行为的余地，为要免避被压迫的冲动之危害起见，把这些感情移用在更高上稳和的方面却是要紧了。正如我们需要体

139

操以伸张和谐那机体中不用的较粗的活力一样，我们需要美术文学以伸张和谐那较细的活力，这里应当说明，因为情绪大抵也是一种肌肉作用，在多少停顿状态中的动作，所以上边所说不单是普通的一个类似。从这方面看来，艺术正是情绪的操练。

小注中又引格勒威耳的日记作例证之一云：

拉忒勒耳在谈谟耳与洛及斯两人异同，前者的诗那么放荡，后者的诗那么清净，因为诗里非常谨慎地删除一切近于不雅驯的事物，所以当时甚是流行，又对比两人的生活与作品，前者是良夫贤父的模范，而后者则是所知的最大好色家云。

中国的例大约也不少，今为省事计也就不去多找了。凯沙诺伐是言行皆放荡的人，摆伦的朋友妥玛谟耳则很有简文的理想。或评法国画家瓦妥云："荡子精神，贤人行径。"此言颇妙，正可为此类文人制一副对联也。

情书写法

八月三十日北平报载法院复审刘景桂逯明案，有逯明的一节供词极妙，让我把他抄在后边：

> 问：你给她的信内容不明白的地方甚多，以十月二十五日十一月三十日信看来，恐怕你们另有什么计划。
>
> 答：爱情的事，无经验的人是不明白的，普通情书常常写言过其实的肉麻话，不如此写不能有力量。

据报上说逯君正在竭力辩明系女人诱惑男人，却又说出这样的老实话来，未免稍有不利，但对于读者总是很有意思，可感谢的一句话。有经验的人对于无经验的有所指教，都是非常有益的，虽然有时难免戳穿西洋镜，听了令人有点扫兴。恋爱经验与宗教经验战争经验一样地难得，何况又是那样深刻的，以致闹成事件，如世俗称为"桃色惨案"，——顺便说一句，这种名称我最不喜欢，只表示低级趣味与无感情而已，刘荷影案时有"留得残荷听雨声"的小标题，尤其不愉快。闲话休提，我只说，犯罪就是一种异常的经验，只要是老实地说话，不要为了利害是非而歪曲了去感伤地申诉或英雄地表演，于我们都有倾听的价值。日本有古田大次郎要为同志大杉荣复仇，杀人谋财，又谋刺福田大将未成，被捕判处死刑，不上诉而就死，年二十五，所著有《死之忏悔》，为世人所珍重，其一例也。

逯君关于情书的几句话真可谓苦心之谈，不愧为有经验者。第一，这使人知道怎么写情书。言过其实地说肉麻话，或者觉得不大应该。然而为得要使情书有力量，却非如此不可。这实在是一条兵法，看过去好像有一股冷光，正如一把百炼钢刀，捏在手里，你要克敌制胜，便须得直劈下去。古人云，鸳鸯绣出从君看，莫把金针度与人。今却将杀手拳传授与普天下看官，真可谓难得之至矣。第二，这又使人知道怎么看情书。那些言过其实的肉麻话怎么发落才好？既然知道是为得要有力量而写的，那么这也就容易解决了，打来的一拳无论怎么凶，明白了他的打法，自然也有了解法。有这知识的人看那有本领的所写的情书，正是所谓"灯笼照火把"，相视而笑，莫逆于心，结果是一局和棋。我只挂念，逯君情书的受信人不知当时明白这番道理否？假如知道，那么其力量究竟何如，事件的结果或当如何不同，可惜现在均无从再说也。

我在这里并不真是来讨论情书的写法及其读法，看了那段供词我觉得有趣味的乃因其可以应用于文学上也。窃见文学上写许多言过其实的肉麻话者多矣，今乃知作者都在写情书也。我既知道了这秘密，便于读人家的古今文章大有帮助，虽然于自己写文章没有多少用处，因为我不曾想有什么力量及于别人耳。

畏天悯人

刘熙载著《艺概》卷一文概中有一则云：

> 畏天悯人四字见文中子《周公篇》，盖论《易》也。今读《中说》全书，觉其心法皆不出此意。

查《中说》卷四云：

> 文中子曰，《易》之忧患，业业焉，孜孜焉，其畏天悯人，思及时而动乎。

关于《周易》我是老实不懂，没有什么话说，《中说》约略翻过一遍，看不出好处来，其步趋《论语》的地方尤其讨厌，据我看来，文中子这人远不及王无功有意思。但是上边的一句话我觉得很喜欢，虽然是断章取义的，意义并不一样。

天就是"自然"。生物的自然之道是弱肉强食，适者生存。河里活着鱼虾虫豸，忽然水干了，多少万的生物立即枯死。自然是毫无感情的，《老子》称之曰天地不仁。人这生物本来也受着这种支配，可是他要不安分地去想，想出不自然的仁义来。仁义有什么不好，这是很合于理想的，只是苦于不能与事实相合。不相信仁义的有福了，他可以老实地去做一只健全的生物。相信的以为仁义即天道，也可以圣徒似的闭了眼祷告着过一生，这种人虽然未必多有。许多的人看清楚了事实却又不能抛弃理想，于是唯有烦闷。这有两条不同的路，但觉得同样地可怜。一是没有法。正如巴斯加耳说过，他受了自然的残害，一点都不能抵抗，可是他知道如此，而"自然"无知，只此他是胜过自然了。二是有法，即信自然是有知的。他也看见事实打坏了理想，却幻想这是自然用了别一方式去把理想实现了。说来虽似可笑，然而滔滔者天下皆是也，我们随便翻书，便可随时找出例子来。

最显明的例是讲报应。原来因果是极平常的事，正如药苦糖甜，由于本质，或杀人偿命，欠债还钱，是法律上所规定，当然要执行的。但所谓报应则不然。这是在世间并未执行，却由别一势力在另一时地补行之，盖是弱者之一种愿望也。前读笔记，见此类纪事很以为怪，曾云：

> 我真觉得奇怪，何以中国文人这样喜欢讲那一套老话，如甘蔗滓的一嚼再嚼，还有那么好的滋味。最显著的一例是关于所谓逆妇变猪这类的记事。在阮元的《广陵诗事》卷九中有这样的一则云云。阮云台本非俗物，于考据辞章之学也有成就，乃喜记录此等恶滥故事，殊不可解。

近日读郝懿行的诗文随笔，此君文章学识均为我所钦敬，乃其笔录中亦常未能免俗。又袁小修日记上海新印本出版，比所藏旧本多两卷，重阅一过，发现其中谈报应的亦颇不少，而且多不高明。因此乃叹此事大难，向来乱读杂书，见关于此等事思想较清楚者只有清朝无名的两人，即汉军刘玉书四川王侃耳。若大多数的人则往往有两个世界，前世造了孽，所以在这世无端地挨了一顿屁股或其他，这世作了恶，再拖延到死后去下地狱，这样一来，世间种种疑难杂事大抵也就可以解决了。

从报应思想反映出几件事情来。一是人生的矛盾。理想是仁义，而事实乃是弱肉强食。强者口说仁义，却仍吃着肉。皇帝的事情是不敢说的了，武人官吏土豪流贼的无法无天怎么解说呢？这只能归诸报应，无论是这班杀人者将来去受报也好，或者被杀的本来都是来受报的也好，总之这矛盾就搪塞过去了。二是社会的缺陷。有许多恶事，在政治清明法律完备的国家大抵随即查办，用不着费阴司判官的心的，但是在乱世便不可能，大家只好等候侠客义贼或是阎罗老子来替他们出气，所以我颇疑《水浒传》《果报录》的盛行即是中国社会混乱的一种证据。可是也有在法律上不成大问题的，文人看了很觉得可恶，大有欲得而甘心之意，也就在他笔下去办他一下，那自然更是无聊，这里所反映出来的乃只是道学家的脾气罢了。

甘熙著《白下琐言》卷三有一则云：

> 正阳门外有地不生青草，为方正学先生受刑处。午门内正殿堤石上有一凹，雨后拭之血痕宛然，亦传为草诏时齿血所溅。盖忠义之气融结宇宙间，历久不磨，可与黄公祠血影石并传。

这类的文字我总读了怃然不乐。孟德斯鸠临终有言，据严几道说，帝力之大如吾力之为微。人不承认自己的微，硬要说得阔气，这是很可悲的事。如上边所说，河水干了，几千万的鱼虾虫豸一齐枯死。一场恶战，三军覆没，一场株连，十族夷灭，死者以万千计。此在人事上自当看作一大变故，在自然上与前者事同一律，天地未必为变色，宇宙亦未必为震动也。河水不长则陆草生焉，水长复为小河，生物亦生长如故，战场及午门以至弼教坊亦然，土花石晕不改故常，方正学虽有忠义之气，岂能染污自然尺寸哉。俗人不悲方君的白死，宜早早湮没借以慰安之，乃反为此等曲说，正如茅山道士讳虎噬为飞升，称被杀曰兵解，弥复可笑矣。曾读英国某人文云，世俗确信公理必得最后胜利，此不尽然，在教派中有先屈后伸者，盖因压迫者稍有所顾忌，芟夷不力之故，古来有若干宗派确被灭尽，遂无复孑遗。此铁冷的事实正记录着自然的真相，世人不察，却要歪曲了来说，天让正人义士被杀了，还很爱护

145

他，留下血迹以示褒扬。倘若真是如此，这也太好笑，岂不与猎师在客座墙上所嵌的一个鹿头相同了么？王彦章曰，豹死留皮，人死留名。豹的一生在长林丰草间，及为虎咬蛇吞，便干脆了事，不幸而死于猎户之手，多留下一张皮毛为贵人做坐垫，此正是豹之"兽耻"也。彦章武夫，不妨随便说，若明达之士应知其非。闻有法国诗人微尼氏曾作一诗曰"狼之死"，有画廊派哲人之风，是殆可谓的当的人生观欤。

　　附记：

　　年纪大起来了，觉得应该能够写出一点冲淡的文章来罢。如今反而写得那么剑拔弩张，自己固然不中意，又怕看官们也不喜欢，更是过意不去。十月三日记。

说　鬼

近来很想看前人的随笔，大抵以清朝人为主，因为比较容易得到，可是总觉得不能满意。去年在读《洗斋病学草》中的小文里曾这样说：

> 我也想不如看笔记，然而笔记大多数又是正统的，典章，科举，诗话，忠孝节烈，神怪报应，讲来讲去只此几种，有时候翻了二十本书结果仍是一无所得。我不知道何以大家多不喜欢记录关于社会生活自然名物的事，总是念念不忘名教，虽短书小册亦复如是，正如种树卖柑之中亦寄托治道，这岂非古文的流毒直渗进小说杂家里去了么。

话虽如此，这里边自然也有个区别。神怪报应类中，谈报应我最嫌恶，因为他都是寄托治道，非记录亦非文章，只是浅薄的宣传，虽然有一部分迷信的分子也可以作民俗学的资料。志怪述异还要好一点，如《聊斋》那样的创作可作文艺看，若是信以为真地记述奇事，文字又不太陋劣，自然更有可取的地方。日前得到海昌俞氏丛刻的零种，俞霞轩的《蓼莫子杂识》一卷，其子少轩的《高辛砚斋杂著》一卷，看了很有意思，觉得正是一个好例子。

《蓼莫子杂识》是日记体的，记嘉庆廿二年至廿五年间两年半的事情，其中叙杭州海宁的景色颇有佳语，如嘉庆廿四年四月初四日夜由万松岭至净居庵一节云：

脱稿，街衢已黑，急挟卷上万松岭，林木阴翳，寒风逼人，交卷出。路昏如黳，地荒凉无买烛所，乘暗行义冢间，蔓草没膝。有人执灯前行，就之不见，忽又在远。虫嘶鸟啾，骨动胆裂。过禹王庙，漆云蔽前，凉雨籁籁洒颈，风吹帽欲落，度雨且甚，惶骇足战战，忽前又有灯火，则双投桥侧酒家也。狂喜入肆，时饥甚，饮酒两盏，杂食腐筋蚕豆，稍饱。出肆行数步，雨如倾，衣履尽湿，不能行，愁甚无策，陡念酒肆当有雨盖，返而假之，主人甚贤，慨然相付，然终无灯。二人相倚行，暗揣道路，到鸳鸯冢边，耳中闻菰蒲瑟瑟声，心知临水，以伞拄地而步，恐坠入湖。忽空山嗷然有声，继以大笑，魂魄骇飞，凝神静听，方知老鸦也。行数步，长人突兀立于前，又大怖，注目细看，始辨是塔，盖至净慈前矣。然雨益急，疾趋入兴善社，幽森凉寂，叩净居庵门，良久雏僧出答。

可是《杂识》中写别的事情都不大行，特别是所记那些报应，意思不必说了，即文字亦大劣，不知何也。《高辛砚斋杂著》凡七十八则，几乎全是志异，也当然要谈报应而不多，其记异闻仿佛是完全相信似的，有时没有什么结论，云后亦无他异，便觉得比较地可读，也更朴实地保存民间的俗信。如第一则记某公在东省署课读时夜中所见云：

窗外立一人，面白身火赤，向内嬉笑。忽跃入，径至仆榻，伸手入帐，扼其头拔出吸脑有声，脑尽掷去头，复探手攫肠胃，仍跃去。……某术士颇神符箓，闻之曰，此红僵也，幸面尚白，否则震霆不能诛矣。

俗传僵尸有两种，即白僵与红僵是也，此记红僵的情状，实是僵尸考中的好资料。第四则云：

海盐傅某曾游某省，一日独持雨盖行山中，见虎至，急趋入破寺，缘佛厨升梁伏焉。少顷虎衔一人至，置地上，足尚动，虎再拨之，人忽起立自解衣履，仍赤体伏，虎裂食尽摇尾去，傅某得窜逃。后年八十余，粹庵听其自述云。

此原是虎伥的传说，而写得很可怕，中国关于鬼怪的故事中僵尸固然最是凶残，虎伥却最是阴惨，都很值得注意研究。第五则云：

黄铁如者名楷，能文，善视鬼，并知鬼事。据云，每至人家，见其鬼香灰色则平安无事，如有将落之家，则鬼多淡黄色。又云，鬼长不过二尺余，如鬼能修善则日长，可与人等，或为淫厉，渐短渐灭，至有仅存二眼旋转地上者。亦奇矣。

两只眼睛在地上旋转，这可以说是谈鬼的杰作。王小谷著《重论文斋笔录》卷二云：

曾记族朴存兄淳言（兄眼能见鬼，凡黑夜往来俱不用灯），凡鬼皆依附墙壁而行，不能破空，疫鬼亦然，每遇墙壁必如蚓却行而后能入。常鬼如一团黑气，不辨面目，其有面目而能破空者则是厉鬼，须急避之。

兄又言鬼最畏风，遇风则牢握草木，蹲伏不能动。

兄又云，《左传》言故鬼小新鬼大，其说确不可易，至溺死之鬼则新小而故大，其鬼亦能登岸，逼视之如烟云消灭者，此新鬼也。故鬼形如槁木，见人则跃入水中，水有声而不散，故无圆晕。

所说虽不尽相同，也是很有意思的话，可以互相发明。我这里说有

149

意思，实在就是有趣味，因为鬼确实是极有趣味也极有意义的东西。我们喜欢知道鬼的情状与生活，从文献从风俗上各方面去搜求，为的可以了解一点平常不易知道的人情，换句话说就是为了鬼里边的人。反过来说，则人间的鬼怪伎俩也值得注意，为的可以认识人里边的鬼罢。我的打油诗云，"街头终日听谈鬼"，大为志士所诃，我却总是不管，觉得那鬼是怪有趣的物事，舍不得不谈，不过诗中所谈的是哪一种，现在且不必说。至于上边所讲的显然是老牌的鬼，其研究属于民俗学的范围，不是讲玩笑的事，我想假如有人决心去作"死后的生活"之研究，实是学术界上破天荒的工作，很值得称赞的。英国弗来则博士有一部书专述各民族对于死者之恐怖，现在如只以中国为限，却将鬼的生活详细地写出，虽然是极浩繁困难的工作，值得当博士学位的论文，但亦极有趣味与实益，盖此等处反可以见中国民族的真心实意，比空口叫喊固有道德如何的好还要可信凭也。刘青园在《常谈》中有云：

> 信祭祀祖先为报本追远，不信冥中必待人间财物为用。

这是明达的常识，是个人言行的极好指针，唯对于世间却可以再客观一点，为进一解曰，不信冥中必待人间财物为用，但于此可以见人情，所谓慈亲孝子之用心也。自然也有恐怖，特别是对于孤魂厉鬼，此又是"分别予以安置，俾免闲散生事"之意乎。

150

关于日本语

十年前写过一篇文章，名曰"日本与中国"，其中有两节云：

> 中国在他独殊的地位上特别有了解日本的必要与可能，但事实上却并不然，大家都轻蔑日本文化，以为古代是模仿中国，现代是模仿西洋的，不值得一看。日本古今的文化诚然是取材于中国与西洋，却经过一番调剂，成为他自己的东西，正如罗马文明之出于希腊而自成一家，所以我们尽可以说日本自有他的文明，在艺术与生活方面为显著，虽然没有什么哲学思想。我们中国除了把他当作一种民族文明去公平地研究之外，还当特别注意，因为有许多地方足以供我们研究本国古今文化之参考。从实利这一点说来，日本文化也是中国人现今所不可忽略的一种研究。

> 中国与日本并不是什么同文同种，但是因为文化交通的缘故，思想到底容易了解些，文字也容易学些（虽然我又觉得日本文中夹着汉字是使中国人不能深彻地了解日本的一个障害），所以我们研究日本比较西洋人要便利得多。

也正是那时候，我还在燕京大学教书，有一位同事是美国老牧师，在北京多年，对于中国学问很有研究，他在校内主张应鼓励学生习日俄语文。他的理由是，英美人多习法德语，中国则情形不同，因地理关系

151

上与日本俄国联系密切，故宜首先学习此二种言语，而法德各语尚在其次。这个意思实在很对，大约学校也不见得不赞同，不过未曾实行，以至于今。

民国十九年北京大学三十二周年纪念刊上我写了一篇小文，名曰"北大的支路"，希望学校提倡希腊印度亚刺伯日本的研究，关于日本的一节云：

> 日本有小希腊之称，他的特色确有些与希腊相似，其与中国文化上之关系更仿佛罗马，很能把先进国的文化拿去保存或同化而光大之，所以中国治国学的人可以去从日本得到不少的资料与参考。从文学史上来看，日本从奈良到德川时代这千二百余年受的是中国影响，处处可以看出痕迹，明治维新以后，与中国近来的新文学相同，受了西洋的影响，比较起迹步骤几乎一致，不过日本这回成为先进，中国老是追着，有时还有意无意地模拟贩卖，这都给予我们很好的对照与反省。

这话说了到如今也已是五个年头了。一个主张，一种意见，五年十年不会有效原也是当然，因为机缘很是重要，这却甚不容易遇到。其实从甲午至甲戌四十年中事情也不少了，似乎却总还不能引起知己知彼的决心，有的大约是刺激太小罢，没有效力，有的又是太大了，引起的反应超过了常度。九一八总是大事件了，然而他的影响在学校则不及，在社会则过。我不知道中国政府到底为什么缘故至今不办一个外国语学校，国家没有一个地方可以让学生习得英文以外的语文，即大学亦都在内。日本语向来只准当作第二外国语去学，而那种第二外国语是永远教不好学不好的。然而在社会上这些情形正是相反，近年来热心学习日本语者据说日渐增加，似乎是好现象了，我只怕是不骄便太怯，那即是过。有一个日本人猝然问曰，近来大家学日本话，说是为了一九三六年懂得日本话方便些，是不是？我看他很素朴却不是故意地问，便只好苦

152

笑对他摇头道，我没有听说。

讲到底我是主张学日本语的。我主张在中国学习，如有资力可再往日本一走。学日本语最好有国立的外国语学校或大学专系，否则从私人亦可。学日本语的目的不可太怯，预备做生意，看书报，读社会科学，帮助研究国学，都是正当的目的，读日本文学作品，研究日本文化，那自然是更进一步了。语言文字本来是工具，初学或速成者只要能够使用就好了，若是想要研究下去的，却须知道这语言也有他的生命，多少要对于他感到一种爱好与理解。这样，须得根本地从口语入手，还得多读名家所写的文章，才能真正了解，不是单靠记忆几十条规则或翻看几本社会科学书所能达到的。因此我们的第二个的意见是，学日本语须稍稍心宽，可能地要多花费点时日，除不得已外万不宜求速成，盖天下无可速成之事，古人曰，欲速则不达，普通所谓速成实在只是浅尝，即只学了一部分耳。鄙人读日本文至今才二十八年，其间从先生学习者不过两年，却来胡乱说话，未免可笑，因答应张君已久，不能再拖欠了，只好赶写，请原谅则个。

情　理

管先生叫我替《实报》写点文章，我觉得不能不答应，实在却很为难。这写些什么好呢？

老实说，我觉得无话可说。这里有三种因由：一、有话未必可说；二、说了未必有效；三、何况未必有话。

这第三点最重要，因为这与前二者不同，是关于我自己的。我想对于自己的言与行我们应当同样地负责任，假如明白这个道理而自己不能实行时便不该随便说，从前有人住在华贵的温泉旅馆而嚷着叫大众冲上前去革命，为世人所嗤笑，至于自己尚未知道清楚而乱说，实在也是一样的不应当。

现在社会上忽然有读经的空气继续金刚时轮法会而涌起，这现象的好坏我暂且不谈，只说读九经或十三经，我的赞成的成分倒也可以有百分之十，因为现在至少有一经应该读，这里边至少也有一节应该熟读。这就是《论语》的《为政》第二中的一节：

> 子曰：由，诲汝知之乎？知之为知之，不知为不知，是知也。

这一节话为政者固然应该熟读，我们教书捏笔杆的也非熟读不可，否则不免误人子弟。我在小时候念过一点经史，后来又看过一点子集，深感到这种重知的态度是中国最好的思想，也与苏格拉底可以相比，是科学精神的源泉。

我觉得中国有顶好的事情，便是讲情理，其极坏的地方便是不讲情理。随处皆是物理人情，只要人去细心考察，能知者即可渐进为贤人，不知者终为愚人，恶人。《礼记》云，饮食男女人之大欲存焉，死亡贫苦人之大恶存焉。《管子》云，仓廪实则知礼节，衣食足则知荣辱。这都是千古不变的名言，因为合情理。现在会考的规则，功课一二门不及格可补考二次，如仍不及格则以前考过及格的功课亦一律无效。这叫作不合理。全省一二门不及格学生限期到省会考，不考虑道路的远近，经济能力的及不及。这叫作不近人情。教育方面尚如此，其他可知。

这所说的似乎专批评别人，其实重要的还是借此自己反省，我们现在虽不做官，说话也要谨慎，先要认清楚自己究竟知道与否，切不可那样不讲情理地乱说。说到这里，对于自己的知识还没有十分确信，所以仍不能写出切实有主张的文章来，上边这些空话已经有几百字，聊以塞责，就此住笔了。

附记：

管翼贤先生来访，命为《实报》写"星期偶感"，在星期日报上发表，由五人轮流执笔，至十一月计得六篇，便集录于此。

责　任

　　"天下兴亡，匹夫有责。"这是读书人常说的一句话，作为去干政治活动的根据的，据说这是出于顾亭林。查《日知录》卷十三有这样的几句云："保国者，其君其臣肉食者谋之。保天下者，匹夫之贱与有责焉耳矣。"再查这一节的起首云："有亡国，有亡天下。亡国与亡天下奚辨？曰，易姓改号，谓之亡国。仁义充塞而至于率兽食人，人将相食，谓之亡天下。"顾亭林谁都知道是明朝遗老，是很有民族意识的，这里所说的话显然是在排清，表面上说些率兽食人的老话，后面却引刘渊石勒的例，可以知道他的意思。保存一姓的尊荣乃是朝廷里人们的事情，若守礼法重气节，使国家勿为外族所乘，则是人人皆应有的责任。我想原意不过如此，那些读书人的解法恐怕未免有点歪曲了罢。但是这责任重要的还是在平时，若单从死难着想毫无是处，倘若平生自欺欺人，多行不义，即使卜居柴市近旁，常往崖山踏勘，亦复何用。洪允祥先生的《醉余随笔》里有一节说得好：

　　　　《甲申殉难录》某公诗曰，愧无半策匡时难，只有一死报君恩。天醉曰，没中用人死亦不济事。然则怕死者是欤？天醉曰，要他勿怕死是要他拼命做事，不是要他一死便了事。

　　这是极精的格言，在此刻现在的中国正是对症服药。《日知录》所说匹夫保天下的责任在于守礼法重气节，本是一种很好的说法，现在觉得还太笼统一点，可以再加以说明。光是复古地搬出古时的德目来，把他当作符似的贴在门口，当作咒似的念在嘴里，照例是不会有效验的，自己不是巫祝而这样地祈祷和平，结果仍旧是自欺欺人，不负责任。我们现在所需要的是实行，不是空言，是行动，不是议论。这里没有多少烦琐的道理，一句话道，大家的责任就是大家要负责任。我从前曾说过，要武人不谈文，文人不谈武，中国才会好起来，也原是这个意思，今且按下不表，单提我们捏笔杆写文章的人应该怎样来负责任。这可以分作三点。一是自知。"知之为知之，不知为不知。"不知妄说，误人子弟，该当何罪，虽无报应，岂不惭愧。二是尽心。文字无灵，言论多难，计较成绩，难免灰心，但当尽其在我，镙而不舍，岁计不足，以五年十年计之。三是言行相顾。中国不患思想界之缺权威，而患权威之行不顾言，高卧温泉旅馆者指挥农工与陪姨太太者引导青年，同一可笑也。无此雅兴与野心的人应该更朴实地做，自己所说的话当能实践，自己所不能做的事可以不说，这样地办自然会使文章的虚华减少，看客掉头而去，但同时亦使实质增多，不误青年主顾耳。文人以外的人各有责任，兹不多赘，但请各人自己思量可也。

谈　文

这几天翻阅近人笔记，见叶松石著《煮药漫抄》卷下有这一节，觉得很有意思。

少年爱绮丽，壮年爱豪放，中年爱简练，老年爱淡远。学随年进，要不可以无真趣，则诗自可观。

叶松石在同治末年曾受日本文部省之聘，往东京外国语学校教汉文，光绪五六年间又去西京住过一年多，《煮药漫抄》就是那时候所著。但他压根儿还是诗人，《漫抄》也原是诗话之流，上边所引的话也是论诗的，虽然这可以通用于文章与思想，我觉得有意思的就在这里。

学随年进，这句话或者未可一概而论，大抵随年岁而变化，似乎较妥当一点。因了年岁的不同，一个人的爱好与其所能造作的东西自然也异其特色，我们如把绮丽与豪放并在一处，简练与淡远并在一处，可以分作两类，姑以中年前后分界，称之曰前期后期。中国人向来尊重老成，如非过了中年不敢轻言著作，就是编订自己少作，或评论人家作品的时候也总以此为标准，所以除了有些个性特别强的人，又是特别在诗词中，还留存若干绮丽豪放的以外，平常文章几乎无不是中年老年即上文所云后期的产物，也有真的，自然也有仿制的。我们看唐宋以至明清八大家的讲义法的古文，历代文人讲考据或义理的笔记等，随处可以证明。那时候叫青年人读书，便是强迫他们磨灭了纯真的本性，慢慢人为地造成一种近似老年的心境，使能接受那些文学的遗产。这种办法有的也很成功的，不过他需要相当的代价，有时往往还是得不偿失。少年老成的人是把老年提先了，少年未必就此取消，大抵到后来再补出来，发生冬行春令的景象。我们常见智识界的权威平日超人似的发表高尚的教训，或是提倡新的或是拥护旧的道德，听了着实叫人惊服，可是不久就有些浪漫的事实出现，证明言行不一致，于是信用扫地，一塌糊涂。我们见了破口大骂，本可不必，而且也颇冤枉，这实是违反人性的教育习惯之罪，这些都只是牺牲耳。《大学》有云"是谓拂人之性，灾必逮夫身"。现今正是读经的时代，经训不可不三思也。

少年壮年中年老年，各有他的时代，各有他的内容，不可互相侵犯，也不可颠倒错乱。最好的办法还是顺其自然，各得其所。北京有一首儿歌说得好，可以唱给诸公一听：

　　　新年来到，糖瓜祭灶。
　　　姑娘要花，小子要炮。
　　　老头子要戴新呢帽，
　　　老婆子要吃大花糕。

关于教子法

俞正燮《癸巳存稿》卷四，有《陆放翁教子法》一篇云：

　　放翁《寒夜》诗云："稚子忍寒守蠹简，老夫忘睡画炉灰。"《新凉夜坐有作》云："砚屏突兀蓬婆雪，书几青荧莲勺灯。稚子可怜贪夜课，语渠循旧未须增。"《冬夜读书示子遹》云："简断篇残字欲无，吾儿不负乃翁书。"《喜小儿辈到行在》诗云："阿纲学书蚓满幅，阿绘学语莺啭木。画窗涴壁谁忍嗔，啼呼也复可怜人。"其教子之主于宽也如此。就其集观之，其子才质宜于宽也。

　　《与建子振孙登千峰榭》诗云："二稚慧堪怜，犹赊志学年。善和书尚在，他日要人传。"《浮生》诗云："横陈粝饭侧，朗诵短檠前。不用嘲痴绝，儿曹尚可传。"《感贫》诗云："翁将贫博健，儿以学忘忧。"《夜坐示子聿》云："学术非时好，文章且自由。不嫌秋夜永，问事有长头。"《喜小儿病起》诗云："也知笠泽家风在，十岁能吟病起诗。"《示儿》诗云："读书习气扫未尽，灯前简牍纷朱黄。吾儿从旁论治乱，每使老子喜欲狂。不欲饮酒竟自醉，取书相和声琅琅。"《灯下晚餐示子遹》云："遹子挟册于于来，时与老翁相论难。但令歃向竟同归，门前籍湜何忧畔。"《闲居》诗云："春寒催唤客尝酒，夜永卧听儿读书。"《白发》诗云："自怜未废诗书业，父子蓬窗共一灯。"《由南堰归》云："到家亦既夕，青灯耿窗扉。且复取书读，父子穷相依。"《出游暮归戏作》云："莫道归来却岑寂，小儿同守短灯檠。"《示子》诗云："老愦简编犹自力，夜深灯火渐当谋。大门旧业微如线，赖有吾儿共此忧。"又云："儒林早岁窃虚名，白首何曾负短檠。堪叹一衰今至此，梦回闻汝读书声。"《纵谈》诗云："高谈对邻父，朴学付痴儿。"《忍穷》诗云："尚余书两屋，手校付吾儿。"《即事》诗云："诗成赏音绝，自向小儿夸。"家庭文章之乐，非迂刻者所能晓也。

又有《示子聿》诗云："雨暗小窗分夜课，雪迷长镵共朝饥。"《书叹》诗云："偶然得肉思共饱，吾儿苦让不忍违。儿饥读书到鸡唱，意虽甚壮气力微。"苦读之况如此。又《短歌示诸稚》云："义理开诸孙，闳闳待其大。贤愚未易知，尚冀得一个。"知爱之能劳也。

《南门散策》诗云："野蔓不知名，丹实何累累。村童摘不诃，吾亦爱吾儿。"《幽居》诗云："雅意原知足，遄归喜遂初。久闲棋格长，多病钓徒疏。渍药三升酒，支头一束书。儿曹看翁懒，切勿厌蜗庐。"《题斋壁》诗云："力穑输公上，藏书教子孙。追游屏裘马，宴集止鸡豚。寒士邀同学，单门与议昏。定知千载后，犹以陆名村。"此三诗意思深长，君子人言也。放翁又有句云："儿孙生我笑，趋揖已儒酸。"然则以陆名村定矣。

案俞理初此文甚有情致，不特能了知陆放翁，对于小儿亦大有理解。所引放翁句中，我觉得有两处最为切要。其一云："阿纲学书蚓满幅，阿绘学语莺啭木。画窗涴壁谁忍嗔，啼呼也复可怜人。"其二云："野蔓不知名，丹实何累累。村童摘不诃，吾亦爱吾儿。"此在古人盖已有之，最显著的是陶渊明，其《责子》诗云：

161

白发被两鬓，肌肤不复实。虽有五男儿，总不好纸笔。
阿舒巳二八，懒惰故无匹。阿宣行志学，而不爱文术。
雍端年十三，不识六与七。通子垂九龄，但觅梨与栗。
天运苟如此，且进杯中物。

黄山谷跋说得最好，文曰：

观靖节此诗，想见其人慈祥戏谑可观也，俗人便谓渊明诸
子皆不肖，而愁叹见于诗耳。

昭明太子所撰《陶渊明传》中叙其为彭泽令时事云：

不以家累自随，送一力给其子，书云：汝旦夕之费，自给
为难，今遣此力，助汝薪水之劳，此亦人子也，可善遇之。

《南史》隐逸传中亦载此一节，虽未知真实性如何，当是可能的
事。《与子俨等疏》中云：

汝等稚小，家贫每役，柴水之劳，何时可免，念之在心，
若何可言。

遣力之说或即由此生出，亦未可知，假如是的，则也会有那么的
信，我只觉得说得太尽，又颇有点像《云仙散录》所载的话，所以未
免稍有疑意耳。

左思《娇女诗》是描写儿童的好文章，见于《玉台新咏》，世多知
者，共二十八韵，其最有意思的如云："浓朱衍丹唇，黄吻澜漫赤，娇
语若连琐，忿速乃明慧。"又云："执书爱绨素，诵习矜所获。"末云：

162

"任其孺子意，羞受长者责，瞥闻当与杖，掩泪俱向壁。"清成书收入《多岁堂古诗存》卷四，后附评语云：

> 写小儿女性情举动，无不入微，聪明处极可爱，懵懂处亦极可怜，此日日从掌中膝下，见惯写来，寻常笔头刻画不能到此。

路德延有《孩儿诗》五十韵，见《宾退录》卷六，佳语甚多，今略举其数联，如云："寻蛛穷屋瓦，采雀遍楼椽。匿窗肩乍曲，遮路臂相连。竞指云生岫，齐呼月上天。垒柴为屋木，和土作盘筵。忽升邻舍树，偷上后池船。"写小孩嬉戏情形颇妙，赵与时亦称之曰，书毕回思少小嬉戏之时如昨日，唯末联云"明时方在德，戒尔减狂颠"，未免落套，解说以为讥朱友谦，或者即由此而出。昔曾同友人谈及翻译，日本语中有儿烦恼一语在中国难得恰好对译之辞，大抵疼爱小儿本是人情之常，如佛教所说正是痴之一种，称之曰烦恼甚有意思，但如扩充开去，幼吾幼以及人之幼，更客观地加以图写歌咏，则此痴亦不负人，殆可称为伟大的烦恼矣。《庄子·天道篇》："尧告舜曰，吾不虐无告，不废穷民苦死者，嘉孺子而哀妇人，此吾所以用心也。"此圣人之言，所谓嘉孺子者岂非即是儿烦恼的表现，如今拿来作解释，当不嫌我田引水也。

俞理初立言悉以人情物理为依据，故如李越缦言既好为妇人出脱，又颇回护小儿，反对严厉的教育。《存稿》中有《师道正义》《尊师正义》《门客正义》各篇，都谈及这事，但是最重要的还是那一篇《严父母义》。其文云：

> 慈者，父母之道也。《大学》云："为人父，止于慈。"《礼运》云："父慈子孝，谓之大义。父子笃，家之肥也。"《左传》："晏子云，父慈子孝，礼也。父慈而教，子孝而箴，礼之善物也。"而《易·家人》云："家人嗃嗃，厉吉。"又

云："有孚，威如，终吉。"《象传》云："家人嗃嗃，未失也。威如之吉，反身之谓也。"《象传》云："家人有严君焉，父母之谓也。"然则嗃嗃同忧勤，未失慈爱，有孚为悲，威如为子妇之严其父母，而反身为父母之所以严。严父母，以子言之也。何以明其然也。《孝经》云："孝莫大于严父，严父莫大于配天。"又云："以养父母日严。"又云："祭则致其严。"皆谓子严其父母也。《表记》云："母亲而不尊，父尊而不亲。"此汉儒失言，于母则违严君父母及养父母日严之训，于父则违慈孝之谊，由误以古言严父为父自严恶，不知古人言严皆谓敬之，《易》与《孝经》皆然。《学记》云："严师为难，师严而后道尊。"亦言弟子敬之。《书》记舜言敬敷五教在宽，《史记·殷本纪》及《诗·商颂》正义引《书》均作敬敷五教，五教在宽，《中庸》记孔子言宽柔以教为君子之强，岂有违圣悖经以严酷为师者？知严师之义，则严父母之义明，而孝慈之道益明矣。

俞君此文素所佩服，如借用顾亭林的话，真可以说是有益于天下的文章。上边谈陆放翁的随笔以诗句为资料，作具体的叙述，这篇乃以经义的形式作理论的说明，父师之道得明，不至再为汉儒以来之曲说所蔽矣。关于师教不尚严苛，近人亦多言者，虽浅深不一，言各有当，亦足以借参考。冯班《钝吟杂录》卷一家戒上云：

为子弟择师是第一要事，慎无取太严者。师太严，子弟多不令，柔弱者必愚，刚强者怼而为恶，鞭扑叱咄之下使人不生好念也。凡教子弟勿违其天资，若有所长处，当因而成之。教之者所以开其知识也，养之者所以达其性也。年十四五时知识初开，精神未全，筋骨柔脆，譬如草木正当二三月间，养之全在此际。噫，此先师魏叔子之遗言也，我今不肖，为负之矣。

又云：

　　子弟小时志大言大是好处，庸师不知，一味抑他，只要他做个庸人，把子弟弄坏了。

王筠《教童子法》云：

　　学生是人，不是猪狗。读书而不讲，是念藏经也，嚼木札也，钝者或俯首受驱使，敏者必不甘心。人皆寻乐，谁肯寻苦，读书虽不如嬉戏乐，然书中得有乐趣，亦相从矣。

又云：

　　作诗文必须放，放之如野马，踶跳咆嗥不受羁绊，久之必自厌而收束矣，此时加以衔辔，必俯首乐从。且弟子将脱换时，其文必变而不佳，此时必不可督责之，但涵养诱掖，待其自化，则文境必大进。

又云：

　　桐城人传其先辈语曰：学生二十岁不狂，没出息；三十岁犹狂，没出息。

史侃《江州笔谈》卷上云：

　　读书理会笺注，既已明其意义，得鱼忘筌可也，责以诵习，岂今日明了明日复忘之耶。余不令儿辈诵章句集注，盖欲

165

其多读他书，且恐头巾语汩没其性灵也，而见者皆以为怪事，是希夷所谓学《易》当于羲皇心地上驰骋毋于周孔注脚下盘旋者非也。

又卷下云：

教小儿，不欲通晓其言而唯责以背诵，虽能上口，其究何用。况开悟自能记忆，一言一事多年不忘，传语于人莫不了了，是岂再三诵习而后能者耶。

以上诸说均通达合理，即在今日犹不可多得，可以附传。此文补缀而成，近于文抄，唯在我自己颇为喜欢，久想着笔，至今始能成就，世有达人当心知其意焉。

关于宽容

　　十七世纪的一个法国贵族写了五百多条格言，其中有一则云，宽仁在世间当作一种美德，大抵盖出于我慢，或是懒，或是怕，也或由于此三者。这话说得颇深刻，有点近于诛心之论，其实倒是事实亦未可知。有些故事记古人度量之大，多很有意思，今抄录两则于后：

　　　　南齐沈麟士尝出行，路人认其所着屐。麟士曰："是卿屐耶？"即跣而反。其人得屐，送而还之。麟士曰："非卿屐耶？"复笑而受。

　　　　宋富郑公弼少时，人有骂者。或告之曰："骂汝。"公曰："恐骂他人。"又曰："呼君名姓，岂骂他人耶？"公曰："恐同姓名者。"骂者闻之大惭。

　　这两件事都很有风趣，所以特别抄了出来，作为例子。他们对于这种横逆之来轻妙地应付过去，但是心里真是一点都没有觉得不愉快的么，这未必然，大概只是不屑计较而已。不屑者就是觉得不值得，这里有了彼我高下的衡量之见，便与虚舟之触截然不同，不值得云者盖即是尊己卑人，亦正是我慢也。我在北京市街上行走，尝见绅士戴獭皮帽，穿獭皮领大衣，衔纸烟，坐包车上，在前门外热闹胡同里岔车，后边车夫误以车把插其领，绅士略一回顾，仍晏然吸烟如故。又见洋车疾驰过，吆喝行人靠边，有卖菜佣担两空筐，不肯避道，车轮与一筐相碰，筐略旋转，佣即歇担大骂，似欲得而甘心者。岂真绅士之度量大于卖菜佣哉，其所与争之对象不同故也。绅士固不喜有人从后插其领，但如插者为车夫，即不屑与之计较，或其人亦为绅士之戴皮帽携手杖者，则亦将如佣之歇担大骂，总之未必肯干休矣。卖菜佣并非对于车夫特别强硬，以二者地位相等，甲被乙碰，空筐旋转，如不能抗议，将名誉扫地，正如绅士之为其同辈所辱，欲保存其架子非力斗不可也。大度宏量，均是以上对下而言，其原因大抵可归于我慢，若以下对上，忍受横逆，乃是无力反抗，其原因当然全由于怕，盖不足道，唯由于懒者殊不多见，如能有此类例子，其事其人必大有意思，惜乎至今亦尚无从征实耳。

对人宽大，此外还有一种原因，虽归根亦是我慢，却与上边所说略有不同，便是有备无患之感，亦可云自恃。这里最好的例是有武艺的人，他们不怕人家的攻击，不必太斤斤较量，你们尽管来乱捶几下，反正打不伤他，到了必要时总有一手可以制住你的，而且他又知道自己的力量，看一般乏人有如初出壳的小鸡儿，用手来捏时生怕一不小心会得挤坏了，因此只好格外用心谨慎。这样的人大家大概都曾遇见过，我所知道得最清楚的有一位姓姚的，是外祖母家的亲戚，名为嘉福纲司。山阴县西界钱塘江，会稽县东界曹娥江，北为大海，海边居民驾竖船航海，通称船主为纲司，纲或作江，无可考定。其时我年十三四，姚君年约四十许，朴实寡言，眼边红润，云为海风所吹之故，能技击，而性特谦和，唯为我们谈海滨械斗，挑起鹦哥灯点兵事，亦复虎虎有生气，可惜那时候年少不解事，不曾询问鹦哥灯如何挑法，至今以为恨。姚君的态度便是如我们上面所说的那样，仿佛是视民如伤的样子，毋我负人，宁人负我，不到最后是不还手的。不过这里很奇怪的是，关于自己是这样极端消极地取守势，有时候为了不相干的别人的事，打起抱不平来，却会得突然地取攻势，现出侠客的本色。有一天，他照例穿着毛蓝布大褂，很长的黑布背心，手提毛竹长烟管，在镇塘殿楝树下一带的海塘上走着。这塘路是用以划分内河外海的，相当地宽且高，路平泥细，走起来很是舒服。他走到一处，看见有两个人在塘上厮打，某甲与某乙都是他认识的，不过他们打得正忙却没有看见他。不久某乙被摔倒了，某甲还弯下腰去打他，这是犯了规律了，姚君走过去，用手指在某甲的尾闾骨上一挑，他便一个跟斗翻到塘外去了。某乙忽然不见了打他的人，另外一个人拿着长烟管扬长地在塘上走，有点莫名其妙，只好茫然回去，至于掉到海里去的人，淹死也是活该，恐怕也是不文的规律上所有的，没有人觉得不对，可是恰巧他识水性，所以自己爬上岸来，也逃出了性命。过了几天之后，姚君在镇塘殿的茶店里坐，听见某甲也在那里讲他的故事，承认自己犯规打人，被不知哪一个内行人挑下海里去，逃得回来实是侥幸。姚君听了一声不响，喝茶完了，便又提了烟管走了回来。我听姚君自己讲这件事，大约就在那一年里，以后时常记起，更觉得他很有意思，此不独可以证明外表谦虚者正以其中充实故，又技击虽小道，习此者大都未尝学问，而规律井井，作止有度，反胜于士大夫，更令人有礼失而求诸野之感矣。

此外还有两件事，都见于《史记》，因为太史公描写得很妙，所以知道的人非常多。这是关于张良和韩信的：

良尝闲从容步游下邳圯上，有一老父衣褐至良所，直堕其履圯下，顾谓良曰："孺子下取履。"良愕然欲殴之，为其老强忍下取履。父曰："履我。"良业为取履，因长跪履之。父以足受，笑而去。良殊大惊，随目之。

淮阴屠中少年有侮信者曰："若虽长大好带刀剑，中情怯耳。"众辱之曰："信能死，刺我；不能死，出我胯下。"于是信熟视之，俯出胯下蒲伏，一市人皆笑信以为怯。

这里形容得活灵活现，原是说书人的本领，却也很合情理的。张韩

169

二君不是儒家人物，他们所遇见的至少又是平辈以上的人，却也这么忍受了，大概别有理由。张良狙击始皇不中，避难下邳，报仇之志未遂，遇着老父开玩笑，照本常的例他是非打不可的了，这里却停住了手，为什么呢，岂不是为的怕小不忍则乱大谋么，书中说为其老，固然是太史公的掉笔头，在文章上却也更富于人情味。至于韩信，他被猪店伙计当众侮辱，很有点像杨志碰着了泼皮牛二，这在他也是忍受不下去的事，可是据说他熟视一番也就爬出胯下，可见其间不无勉强。太史公云，淮阴人为余言韩信，虽为布衣时，其志与众异，那么他的忍辱也是有由来的了。在抱大志谋大事的人，往往能容忍较小的荣辱，这与一般所谓大度的人以自己的品格作衡量容忍小人物，虽然情形稍有不同，但是同样地以我慢为基本，那是无可疑的。我看书上记载古人的盛德，读下去常不禁微笑，心里想道，这位先生真傲慢得可以，他把这许多人儿都不放在眼里，或者是一口吞下去了。俗语有云，宰相肚里好撑船，这岂不说明他就是吞舟之鱼么。像法国格言家那么推敲下去，这一班傲慢的仁兄们的确也并不见得可喜，而争道互殴的挑夫倒反要天真得多多，不过假如真是满街的殴骂，也使人不得安宁，所以一部分主张省事的人却也不可少，不过称之曰盛德，有点像是幽默，我想在本人听了未免暗地里要觉得好笑罢。印度古时学道的人有羼提这一门，具如《忍辱度无极经》中所说，那是别一路，可以说炉火纯青，为吾辈凡夫所不能及，既是门槛外的事，现在只好不提了。

关于命运

我近来很有点相信命运。那么难道我竟去请教某法师某星士，要他指点我的流年或终身的吉凶么？那也未必。这些要知道我自己都可以知道，因为知道自己应该无过于自己。我相信命运，所凭的不是吾家易经神课，却是人家的科学术数。我说命，这就是个人的先天的质地，今云遗传。我说运，是后天的影响，今云环境。二者相乘的结果就是数，这个字读如数学之数，并非虚无缥缈的话，是实实在在的一个数目，有如从甲乙两个已知数做出来的答案，虽曰未知数而实乃是定数也。要查这个定数须要一本对数表，这就是历史。好几年前我就劝人关门读史，觉得比读经还要紧还有用，因为经至多不过是一套准提咒罢了，史却是一座摩镜台，他能给我们照出前因后果来也。我自己读过一部《纲鉴易知录》，觉得得益匪浅，此外还有《明季南北略》和《明季稗史汇编》，这些也是必读之书，近时印行的《南明野史》可以加在上面，盖因现在情形很像明季也。

日本永井荷风著《江户艺术论》十章，其《浮世绘之鉴赏》第五节论日本与比利时美术的比较，有云：

> 我反省我自己是什么呢，我非威耳哈伦（Verhaeren）似的比利时人而是日本人也，生来就和他们的运命及境遇迥异的东洋人也。恋爱的至情不必说了，凡对于异性之性欲的感觉悉视为最大的罪恶，我辈即奉戴着此法制者也。承受"胜不过啼

哭的小孩和地主"的教训的人类也，知道"说话则唇寒"的国民也。使威耳哈伦感奋的那滴着鲜血的肥羊肉与芳醇的蒲桃酒与强壮的妇女的绘画，都于我有什么用呢。呜呼，我爱浮世绘。苦海十年为亲卖身的游女的绘姿使我泣。凭倚竹窗茫然看着流水的艺妓的姿态使我喜。卖消夜面的纸灯寂寞地停留在河边的夜景使我醉。雨夜啼月的杜鹃，阵雨中散落的秋天木叶，落花飘风的钟声，途中日暮的山路的雪，凡是无常无告无望的，使人无端嗟叹此世只是一梦的，这样的一切东西，于我都是可亲，于我都是可怀。

又第三节中论江户时代木版画的悲哀的色彩云：

　　这暗示出那样黑暗时代的恐怖与悲哀与疲劳，在这一点上我觉得正如闻娼妇啜泣的微声，深不能忘记那悲苦无告的色调。我与现社会相接触，常见强者之极其强暴而感到义愤的时候，想起这无告的色彩之美，因了潜存的哀诉的旋律而将黑暗的过去再现出去，我忽然了解东洋固有的专制的精神之为何，深悟空言正义之不免为愚了。希腊美术发生于以亚坡隆为神的国土，浮世绘则由与虫豸同样的平民之手制作于日光晒不到的小胡同的杂院里。现在虽云时代全已变革，要之只是外观罢了。若以合理的眼光一看破其外皮，则武断政治的精神与百年以前毫无所异。江户木版画之悲哀的色彩至今全无时间的间隔，深深沁入我们的胸底，常传亲密的私语者，盖非偶然也。

荷风写此文时在大正二年（一九一三）正月，已发如此慨叹，二十年后的今日不知更怎么说，近几年的政局正是明治维新的平反，"幕府"复活，不过是以阶级而非一家系的，岂非建久以来七百余年的征夷大将军的威力太大，六十年的尊王攘夷的努力丝毫不能动摇，反而自己

172

没落了么？以上是日本的好例。

我们中国又如何呢？我说现今很像明末，虽然有些热心的文人学士听了要不高兴，其实是无可讳言的。我们且不谈那建夷，流寇，方镇，宦官以及饥荒等，只说八股和党社这两件事罢。清许善长著《碧声吟馆谈麈》卷四有论八股一则，中有云：

> 功令以时文取士，不得不为时文。代圣贤立言，未始不是，然就题作文，各肖口吻，正如优孟衣冠，于此而欲征其品行，觇其经济，真隔膜矣。卢报经学士云，时文验其所学而非所以为学也，自是通论。至景范之言曰，秦坑儒不过四百，八股坑人极于天下后世，则深恶而痛疾之也。明末东林党祸惨酷尤烈，竟谓天子可欺，九庙可毁，神州可陆沉，而门户体面决不可失，终止于亡国败家而不悔，虽曰气运使然，究不知是何居心也。

明季士大夫结党以讲道学，结社以作八股，举世推重，却不知其于国家有何用处，如许氏说则其为害反是很大。明张岱的意见与许氏同，其《与李砚翁书》云：

> 夫东林自顾泾阳讲学以来，以此名目祸我国家者八九十年，以其党升沉用占世数兴败，其党盛则为终南之捷径，其党败则为元祐之党碑，风波水火，龙战于野，其血玄黄，朋党之祸与国家相为终始。盖东林首事者实多君子，窜入者不无小人，拥戴者皆为小人，招来者亦有君子。
>
> 东险凶暴之李三才，闯贼首辅之项煜，上笺劝进之周钟，以至窜入东林，乃欲俱奉之以君子，则吾臂可断决不敢徇情也。东林之尤可丑者，时敏之降闯贼曰，吾东林时敏也，以冀大用。鲁王监国，蕞尔小朝廷，科道任孔当辈犹曰，非东林不

173

可进用，则是东林二字直与蕞尔鲁国及汝偕亡者。

明朝的事归到明朝去，我们本来可以不管，可是天下事没有这样如意，有些痴癫恶疾都要遗传，而恶与癖似亦不在例外。我们毕竟是明朝人的子孙，这笔旧账未能一笔勾销也。——虽然我可以声明，自明正德时始迁祖起至于现今，吾家不曾在政治文学上有过什么作为，不过民族的老账我也不想赖，所以所有一切好坏事情仍然担负四百兆分之一。

我们现在且说写文章的。代圣贤立言，就题作文，各肖口吻，正如优孟衣冠，是八股时文的特色，现今有多少人不是这样的？功令以时文取士，岂非即文艺政策之一面，而又一面即是文章报国乎？读经是中国固有的老嗜好，却也并不与新人不相容，不读这一经也该读别一经的。近来听说有单骂人家读《庄子》《文选》的，这必有甚深奥义，假如不是对人非对事。这种事情说起来很长，好像是专找拿笔杆的开玩笑，其实只是借来做个举一反三的例罢了。万物都逃不脱命运。我们在报纸上常看见枪毙毒犯的新闻，有些还高兴去附加一个照相的插图。毒贩之死于厚利是容易明了的，至于再吸犯便很难懂，他们何至于爱白面过于生命呢？第一，中国人大约特别有一种麻醉享受性，即俗云嗜好。第二，中国人富的闲得无聊，穷的苦得不堪，以麻醉消遣。有友好之劝酬，有贩卖之便利，以麻醉玩弄。卫生不良，多生病痛，医药不备，无法治疗，以麻醉玩弄。卫生不良，多生病痛，医药不备，无法治疗，以麻醉救急。如是乃上瘾，法宽则蔓延，法严则骈诛矣。此事为外国或别的殖民地所无，正以此种癖性与环境亦非别处所有耳。我说麻醉享受性，殊有杜撰生造之嫌，此正亦难免，但非全无根据，如古来的念咒画符读经惜字唱皮黄做八股叫口号贴标语皆是也，或以意，或以字画，或以声音，均是自己麻醉，而以药剂则是他力麻醉耳。考虑中国的现在与将来的人士必须要对于他这可怕的命运知道畏而不惧，不讳言，敢正视，处处努力要抓住他的尾巴而不为所缠绕住，才能获得明智，死生吉凶全能了知，然而此事大难，真真大难也。

174

我们没有这样本领的只好消极地努力，随时反省，不能减轻也总不要去增长累世的恶业，以水为鉴，不到政治文学坛上去跳旧式的戏，庶几下可对得起子孙，虽然对于祖先未免少不肖，然而如孟德斯鸠临终所言，吾力之微正如帝力之大，无论怎么挣扎不知究有何用？日本失名的一句小诗云：

　　虫啊虫啊，难道你叫着，"业"便会尽了么？

杂文的路

　　我不是文学者，但是文章我却是时常写的。这二者之间本来没有必然的关系，写不写都是各人的自由，所以我在闲空时胡乱地写几篇，大约也无甚妨碍。我写文章为的是什么呢？以前我曾说过，看旧书以代替吸纸烟，历有年所，那时书价还平，尚可敷衍，现在便有点看不起了，于是以写文章代之，一篇小文大抵只费四五张稿纸，加上笔墨消耗，花钱不多，却可以作一二日的消遣，倒是颇合适的。所写的文章里边并无什么重要的意思，只是随时想到的话，写了出来，也不知道是什么体制，依照《古文辞类纂》来分，应当归到哪一类里才好，把剪好的几篇文章拿来审查，只觉得性质夹杂得很，所以姑且称之曰杂文。世间或者别有所谓杂文，定有一种特别的界说，我所说的乃是另外一类，盖实在是说文体思想很夹杂的，如字的一种杂文章而已。

　　杂文在中国起于何时？这是喜欢考究事物原始的人要提出来的一个问题，却很难回答，虽然还没有像研究男女私通始于何时那么地难，至少在我也是说不上来，只能回答这总是古已有之的罢。自从读书人把架上的书分定为经史子集之后，文章显然有了等级，我们对于经部未敢仰攀，史部则门径自别，只好在丙丁两等去寻找，大概那杂家的一批人总该与杂文有点渊源，如杂说类中之《论衡》，杂学类中之《颜氏家训》，我便看了很喜欢，觉得不妨我田引水地把他拉了过来，给杂文做门面。古今文集浩如烟海，从何处找得杂文，真有望洋兴叹之感，依照桐城义法的分类，虽是井井有条，却也没有这样的项目，可知儒林文苑两传中人是不写这种文字的了。前几年翻阅《春在堂集》，不意发现了杂文前后共有七编，合计四十三卷，里边固然有不少的好文章，我读了至今佩服，但各样体制均有，大体与一般文集无异，而独自称曰"春在堂杂文"，这是什么缘故呢？我想曲园先生本是经师，不屑以文人自命，而又自具文艺的趣味，不甘为义法理学所束缚，于是只有我自写我文，不与古文争地位，自序云，体格卑下，殆不可以入集，虽半是谦辞，亦具有自信，盖知杂文自有其站得住的地方也。照这样说来，杂文者非正式之古文，其特色在于文章不必正宗，意思不必正统，总以合于情理为准，我在上文说过，文体思想很夹杂的是杂文，现在看来这解说大概也还是对的。

尤西堂《艮斋续说》卷八云：

　　西京一僧院后有竹园甚盛，士大夫多游集其间，文潞公亦访焉，大爱之。僧因具榜乞命名，公欣然许之，数月无耗，僧屡往请，则曰，吾为尔思一佳名未得，姑少待。逾半载，方送榜还，题曰竹轩。妙哉题名，只合如此，使他人为之，则缘筠潇碧为此君上尊号者多矣。

我们现在也正是这样，上下古今地谈了一回之后，还是回过来说，杂文者，杂文也，虽然有点可笑，道理却是不错的。此刻大概不大有人想写收得到《古文释义》里去的文章，结果所能写的也无非是些杂文，各人写得固然自有巧妙不同，然而杂文的方向总是有的，或称之曰道亦无不可，这里所用的路字也就是这个意思。普通所谓道都是唯一的，但在这里却很有不同，重要的是方向，而路则如希腊哲人所说并无御道，只是殊途而同归，因为杂文的特性是杂，所以发挥这杂乃是他的正当的路。现在且分作两点来说，即是文章与思想。中国过去思想上的毛病是定于一尊，一尊以外的固是倒霉，而这定为正宗的思想也自就萎缩，失去其固有的生命，成为泥塑木雕的偶像。现在的挽救方法便在于对症下

177

药，解除定于一尊的办法，让能够思索研究写作的人自己去思想，思想虽杂而不乱，结果反能互相调和，使得更为丰富而且稳定。我想思想怕乱不怕杂，因为中国国民思想自有其轨道，在这范围内的杂正是丰富，由杂多的分子组成起来，变化很不少，而其方向根本无二，比单调的统一更是有意思。唯有脱了轨的，譬如横的或斜的路道，那么这显得要发生冲突，就是所谓乱，当然是不应当奖励的。但是假如思想本是健全的话，遇见这种事情也并不怕，他会得调整成为杂的分子，适宜地予以容纳，只在思想定于一尊而早已萎缩了的国民中间，有如结核菌进了营养不良的身体里边，便将引起纷乱，以至有重大的结果来了。中国向来被称为异端，为正宗的人士所排斥者，有两类思想，一是杨墨，一是二氏。古时候有过孟韩二公竭力嚷嚷过，所以大家都知道这事，其实异端之是否真是那么要不得，谁也说不清，至少有些学者便都不大相信。焦理堂在《论语通释》中说得很好，如云：

记曰，夫言岂一端而已，各有所当也。各有所当，何可以一端概之。史记礼书，人道经纬万端，规矩无所不贯。

又云：

唐宋以后，斥二氏为异端，辟之不遗余力，然于《论语》攻乎异端之文未之能解也。唯圣人之道至大，其言曰，一以贯之。又曰，焉不学，无常师。又曰，无可无不可。圣人一贯，故其道大，异端执一，故其道小。子夏曰，虽小道必有可观者焉，致远恐泥，是以君子不为也。致远恐泥，即恐其执一害道也。唯其异，至于执一，执一由于不忠恕。杨子唯知为我而不知兼爱，墨子唯知兼爱而不知为我，使杨子思兼爱之说不可废，墨子思为我之说不可废，则恕矣，则不执矣。圣人之道，贯乎为我兼爱者也，善与人同，同则不异。执一则人之所知所

178

行与己不合者皆屏而斥之，入主出奴，不恕不仁，道日小而害日大矣。

　　焦君的意思以为异端只是一端之说，其毛病在于执一害道，圣人能够取其各有所当之各端而贯通之，便头头是道，犹如为我兼爱之合成为仁也。若是对于异端一一加以攻击，即是学了他们的执一害道，变为不恕不仁，反而有害。这个说法我想是很对的，我说思想宜杂，杂则不至于执一，有大同小异的，有相反相成的，只需有力量贯通，便是整个的了。杨墨之事固其一例，若二氏中之老子本是孔子之师，佛教来自外国，而大乘菩萨之誓愿与禹稷精神极相近，法相与禅又为宋儒用作兴奋剂，去构成性理的体系，其实也已消化了，所有攻击不但全是意气，而且显示出不老实。假如我们现今的思想里有一点杨墨分子，加上老庄申韩的分子，贯串起来就是儒家人生观的基本，再加些佛教的大乘精神，这也是很好的，此外又有现代科学的知识，因了新教育而注入，本是当然的事，而且借他来搅拌一下，使全盘滋味停匀，更有很好的影响。讲人文科学的人如有兴趣来收入些希腊，亚剌伯，日本的成分，尤其有意思，此外别的自然也都很多。我自己是喜杂学的，所以这样地想，思想杂可以对治执一的病，杂里边却自有其统一，与思想的乱全是两回事。归结起来说，写杂文的要点第一思想宜杂，即不可执一，所说或极细小，而所见须大，反过来说时，假如思想不够杂，则还不如写正宗文章，庶几事半而功倍也。

　　预备五张稿纸写文章，只写了第一点时纸已用去十分之九，于是这第二点只好简单地说几句而已。杂文的文章的要点，正如在思想方面一样，也宜于杂，这理由是很显明的，本来无须多说。现在写文章既不用八大家的古文，纯粹方言不但写不出，记录下来也只好通用于一地方，结果自然只好用白话文来写。所谓白话即是蓝青官话，原是南腔北调的，以听得懂写得出为标准，并无一定形式，结果变成一种夹杂的语文，亦文亦白，不文不白，算是贬词固可，说是褒词亦无不可，他的真相本来就是如此。现今写文章的人好歹只能利用这种文体，至少不可嫌他杂，最好还希望能够发挥他的杂，其自然的限度是以能用汉字写成为度。同样地翻回去说一句，思想之杂亦自有其限度，此即是中国人的立场，过此则为乱。

文坛之外

近二十年来常站在文坛之外，这在我自己觉得是很有幸的事。其实当初也曾有过一个时期，曾以文人自居，妄想做什么文学运动，《域外小说集》的时代不必说了，民国十一年一月写《自己的园地》那篇文章，里面便明说，我们自己的园地是文艺。文学研究会成立，我也是发起人之一，那篇宣言是大家委托我起草的，曾登在《新青年》八卷五号上，所以我至今保留着。宣言共分三点，除联络感情与增进知识外，其第三项云：

> 三、是建立著作工会的基础。将文艺当作高兴时的游戏或失意时的消遣的时代，现在已经过去了。我们相信文学是一种工作，而且又是于人生很切要的一种工作，治文学的人也当以这事为他终身的事业，正同劳农一样。所以我们发起本会，希望不但成为普通的一个文学会，还是著作同业的联合的基本，谋文学工作的发达与坚固。这虽然是将来的事，但也正是我们的一个重要的希望。

这个工会的主张在当时发起人虽然都赞成，却是终于不能实行，所以文学研究会前后活动了十年，也只是像平常一个文学团体那么活动，未能另外有什么成就。这大约也是无怪的，一个团体成立，差不多就是安上一根门槛，有主义的固然分出了派别，不然也总有彼我之别，再求联合不大容易。我在文学研究会里什么事都没有做，只是把翻译的短篇小说从前登在《新青年》的分出来送到《小说月报》去，始终没有能够创作或有什么主张，在该会存在时我仍是会员，但是自己是文人的自信却早已消灭，这就是说文学店已经关门了。我曾说以看书代吸纸烟，写文章或者可以说以代喝酒罢，我用了这个态度继续写文章，完全以白丁自居，至少也是票友，异于身列乐籍，当可免于被人当作戏子了罢。可是说也奇怪，世间一切职业都可以歇业，譬如车夫不再拉车，堂倌出了饭馆，身份随即变更，别无什么问题，唯有文人似乎是例外，即使自己早经废业，社会上却不承认，不肯把他放免。有友人戏笑说，文人做过文章，便是已经有案，不能再撤销的了。这样说来，文人与小偷一样，固然已够苦恼了，其实前科一犯虽名列黑表，只要安分下去也可无事，歇业不得的文人其情形倒是像吾乡的堕贫，日本旧有秽多亦是同类，解放之后仍旧是新平民，欲求为凡人而不可得，可谓不幸矣。鄙人颇想建议，请内政部批准此项文人歇业呈报，准予放免，虽未能算作仁政，但于人民有利，也总可以说是惠政之一罢。

我在文坛之外蹲着，写我自己的文章，认为与世无争，可以相安无事，可是实际上未必能够如此，这又使我很觉得为难了。据自己的经验和观察，我有一种意见想起来与时代很有点不相容，这便是我的二不主义，即是一不想做喽啰，二不想做头目。虽然我自己标榜是儒家，实在这种态度乃是道家的，不过不能彻底地退让，仍是不能免于发生冲突。因为文坛上很是奇怪，他有时不肯让你不怎么样，譬如不许可不做喽啰，这还是可以了解的，但是还有时候并不许可不做头目。假如彻底地退让，一个人完全离开了文化界，纯粹地经商或做官，那么这自然也就罢了，但是不容易这样办，结果便要招来种种的攻击。遇见过这种事情的人大约不很少，我也就是其一。平常应付的办法大概只是这两种，强者予以抵抗，弱者出于辩解。可是在我既不能强也不能弱，只好用第三种法子，即是不理会，这与二不主义都是道家的作风，在应付上不能说没有效用，但于自己不利也还是一样，因为更增加人家的不喜欢。这也

182

是无可如何的事。对于别人的攻击予以抵抗，也即是反攻，那是很要用力气的，而且计算起来还是利少害多，所以我不想这样做。第一，人家攻击过来，你如慌忙应接，便显得攻击发生了效力，他们看了觉得高兴。其次，反攻时说许多话，未必句句有力，却都是对方的材料，可以断章取义或强词夺理地拿去应用，反而近于赍盗粮了。只有不理会才可以没有这两种弊病，而且如不给予新资料，攻击也不容易继续，假如老是那一套话，这便会显露出弱点来，如非论据薄弱便是动机不纯，不足以惑人听闻了。这些抵抗的方法，无论是积极的反攻或是消极的沉默，只要继续下去，都可以应付攻击，使之停止，可是这停止往往不是真的停止而是一种转换，剿如不成则改用抚，拘如不行则改用请。单只是不肯做喽啰的人这样也就没有话了，被人请去做个小头目也还没啥，这一场争斗成了和棋，可以就此了结，假如头目也不愿意做，那么不能这样就算，招抚不成之后又继以攻剿，周而复始，大有四日两头发疟子之概矣。辩解呢怎么样，这也没有什么用处。我曾经说过，有些小事情被人误解，解说一下似乎可以明白，但是事情或者排解得了，辩解总难说得好看。大凡要说明我的不错，势必同时须得说别人的错，不然也总要举出些隐秘的事来做材料和证佐，这却是不容易说得好，或是不大想说的，那么即使辩解得有效，但是说了这些寒碜话，也就够好笑，岂不是所得不偿所失么。有人觉得被误解以致被损害侮辱都还不在乎，只不愿说话得宥恕而不免于俗恶，这样情形也往往有之，即如我也就是这样想的。至于本非误解而要这样说了做攻击的资料，那是成心如此做，说明更没有用，或者愈说愈糟也未可知。相传倪云林为张士信所窘辱，绝口不言，或问之，答曰，一说便俗。这是最为明达的办法。遇见上述的攻击而应以辩解，实只是降服的初步，而且弄得更不好看，有如老百姓碰见瘟官，于打板子之先白叫上许多青天大老爷，难免为皂隶们所窃笑也。

　　这样说来，那么我是主张极端的忍耐的了，这也不尽然。在《遇狼的故事》那篇文章中我曾说过：

模糊普通写作马虎，有做事敷衍之意，不算是好话，但如郝兰皋所说是对于人家不甚计较，觉得也是省事之一法，颇表示赞成，虽然实行不易，不能像郝君的那么道地。大抵这只有三种办法。一是法家的，这是绝不模糊。二是道家的，他是模糊到底，心里自然是很明白的。三是儒家的，他也模糊，却有个限度，仿佛是道家的帽，法家的鞋，可以说是中庸，也可以说是不彻底。我照例是不能彻底的人，所以至多也只能学到这个地位。前几天同来客谈起，我比喻说，这里有一堵矮墙，有人想瞧瞧墙外的景致，对我说，劳驾你肩上让我站一站，我谅解他的欲望，假如脱下皮鞋的话，让他一站也无什么不可以的。但是，若是连鞋要踏到头顶上去，那可是受不了，只得谨谢不敏了。不过这样并不怎么容易，至少也总比两极端的做法为难，因为这里需要一个限度的酌量，而且前后又恰是那两极端的一部分，结果是自讨麻烦，不及彻底者的简单干净。而且，定限度尚易，守限度更难。你希望人家守限制，必须相信性善说才行，这在儒家自然是不成问题，但在对方未必如此，凡是想站到别人肩上去看墙外，自以为比墙还高了的，岂能尊重你中庸的限度，不再想踏上头顶去呢。那时你再发极，把他硬拉下去，结局还是弄到打架。仔细想起来，到底是失败，儒家可为而不可为，盖如此也。

　　鄙人少时学读佛书，最初得《菩萨投身饲饿虎经》，文情俱胜，大受感动，近日重翻《六度集经》，亦反复数过，低回不能去。其卷五忍辱度无极第三之首节云：

　　忍辱度无极者，厥则云何。菩萨深唯众生识神，以痴自壅，贡高自大，常欲胜彼。官爵国土，六情之好，己欲专焉。

184

若睹彼有，愚即贪嫉。贪嫉处内，瞋毒外施。施不觉止，其为狂醉，长处盲冥矣。辗转五道，太山烧煮，饿鬼畜生，积苦无量。菩萨睹之即觉，怅然而叹，众生所以有亡国破家危身灭族，生有斯患，死有三道之辜，皆由不能怀忍行慈，使其然矣。菩萨觉之即自誓曰，吾宁就汤火之酷，菹醢之患，终不恚毒加于众生也。

佛教这种怀忍行慈的伟大精神我极是佩服，但是凡人怎么能做得到。其次是中国君子的忍辱，比较地好办，适宜的例可以举出宋朝的富弼来。公少时，人有骂者，或告之曰，骂汝。公曰，恐骂他人。又曰，呼君姓名，岂骂他人耶。公曰，恐同姓名者。据宋宗元在《巾经纂》的注中说，清娄东顾织帘居乡里，和易接物，亦曾有同样的事，可见这个办法还不很难。我说过这是道家的做法，与佛教很不相同，他的根本态度可以说还是贡高自大，不屑和这一般人平等较量，所以彻底地容忍，如套成语来说大傲若谦，实在也可说得。我平常也多少想学点谦虚，可是总还不能得到这个地步。普通不相干的人无论怎么地说可以不计较，若是特别情理难容的，有如世间相传所谓中山狼的那种事情，就有点看不过去，觉得仿佛是泥鞋踏顶的样子，至少是超过了可恕的限度了。这时候不免要得对狼不敬一下，于是想学君子的前功尽弃，有如炼丹的炉因了凡心一动而遂即崩坏，这是道力不足的结果，虽是懊悔也没有用处的。可是仔细想来，这也没有什么大的错。菩萨固然自己愿意投身给饿着的母子老虎去吃，却不曾听说像东郭先生似的为狼所逼，而终于让这畜生吞了下去。还有一说，昔孙叔敖杀两头蛇埋之，恐后人复见，世以为阴德，今如告人以狼所在，俾可远避，纵未可与敖并论，岂非亦是有益于人之一小善乎。鄙人本来站在文坛之外，但如借给人家一肩，亦有窥望坛墙之可能，所以有过那么一回纠缠，可谓烦恼自取，以后当深自警诫，对于文学与坛坫努力敬远，多点头，少说话，学说今天天气哈哈，遇狼之患其可免乎。

上边说的都是过去的一点麻烦事情，现在事过情迁，也不过只当作故事谈谈罢了。要省事最好是少说话，本是正当办法，但是在我恐怕有点不大容易实行，所以这难免只是理想的话，所可能的是虽说话而守住文坛之外的立场，弊害自然也就可以减除不少。为什么少说话不容易，难道真是心爱说话，觉得说闲话是一件快乐事么？这未必然。说话是件苦事，要费精神，费时光，还不免有时招骂，却总是不肯自休，假如不是神灭论者，便会猜想是有小鬼在心头作怪，说得平凡一点，也就是性情难改，如三家村学究之摇头念书，满口虚字耳。鄙人自己估计所写的文章大半是讲道德的，虽然平常极不喜欢道学家，而思想的倾向乃终无法变更，即欲不承认为儒家而不可得，有如皮黄发黑，决不能自夸为白种，良不得已也。所可喜者，这所讲的道德乃是儒家的正统，本于物理人情，其正确超出道学家群之上，要照旧话来说，于人心世道不是没有关系的事。在书房里熟读四书，至今却已全盘忘记，只剩下零星二三章句，想起来觉得有点意思，其最得受用的乃是孔子教诲子路的话，即是知之为知之这一章。我先从不知为不知入手，自己切实地审察，关于某事物你真是有所知识么，这结果大抵是个不字，差不多有百分之九十以上就是这样地打消了。以前自以为有点知道，随便开口的有些问题，现在都搁了起来，不敢再来乱谈，表示十分的谨慎，可是留下来的百分二三的事情，经过考虑觉得稍所有知的，那也就不能不坦白地承认，关于这些问题谈到时便须得不客气地说，即使知道得浅，但总不是虚谬。孔子的教训使我学得了九十分以上的谦虚，同时却也造成了二三分的顽固，即对于有些问题的不客气或不让。自己知道一点的事情，愿意公之于人，只要不为名利，其所言者有利人群，虽或未能比诸法施，薪火相传，不知其尽，亦是有意思的事，学人著书的究极目的大概即在于此。又或以己所知，照视世间种种言说行事，显然多是歪曲误谬，有如持灯照暗陬，灯光所及，遂尔破暗，则匡谬正俗实为当然之结果，虽不好辩，亦岂可得。鄙人于积极的著书立言之事犹病未能，唯平日鉴于乌烟瘴气充塞中国，深觉气闷，读吾乡王仲任遗书，对于他的疾虚妄的精神非常佩服，仿佛找着了一条道路，向着这方面如能走到一步是一步，虽然原是蜗牛上竹竿，不知道能够进得多少，但既是想这样做，则纵欲学为多点头少说话，南辕而北辙，殆不可能矣。

以上很啰唆地说明了我写文章的态度，第一，完全不算是文学家；第二，写文章是有所为的。这样，便与当初写《自己的园地》时的意见很有不同了，因为那时说我们自己的园地是文艺，又说弄文艺如种蔷薇地丁，花固然美，亦未尝于人无益。现在的希望却是在有益于人，而花未尝不美。这恐怕是文人习气之留遗亦未可知，不过只顾实益而离美渐远，结果也将使人厌倦，与无聊的道学书相去不过五十步，无论什么苦心都等于白费了。我的理想是颜之推的《家训》，但是这怎能企及，明知是妄念，也是取法乎上的意思，所谓虽不能至，心向往之而已。这部《颜氏家训》所表示出来的，理性通达，感情温厚，气象冲和，文辞渊雅，可以说是这类著作之极致，后世惜少有知者，唯赵瓯江以老年独为之注，其见识不可及，亦为鄙人所心折者也。

我自前清甲辰执笔学写文章，于今已满四十年，所用名号亦已屡经变换。在民国以前大抵多署独应、仲密，民六以后，在《新青年》等杂志报章上写关于文学的文章，则署真姓名，《语丝》《骆驼草》上用岂明及变化写法，近改号知堂、药堂，亦已有十许年之久矣。现在又想改换，逐渐变化，以至隐姓埋名，而文章要写还是写，希望读者为文而读，不因作者而有赞否的分别。其次，既愿立在文坛之外，名无一定，也可以免于被视为友或敌，多生麻烦。贩卖百物，都标榜字号，自明信实，唯有米店煤栈，不必如此，而人自信之，若水与火，昔无卖处，所需尤切。写文章者岂敢如此自期许，却亦不可无此做起讲之意耳。书架上有一册书，卷内称"秋影园诗"，而首页题曰"无名氏诗"，似是康熙中刻本，序文亦题作"无名氏诗自序"，其中有云：

> 无名氏非逃名者也，见世之好名者多，凡可以求名者无不为，而特少异于人焉耳。夫名何可求，求则争矣，争则嫉忌嗤

187

笑诮傲附和非毁无不有矣，彼如是以争之，以为得名也，而终于无名。夫名者实之宾也，有其实矣，未有终无名者。——然天下尽争名之人，所见者甚狭小，胜于己则嫉之忌之，不若己则嗤之笑之，贵于己则诮之，卑于己则傲之，同于己则附和之，异于己则非毁之，彼之争名者仅如是而已，而又未尝实能致力于诗，彼以为得名也，而终至无名矣。今无名氏不以名著，令彼争名者读其诗，以无名氏为古人可也，以无名氏为今人亦可也，既无名之可争，尽忘其人己之见，而出其大公无我之心以品题之，安见四海之大，百年之久，岂无真知无名氏之诗者，不忍其名之淹，为之搜其姓氏世里而传之耶。

秋影园主人到底仍是诗人，虽是自称无名氏，题页右首有白文印曰任呼牛马，却终是名心未化，故自序末尾那么地说，但大意很不错，我这里借来颇可应用。我写的不是诗，普通称作随笔，据我自己想也就只是从前白话报的那种论文，因为年代不同，文笔与意见当然有些殊异，但是同在启蒙运动的空气中则是毫无疑义的，所以百年之久那么远的期待盖不可能，也不要品题或赏识，所希望者只是于人不是全然无用而已。人在文坛之外，自然名亦可免列于文籍之中，所以我说是可幸的事，假如这名又变换不一定，那么当然更有好处，至少可以使得读者忘其人己之见，只要所说的话因此能多有一分效力，作者就十分满足，无论什么假名无名都是可以的。这个态度大概有点像以前的幕友，替人家做奏疏拟条陈，只求见诸施行，于民间有利，自己并不想居功或是得名，鄙人固然没有学过申韩，但此意却亦有之，假如想得出什么有利于民国的意思，就是给人借刻也是愿意，可惜目下尚无此希望，偶有零星小文，还只可自怡悦，故亦仍且随时自具花名耳。

188

自己所能做的

自己所能做的是什么？这句话首先应当问，可是不大容易回答。饭是人人能吃的，但是像我这一顿只吃一碗的，恐怕这就很难承认自己是能罢。以此类推，许多事都尚待理会，一时未便画供。这里所说的自然只限于文事，平常有时还思量过，或者较为容易说，虽然这能也无非是主观的，只是想能而已。我自己想做的工作是写笔记。清初梁清远著《雕丘杂录》卷八有一则云：

> 余尝言，士人至今日凡作诗作文俱不能出古人范围，即有所见，自谓创获，而不知已为古人所已言矣。唯随时记事，或考论前人言行得失，有益于世道人心者，笔之于册，如《辍耕录》《鹤林玉露》之类，庶不至虚其所学，然人又多以说家杂家目之。嗟乎，果有益于世道人心，即说家杂家何不可也。

又卷十二云：

> 余尝论文章无裨于世道人心即卷如牛腰何益，且今人文理粗通少知运笔者即各成文集数卷，究之只堪覆瓿耳，孰过而问焉。若人自成一说家如杂抄随笔之类，或记一时之异闻，或抒一己之独见，小而技艺之精，大而政治之要，罔不叙述，令观者发其聪明，广其闻见，岂不足传世翼教乎哉。

不佞是杂家而非说家，对于梁君的意见很是赞同，却亦有差异的地方。我不喜掌故，故不叙政治，不信鬼怪，故不记异闻，不作史论，故不评古人行为得失。余下来的一件事便是涉猎前人言论，加以辨别，披沙拣金，磨杵成针，虽劳而无功，于世道人心却当有益，亦是值得做的工作。中国民族的思想传统本来并不算坏，他没有宗教的狂信与权威，道儒法三家只是爱智者之分派，他们的意思我们也都很能了解。道家是消极得彻底，他们世故很深，觉得世事无可为，人生多忧患，便退下来愿以不才终天年，法家则积极的彻底，治天下不难，只消道之以政，齐之以刑，就可达到统一的目的。儒家是站在这中间的，陶渊明《饮酒》诗中云：

汲汲鲁中叟，弥缝使其淳。凤鸟虽不至，礼乐暂得新。

这弥缝二字实在说得极好，别无褒贬的意味，却把孔氏之儒的精神全表白出来了。佛教是外来的，其宗教部分如轮回观念以及玄学部分我都不懂，但其小乘的戒律之精严，菩萨的誓愿之宏大，加到中国思想里来，很有一种补剂的功用。不过后来出了流弊，儒家成了士大夫，专想升官发财，逢君虐民，道家合于方士，去弄烧丹拜斗等勾当，再一转变而道士与和尚均以法事为业，儒生亦信奉《太上感应篇》矣。这样一来，几乎成了一篇糊涂账，后世的许多罪恶差不多都由此支持下来，除了抽鸦片这件事在外。这些杂糅的东西一小部分记录在书本子上，大部分都保留在各人的脑袋瓜儿里以及社会百般事物上面，我们对他不能有什么有效的处置，至少也总当想法侦察他一番，分别加以批判。希腊古哲有言曰，要知道你自己。我们凡人虽于爱智之道无能为役，但既幸得生而为人，于此一事总不可不勉耳。

这是一件难事情，我怎么敢来动手呢？当初原是不敢，也就是那么逼成的，好像是"八道行成"里的大子，各处彷徨之后往往走到牛角

190

里去。三十年前不佞好谈文学，仿佛是很懂得文学似的，此外关于有好多事也都要乱谈，及今思之，腋下汗出。后乃悔悟，详加检讨，凡所不能自信的事不敢再谈，实行孔子不知为不知的教训，文学铺之类遂关门了，但是别的店呢？孔子又云，知之为知之。到底还有什么是知的呢？没有固然也并不妨，不过一样一样地减掉之后，就是这样地减完了，这在我们凡人大约是不很容易做到的，所以结果总如碟子里留着的末一个点心，让他多少要多留一会儿。我们不能干脆地画一个鸡蛋，满意而去，所以在关了铺门的路旁仍不免要去摆一小摊，算是还有点货色，还在做生意。文学是专门学问，实是不知道，自己所觉得略略知道的只有普通知识，即是中学程度的国文、历史、生理和博物，此外还有数十年中从书本和经历得来的一点知识。这些实在凌乱得很，不新不旧，也新也旧，用一句土话来说，这种知识是叫作"三脚猫"的。三脚猫原是不成气候的东西，在我这里却又正有用处。猫都是四条腿的，有三脚的倒反而稀奇了，有如刘海氏的三脚蟾，便有描进画里去的资格了。全旧的只知道过去，将来的人当然是全新的，对于旧的过去或者全然不顾，或者听了一点就大悦，半新半旧的三脚猫却有他的便利，有点像革命运动时代的老新党，他比革命成功后的青年有时更要急进，对于旧势力旧思想很不宽假，因为他更知道这里边的辛苦。我因此觉得也不敢自菲薄，自己相信关于这些事情不无一日之长，愿意尽我的力量，有所供献于社会。我不懂文学，但知道文章的好坏，不懂哲学玄学，但知道思想的健全与否。我谈文章，系根据自己写及读国文所得的经验，以文情并茂为贵。谈思想，系根据生物学文化人类学道德史性的心理等的知识，考察儒释道法各家的意思，参酌而定，以情理并合为上。我的理想只是中庸，这似乎是平凡的东西，然而并不一定容易遇见，所以总觉得可称扬的太少，一面固似抱残守缺，一面又像偏喜诃佛骂祖，诚不得已也。不佞盖是少信的人，在现今信仰的时代有点不大抓得住时代，未免不很合适，但因此也正是必要的，语曰，良药苦口利于病，是也。

　　不佞从前谈文章谓有言志载道两派，而以言志为是。或疑诗言志，文以载道，二者本以诗文分，我所说有点缠夹，又或疑志与道并无若何殊异，今我又屡言文之有益于世道人心，似乎这里的纠纷更是明白了。这所疑的固然是事出有因，可是说清楚了当然是查无实据。我当时用这两个名称的时候的确有一种主观，不曾说得明了，我的意思以为言志是代表《诗经》的，这所谓志即是诗人各自的情感，而载道是代表唐宋文的，这所谓道乃是八大家共通的教义，所以二者是绝不相同的。现在如觉得有点缠夹，不妨加以说明云：凡载自己之道者即是言志，言他人之志者亦是载道。我写文章无论外行人看去如何幽默不正经，都自有我的道在里边，不过这道并无祖师，没有正统，不会吃人，只是若大路然，可以走，而不走也由你的。我不懂得为艺术的艺术，原来是不轻看功利的，虽然我也喜欢明其道不计其功的话，不过讲到底这道还就是一条路，总要是可以走的才行。于世道人心有益，自然是件好事，我哪里有反对的道理，只恐怕世间的是非未必尽与我相同，如果所说发其聪明，广其闻见，原是不错，但若必以江希张为传世而叶德辉为翼教，则非不佞之所知矣。

一个人生下到世间来不知道是偶然的还是必然的，但是无论如何，在生下来以后那总是必然的了。凡是中国人不管先天后天上有何差别，反正在这民族的大范围内没法跳得出，固然不必怨艾，也并无可骄夸，还须得清醒切实地做下去。国家有许多事我们固然不会也实在是管不着，那么至少关于我们的思想文章的传统可以稍加注意，说不上研究，就是辨别批评一下也好，这不但是对于后人的义务也是自己所有的权利，盖我们生在此地此时实是一种难得的机会，自有其特殊的便宜，虽然自然也就有其损失，我们不可不善自利用，庶不至虚负此生，亦并对得起祖宗与子孙也。语曰，秀才人情纸一张。又曰，千里送鹅毛，物轻情意重。如有力量，立功固所愿，但现在所能止此，只好送一张纸，大家莫嫌微薄，自己却也在警诫，所写不要变成一篇寿文之流才好耳。

谈 娱 乐

我不是清教徒，并不反对有娱乐。明末谢在杭著《五杂组》卷二有云：

> 大抵习俗所尚，不必强之，如竞渡游春之类，小民多有衣食于是者，损富家之羡镪以度贫民之糊口，非徒无益有损比也。

清初刘继庄著《广阳杂记》卷二云：

> 余观世之小人未有不好唱歌看戏者，此性天中之《诗》与《乐》也。未有不看小说听说书者，此性天中之《书》与《春秋也》。未有不信占卜祀鬼神者，此性天中之《易》与《礼》也。圣人六经之教原本人情而后之儒者乃不能因其势而利导之，百计禁止遏抑，务以成周之刍狗茅塞人心，是何异塞川使之不流，无怪其决裂溃败也。夫今之儒者之心为刍狗之所塞也久矣，而以天下大器使之为之，爰以图治，不亦难乎。

又清末徐仲可著《大受堂札记》卷五云：

> 儿童史妪皆有历史观念。于何征之，征之于吾家。光绪丙

申居萧山，吾子新六方七龄，自塾归，老佣赵余庆于灯下告以戏剧所演古事如《三国志》《水浒传》等，新六闻之手舞足蹈。乙丑居上海，孙大春八龄，女孙大庆九龄大庚六龄，皆喜就杨媪王媪听谈话，所语亦戏剧中事，杨京兆人谓之曰讲古今，王绍兴人谓之曰说故事，三孩端坐倾听，乐以忘寝。珂于是知戏剧有启牖社会之力，未可以淫盗之事导人入于歧途，且又知力足以延保姆者之尤有益于儿童也。

三人所说都有道理，徐君的话自然要算最浅，不过社会教育的普通话，刘君能看出六经的本相来，却是绝大见识，这一方面使人知道民俗之重要性，别一方面可以少开儒者一流的茅塞，是很有意义的事。谢君谈民间习俗而注意经济问题，也很可佩服，这与我不赞成禁止社戏的意思相似，虽然我并不着重消费的方面，只是觉得生活应该有张弛，高攀一点也可以说不过是柳子厚题《毛颖传》里的有些话而已。

我所谓娱乐的范围颇广，自竞渡游者以至讲古今，或坐茶店，站门口，嗑瓜子，抽旱烟之类，凡是生活上的转换，非负担而是一种享受者，都可算在里边，为得要使生活与工作不疲敝而有效率，这种休养是必要的，不过这里似乎也不可不有个限制，正如在一切事上一样，即是这必须是自由的，不，自己要自由，还要以他人的自由为界。娱乐也有自由，似乎有点可笑，其实却并不然。娱乐原来也是嗜好，本应各有所偏爱，不会统一，所以正当的娱乐须是各人所最心爱的事，我们不能干涉人家，但人家亦不该来强迫我们非附和不可。我是不反对人家听戏的，虽然这在我自己是素所厌恶的东西之一，这个态度至少在最近二十年中一点没有改变。其实就是说好唱歌看戏是性天中之《诗》与《乐》的刘继庄，他的态度也未尝不如此，如《广阳杂记》卷二有云：

饭后益冷，沽酒群饮，人各二三杯而止，亦皆醺然矣。饮讫，某某者忽然不见，询之则知往东塔街观剧矣。噫，优人如

194

鬼，村歌如哭，衣服如乞儿之破絮，科诨如泼妇之骂街，犹有人焉冲寒久立以观之，则声色之移人固有不关美好者矣。

又卷三云：

亦舟以优觞款予，剧演《玉连环》，楚人强作吴歈，丑拙至不可忍。予向极苦观剧，今值此酷暑如焚，村优如鬼，兼之恶酿如药，而主人之意则极诚且敬，必不能不终席，此生平之一劫也。

刘君所厌弃者初看似是如鬼之优人，或者有上等声色亦所不弃，但又云向极苦观剧，则是性所不喜欢也。有人冲寒久立以观泼妇之骂街，亦有人以优觞相款为生平一劫，于此可见物性不齐，不可勉强，务在处分得宜，趋避有道，皆能自得，斯为善耳。不佞对于广阳子甚有同情，故多引用其语，差不多也就可以替我说话。不过他的运气还比较地要好一点，因为那时只有人请他吃酒看戏，这也不会是常有的事，为敷衍主人计忍耐一下，或者还不很难，几年里碰见一两件不如意事岂不是人生所不能免的么。优觞我不曾遇着过，被邀往戏园里去看当然是可能的，但我们可以谢谢不去，这就是上文所说还有避的自由也。譬如古今书籍浩如烟海，任人取读，有些不中意的，如卑鄙的应制宣传文，荒谬的果报录，看不懂的诗文等，便可干脆抛开不看，并没人送到眼前来，逼着非读不可。戏文是在戏园里边，正如鸦片是在某种国货店里，白面在某种洋行里一样，喜欢的人可以跑去买，若是闭门家里坐，这些货色是不会从顶棚上自己掉下来的。现在的世界进了步了，我们的运气便要比刘继庄坏得多，盖无线电盛行，几乎随时随地把戏文及其他擅自放进人家里来，吵闹得着实难过，有时真使人感到道地的绝望。去年五月间我写过一篇北平的好坏，曾讲到这件事，有云：

我反对旧剧的意见不始于今日，不过这只是我个人的意见，自己避开戏园就是了，本不必大声疾呼，想去警世传道，因为如上文所说，趣味感觉各人不同，往往非人力所能改变，固不特鸦片小脚为然也。但是现在情形有点不同了，自从无线电广播发达以来，出门一望但见四面多是歪斜碎裂的竹竿，街头巷尾充满着非人世的怪声，而其中以戏文为最多，简直使人无所逃于天地之间，非硬听京戏不可，此种压迫实在比苛捐杂税还要难受。

我这里只举戏剧为例，事实上还有大鼓书，也为我所同样地深恶痛绝的东西。本来我只在友人处听过一回大鼓书，留声机片也有两张刘宝全的，并不觉得怎么可厌，这一两个月里比邻整夜地点电灯并开无线电，白天则全是大鼓书，我的耳朵里充满了野卑的声音与单调的歌词，犹如在头皮上不断地滴水，使我对于这有名的清口大鼓感觉十分的厌恶，只要听到那嘣嘣的鼓声，就觉得满身不愉快。我真个服这种强迫的力量，能够使一个人这样确实地从中立转到反对的方面去。这里我得到两个教训的结论。宋季雅曰：一百万买宅，千万买邻。这的确是一句有经验的话。孔仲尼曰：己所不欲，勿施于人。这句话虽好，却还只有一半，己之所欲，勿妄加诸人，也是同样的重要，我愿世人于此等处稍为吝啬点，不要随意以钟鼓享爰居，庶几亦是一种忠恕之道也。

女人骂街

阅《犎鼻山房小稿》，只有东游笔记二卷，记光绪辛巳壬午间从湖南至江苏浙江游居情况，不详作者姓氏，文章却颇可读。下卷所记以浙东为主，初游台州，后遂暂居绍兴一古寺中。十一月中有记事云：

> 戊申，与寺僧负暄楼头。适邻有农人妇曝菜篱落间，遗失数把，疑人窃取之，坐门外鸡栖上骂移时，听其抑扬顿挫，备极行文之妙。初开口如饿鹰叫雪，觜尖吭长，而言重语狠，直欲一句骂倒。久之意懒神疲，念艺圃辛勤，顾物伤惜，啧啧呶呶，且詈且诉，若惊犬之吠风，忽断复续。旋有小儿唤娘吃饭，妇推门而起，将入却立，蓦地愤上心来，顿足大骂，声暴如雷，气急如火，如金鼓之末音，促节加厉，欲奋袂而起舞。余骇然回视，截然已止，箸响碗鸣，门掩户闭。僧曰，此妇当堕落。余曰，适读白乐天《琵琶行》与苏东坡《赤壁赋》终篇也。

这一节写得很好玩，却也很有意思。民间小戏里记得有王婆骂鸡一出，可见这种情形本是寻常，大家也都早已注意到了，不过这里犎鼻山人特别提出来与古文辞并论，自有见识，但是我因此又想起女人过去的光荣，不禁感慨系之。我们且不去查人类学上的证据，也可以相信女人是从前有过好时光的，无论这母权时代去今怎么辽远，她的统治才能至

197

今还是潜存着，随时显露一点出来，替她做个见证。如上文所说的泼妇骂街，是其一。本来在生物中母兽是特别厉害的，不过这只解释得泼字，骂街的本领却别有由来，我想这里总可以见她们政治天才之百一罢。希腊市民从哲人研求辩学，市场公会乃能滔滔陈说，参与政事，亦不能如村妇之口占急就，而井井有条，自成节奏也。中国士大夫十载寒窗，专做赋得文章，讨武驱鳄诸文胸中烂熟，故要写劾奏讪谤之文，摇笔可成，若仓促相骂，便易失措，大抵只能大骂混账王八蛋，不是叫拿名片送县，只好亲自动手相打矣。两相比较，去之天壤。其次则妇女的挽歌，亦是一例。尝读法国美里美所作小说《科仑巴》，见其记科仑巴临老彼得之丧，自作哀歌，歌以代哭，闻之足使懦夫有立志，至今尚不忘记。此不独科耳西加岛为然，即在中国凡妇女亦多如此，不过且哭且歌，只哭中有词，不能成整篇的挽歌而已。以上所举虽然似乎都是小事，但我想这就已够证明妇女自有一种才力，为男子所不及，而此应付与组织则又正是政治本领之一也。

对妇女说母权时代的事，这不但是开天以前，简直已是羲皇以上，桑田沧海变化久远，遗迹留存，亦已微矣。偶阅陈廷灿在康熙初年所著《邮余闲记》初集，卷上有关于妇女的几节云：

> 人皆知妇女不可烧香看戏，余意并不宜探望亲戚及喜事宴会，即久住娘家亦非美事，归宁不可过三日，斯为得之。

> 居美妇人譬如蓄奇宝，苟非封藏甚密，守护甚严，未有不入穿窬之手。故凡女人，足不离内室，面不见内亲，声不使闻于外人，其或庶几乎。

> 余见一老人，年八十余，终身不娶。及问其故，曰，世无贞妇人，故不娶也。噫！激哉老人之言也，信哉老人之言也。——然不可为训。世岂无贞妇人哉，顾贞者不易得耳。但能御之以礼，闲之以法，而导之节义，则不贞者亦不得不转而为贞矣。

198

要证明近世男尊女卑的现象，只用最普通的《女儿经》的话也已足够了，我这里特别抄引兰亭陈君的文章，不但因为正在阅看此书，顺手可抄，实因其说得显露无隐讳耳。这一段落，不知道若干千年，恐怕老是在连续着，不佞幸而不生为妇人身，想来亦不禁愕然，身受者未知如何，而其间苦乐交错，似乎改变又非易易，再看世上各国也还没有什么好办法，可知此种成就总当在黄河清以后罢。

明末有清都散客，即是赵忠毅公赵梦白南星，著有《笑赞》一卷七十二则，其第五十一则云：

> 郡人赵世杰半夜睡醒，语其妻曰，我梦中与他家妇女交会，不知妇女亦有此梦否？其妻曰，男子妇人有甚差别。世杰遂将其妻打了一顿。至今留下俗语云，赵世杰夜半起来打差别。
>
> 赞曰，道学家守不妄语为良知，此人夫妻半夜论心，似非妄语，然在夫则可，在妻则不可，何也？此事若问李卓吾，定有奇解。

案卓吾老子对于此事不曾有什么表示，盖因无人问他之故，甚为可惜，但他的意见在别的文章中亦可窥见一点，如《焚书》卷二《答以女人学道为见短书》中云：

> 故谓人有男女则可，谓见有男女岂可乎。

即此可知卓吾之意与赵世杰妻相同，以为男子妇人有甚差别也。此在卓吾说出意见或梦白提出疑问，固已难能可贵，但尚不能算很难，若赵世杰妻乃不可及，不佞涉猎杂书，殊未见第二人，武则天山阴公主犹不能比也。至于被打则是当然，卓吾亦正以是而被弹劾，梦白隐于笑

199

话，幸而免耳。至赵世杰者乃是正统派，其学说流传甚远，上文所引《邮余闲记》诸条，实即是打差别的注疏札记，可以窥豹一斑矣。

李卓吾以后中国有思想的人要算俞理初了。《癸巳存稿》卷四有一篇小文，题曰"女"，末云：

> 《庄子·天道篇》云，尧告舜曰，吾不敖无告，不废穷民，苦死者，嘉孺子而哀妇人，此吾所以用心也。……盖持世之人未有不计及此者。

《癸巳类稿》卷十三《节妇说》中云：

> 古言终身不改，言身则男女同也。七事出妻，乃七改矣，妻死再娶，乃八改矣。男子理义无涯涘，而深文以周妇人，是无耻之论也。

二者口气不一样，意思则与卓吾同。李越缦在日记中评之曰："语皆偏谲，似谢夫人所谓出于周姥者，一笑。"这一句开玩笑的话，我觉得却是最好的批评。盖以周公而兼能了解周姥的立场，岂非真是圣人乎？卓吾理初虽其学派迥不相同，但均可以不朽矣。

谈卓文君

今人中间我颇留意收集钱谪星的著作，因为他很有些见识，虽然是个老翰林，今年也有六十多岁了。所著已搜到八册十五种，最近所得的里边有一卷《课余闲笔》，凡三百余则，其一云：

开辟以来第一真快事，莫如卓女奔相如。

这句话令我想起李卓吾来。据《藏书》二十九司马相如传中云：

相如，卓氏之梁鸿也。使当其时卓氏如孟光，必请于王孙，吾知王孙必不听也。嗟夫，斗筲小人何足计事，徒失佳偶，空负良缘，不如早自抉择，忍小耻而就大计。《易》不云乎，同声相应，同气相求。同明相照，同类相招。云从龙，风从虎。归凤求凰，安可诬也。

其实平心想起来，这些意思原来也很平凡。《诗经·有狐》朱子注云：

国乱民散，丧其妃耦，有寡妇见鳏夫而欲嫁之。

又《孟子》答万章问舜之不告而娶云：

告则不得娶。男女居室，人之大伦也，如告则废人之大
伦，以怼父母，是以不告也。

卓吾的话差不多也只是这个意思，而举世哗然，张问达弹劾他特别
举出，以冯道为吏隐，以卓文君为善择佳偶，为狂诞悖戾不可不毁的理
由之一，这是什么缘故呢？写那《板桥杂记》的余澹心序李笠翁的
《闲情偶寄》云：

独是冥心高寄，千载相关，恶王莽王安石之不近人情，而
独爱陶元亮之闲情作赋。

说得很通达，但是为王山史作《山志》的序则云：

志中论佛老论祆民论王安石李贽屠隆，皆与余合。

《山志》卷四论李贽一条别无新意见，只是说可惜不及明正典刑，
墓碑没有毁掉而已，不知余君何以如此佩服。钱君独能排众议，称扬卓
女，与卓吾表同情，觉得是很难得的，《课余闲笔》有钱君严父鹤岑的
小引，称其议论古今，体会人情物理，有可采者，真可谓知子莫若父，
而鹤岑之非常人亦可以想见矣。

《战国策·秦策》里有一个譬喻，有人调戏两个女人，或从或不
从，他享受从者而羡慕不从者，其说曰：

居彼人之所，则欲其许我也。今为我妻，则欲其为我詈
人也。

这本说明雄主对付臣下的机心，却也正是普通男子的心理。更进一

步说，现代性心理告诉我们，老流氓愈要求处女，多妻者亦愈重守节。中国之尊重贞节，宜也。偶阅邓文如的《古董琐记》，在卷六有改号娶小一则云：

> 王崇简《冬夜笺记》云，明末习尚，士人登第后易号娶妾，故京市谚曰，改个号，娶个小。有劝张受先娶妾者，怆然曰，甫释褐而即背糟糠，吾不忍为也。

我读了不觉愕然。这倒并不因为我有好些别号的缘故，我那许多别号与"恋爱"都无关，只是文章游戏，如有必要就是完全废除也无妨碍的。我所感觉奇怪的是这三百年来事情的一致。现在的中国人改号与娶小未必还连在一起罢，但即使大家不大热心于改号，对于娶小大约总是不表示冷淡的。据德国性学家希耳须菲耳特（M. Hirschfeld）在他的游记《男与女》第二十五章中说：

> 现在全中国的男子中，约计百分之三十各人只有一个妻子，由于种种理由，或是道德的，或是经济的，也或者是性心理的。约百分之五十，这里包括许多苦力在内，有两个妻子。约百分之十有三至六个女人，此外百分之五据说有六个以上，或有三十个妻子，也或有更多的。关于张宗昌将军，听说他有八十位，但在他败后定居日本之前只留下一个，其余都给钱打发走了。我在香港时有人指示一个乞丐给我看，他除正妻之外还养着两位姨太太云。

我们即使不懂别的大道理，一点普通的数学知识总是有的。三十与六十五哪一个数目大？中国多妻主义势力之大正是当然的，他们永久是大多数也。中国喊改革已有多年，结果是鸦片改名西北货，八股化装为宣传文，而姨太太也着洋装号称"爱人"，一切贴上新护符，一切都成为神圣矣。非等到男女两方都能经济独立不能自由恋爱，平常还仍是多妻而已。卓文君当初虽做得好，值得卓吾老子称赞，但后来也几乎被遗弃，以一篇《白头吟》幸得保存，由此观之，可知着犊鼻裈涤器的欢子尚不免有改号的雅兴，女人随在有被高阁之可能，其有幸而免者，盖犹人之偶不发肺结核或虽发而早期治愈耳。一二贤哲为反抗礼教的压迫特为卓氏说一句话，其意甚可感，若有人遂以为她是幸福的女人，则亦犹未免为傻瓜也。

谈文字狱

不久以前我曾说过，人类虽是从动物进化来的，但他也有禽兽不如的几种恶习，如卖买淫及思想文字狱等。在野蛮时代，犯了禁忌的人如不伏冥诛亦难逃世法，这已非禽兽所有事，多少有点离奇了，不过那时是集团生活时代，思想差不多是统一的，所以这不成为问题，一直要到个人化渐发达，正统与异端显然分立，思想文字狱乃为人所注意，因此这时代自然不会很早的了。现在没有这些工夫去翻书，只就我们记得的来讲，则孔子杀少正卯可以说是以思想杀人的较早的一例，而杨恽之狱则是以文字杀人的例。据《孔子家语》说：

> 孔子为鲁司寇，摄行相事。于是朝政七日而诛乱政大夫少正卯，戮之于两观之下，尸于朝三日。子贡进曰，夫少正卯鲁之闻人也，今夫子为政而始诛之，或者为失乎。孔子曰，居，吾语以汝其故。天下有大恶者五，而窃盗不与焉。一曰心逆而险，二曰行僻而坚，三曰言伪而辩，四曰记丑而博，五曰顺非而泽。此五者有一于人，则不免君子之诛，而少正卯皆兼有之。

这件事或者如朱晦庵所疑并非事实亦未可知，但总之是儒教徒的一种理想，所以后来一直脍炙人口，文人提到异己者便想加以两观之诛，可以知矣。杨子幼的《报孙会宗书》因为收在古文选本里，知道的人很多（《文选》虽也有，恐怕看的少了），就成为古代文字狱的代表。就事论事，这两案是同样的冤枉，同样的暴虐，若其影响及于世道人心者则自以前者为甚。盖普通以文字杀人的文字狱其罪名大都是诽谤，虽然犯上作乱，大逆不道，加上好些好听的名称，却总盖不过事实，这只是暴君因被骂或疑心如此而发怒耳，明眼人终自知道，若以思想杀人的文字狱则罪在离经叛道，非圣无法，一般人觉得仿佛都被反对在内，皆欲得而甘心，是不但暴君欲杀，暴民亦附议者也。为犯匹夫之怒而被杀，后世犹有怜之者，为大众所杀则终了矣。虽或后来有二三好事者欲为平反，而他们自己也正为大众所疾视，不独无力且亦甚危事也。其一是政治的杀人，理非易见，其一是宗教的杀人，某种教旨如占势力则此钦案决不能动，千百年如一日，信仰之力亦大矣哉。因为这个理由，在文字狱中我特别看重这一类，西洋的巫蛊与神圣裁判之引起我的兴味亦正为此，其通常诽谤的文字狱固是暴君草菅人命的好例，但其影响之重大则尚未能相比耳。

我们说起近代的文字狱来，第一总想到康熙乾隆时的那许多案件，但那些大抵是大逆不道案而已，在专制的清朝时代，这是当然的，其缺少非圣无法案者非是朝廷特别宽容这个，乃因中国人在思想上久已阉割了之故，即使有人敢诽谤皇帝，也总不敢菲薄圣人也。清末出了一个谭复生，稍稍想挣扎，却不久即死在大逆案里，我们要找这类的人只好直找上去，去今三百余年前才能找到一位，这即是所谓李秃李卓吾。明万历三十年（一六〇二）那时卓吾七十六岁，礼部给事中张问达上疏劾奏，据《山志》卷四（比《日知录》稍详）所引略云：

> 李贽壮岁为官，晚年削发。近又刻《藏书》《焚书》《卓吾大德》等书，流行海内，惑乱人心。以吕不韦李园为智谋，以李斯为才力，以冯道为吏隐，以卓文君为善择佳偶，以司马光论桑弘羊欺武帝为可笑，以秦始皇为千古一帝，以孔子之是非为不足据。狂诞悖戾未易枚举，刺谬不经，不可不毁。尤可

恨者，寄居麻城，肆行不简，与无良辈游庵院，挟妓女，白昼同浴。勾引士人妻女入庵讲法，至有携衾枕而宿庵观者，一境如狂。又作《观音问》一书，所谓观音者皆士人妻女也。后生小子喜其猖狂放肆，相率煽惑，至于明劫人财，强搂人妇，同于禽兽而不之恤。……望敕礼部檄行通州地方官将李贽解发原籍治罪，仍檄行两畿各省，将贽刊行诸书并搜简其家未刻者尽行烧毁，毋令贻乱后日，世道幸甚。

奉圣旨云：

李贽敢倡乱道，惑世诬民，便令厂卫五城严拿治罪。其书籍已刻未刻者令所在官司尽搜烧毁，不许存留。如有徒党曲庇私藏，该科及有司访参奏来并治罪。

卓吾遂被逮至北京，其时在闰二月，至三月十五日自刎死狱中。张问达阿附首相沈一贯劾奏李卓吾的两款是异端惑世与宣淫，对于这两点马敬所已经替他辨明得很清楚，原文见《李温陵外纪》，不容易得，近有容肇祖著《李卓吾评传》，朱维之著《李卓吾论》后附铃木虎雄原著《李卓吾年谱》，均有转录。卓吾之死，《山志》说是惧罪自尽，但据《年谱》引马敬所答张又玄书云：

先生视死生平等，视死之顺逆平等，视一死之后人之疑信平等。且不刎于初系病苦之日而刎于病苏之后，不刎于事变初发圣怒难测之日，而刎于群喙尽歇事体渐平之后，此真不可思议。其偈有曰，志士不忘在沟壑，勇士不忘丧其元。先生故用此见成头巾语，障却天下万世人眼睛，具佛眼者可令此老瞒过耶。

207

可知那班正统派如王山史等人所说都是不对的，彼亦未必是有意讲坏话，盖只是以他自己的心忖度别人耳。

谏官与首相勾结了去对皇帝说，谋除去一个异端，这也原是平凡的事，说过就可搁起，我这里所觉得有意思的乃是一般读书人对于此事的感想。读书人里自然也有明理的人，如马敬所焦弱侯袁小修陶石匮钱牧斋等，他们的话虽然很好这里且不提，因为我所注意的多在反面那一边。第一个我们请出鼎鼎大名的顾亭林来。在《日知录》卷十八李贽条下抄录张问达疏及旨后说道：

> 愚按自古以来小人之无忌惮而敢于叛圣人者莫甚于李贽，然虽奉严旨而其书之行于人间自若也。

又云：

> 天启五年九月四日四川道御史王雅量疏，奉旨：李贽诸书怪诞不经，命巡视衙门焚毁，不许坊间发卖，仍通行禁止。而士大夫多喜其书，往往收藏，至今未灭。

王山史在《山志》初集卷四李贽条下云：

> 温陵李贽颇以著述自任，予考其行事，察其持论，盖一无忌惮之小人也，不知当时诸君子如焦弱侯辈何以服之特甚，予疑其出言新奇，辩给动听，久之遂为所移而不觉也。

又云：

> 予尝谓李贽之学本无可取，而倡异端以坏人心，肆淫行以

208

兆国乱，盖盛世之妖孽，士林之椿杌也，不及正两观之诛，亦幸矣。

此后抄录疏旨，又云：

已而赞逮至，惧罪自尽，马经纶为营葬通州。闻今有大书二碑，一曰李卓吾先生墓，焦竑题，一曰卓吾老子碑，汪可受题。表章邪士，阴违圣人之教，显倍天子之法，亦可谓无心矣。恨当时无有闻之于朝者，仆其碑并治其罪耳。

两位遗老恨恨之状可掬，顾君恨书未能烧尽，王君则恨人未杀，碑未仆也。我曾说：

奇哉亭林先生乃赞成思想文字狱，以烧书为唯一的卫道手段乎，只可惜还是在流行，此事盖须至乾隆大禁毁明季遗书而亭林之愿望始满足耳。不佞于顾君的学问岂敢菲薄，不过说他没有什么思想，而且那种正统派的态度是要不得的东西，只能为圣王效驱除之用而已。不佞非不喜《日知录》者，而读之每每作恶中辍，即有因此种恶浊空气混杂其中故也。

此外有冯定远在《钝吟杂录》中亦有说及，如卷二家戒下云：

一家之人各以其是非为是非则不齐，推之至于天下，是非不同则风俗不一，上下不和，刑赏无常，乱之道也。李卓吾者乱民也，不知孔子之是非而用我之是非，愚之至也。孔子之是非乃千古不易之道也，君君，臣臣，父父，子子，一部《春秋》不过如此。

209

何义门批注云：

> 牧翁以为异人，愚之至也。吾尝谓既生一李卓吾，即宜生一牛金星继其后矣。

又卷四读古浅说云：

> 余于前人未尝敢轻诋，老人年长数十岁便须致敬，况已往之古人乎。然有五人不可容。李秃之谈道，此诛绝之罪也，孔子而在，必加两观之诛矣。

顾王二君皆是程朱派，视王阳明如蛇蝎，其骂李卓吾不足怪，钝吟本是诗人，《杂录》中亦有好意思，如此学嘴学舌，殊为可笑，至于何义门实太幼稚，更不足道矣。尤西堂著《艮斋杂说》正续十卷，除谈佛处不懂外多可看，卷五有一则论李卓吾金圣叹，其上半云：

> 李卓吾，天下之怪物也，而牧斋目为异人。其为姚安太守，公座常与禅衲俱，或入伽蓝判事。后去其发，秃而加巾，以妖人逮下狱，遂自刭死。当是时，老禅何在，异乎不异乎。

西堂语较平凡，但也总全不了解。即此数人殆可代表康熙时读书人对于李卓吾的意见，以后人云亦云，大概没有什么变化。直至清末革命运动发生，国学保存会重印《焚书》，黄晦闻、吴又陵诸君始稍为表彰，但是近十年来正统派思想又占势力，搢笏大官与束发小生同骂公安竟陵以文章亡国，苟使他们知有李秃，岂有不更痛骂之理，回思三十年来事，真不胜今昔之感也。

李卓吾为什么是妖人及异端呢？其一是在行为。他去发，讲学根佛说，与女人谈道。其一是在思想。王山史引《藏书》的总目论中语云：

人之是非初无定质，览者但无以孔子之定本行赏罚。

《年谱》引《答耿中丞书》云：

夫天生一人自有一人之用，不待取给于孔子而后足也。若必待取给于孔子，则千古以前无孔子，终不得为人乎。（案原书见《焚书》卷一）

又《童心说》云：

夫六经《语》《孟》，非其史官过为褒崇之词，则其臣子极为叹美之语，又不然则其迂阔门徒，懵懂弟子，记忆师说，有头无尾，得后遗前，随其所见，笔之于书。后学不察，便以为出自圣人之口也，决定目之为经矣，孰知其大半非圣人之言乎。纵出自圣人，要亦有为而发不过因病发药，随时处方，以救此一等懵懂弟子迂阔门徒云耳。药医假病，方难定执，是岂可遽以为万世之至论乎？然则六经《语》《孟》乃道学之口实，假人之渊薮也，断断乎其不可以语于童心之言明矣。（《焚书》卷三）

铃木氏评曰：

辞或失之不逊，或陷于过贬，但酌其发言之精神所在，实可谓向后世儒生所陷的弊端下一金针。不料这些话却给予迫害卓吾的人以好口实，好像当他是反抗儒教的大罪人。（据朱君译文原本）

211

《焚书》卷二《答以女人学道为见短书》中有云:

> 故谓人有男女则可,谓见有男女岂可乎。谓见有长短则可,谓男子之见尽长,女人之见尽短,又岂可乎。设使女人其身而男子其见,乐闻正论而知俗语之不足听,乐学出世而知浮世之不足恋,则恐当世男子视之皆当羞愧流汗不敢出声矣。此盖孔圣人所以周流天下,欲庶几一遇而不可得者,今反视之为短见之人,不亦冤乎。冤不冤与此人何与,但恐旁观者丑耳。

这些话大抵最犯世间曲儒之忌,其实本来也很平常,只是因为懂得物理人情,对于一切都要张眼看过,用心想过,不肯随便跟了人家的脚跟走,所得的结果正是极平常实在的道理,盖曰光之下本无新事也,但一班曲儒便惊骇得了不得,以为非妖即怪,大动干戈,乃兴诏狱。卓吾老子死了,这也没有什么稀奇,其《五死篇》中本云:

> 既无知己可死,吾将死于不知己者以泄怒也。(《焚书》卷五)

他既自己知道,更不必说冤矣。且卓吾亦曾云:

> 冤不冤与此人何与,但恐旁观者丑耳。

我们忝为旁观者,岂能不为中国丑?不佞之不禁喋喋有言,实亦即为此故,不然与卓吾别无乡世寅戚谊,何必如此多嘴乎。《年谱》引《温陵外纪》卷一余永宁著《李卓吾先生告文》云:

> 先生古之为己者也。为己之极,急于为人,为人之极,至于无己。则先生者今之为人之极者也。

212

这几句话说得很好。凡是以思想问题受迫害的人大抵都如此，他岂真有惑世诬民的目的，只是自有所得，不忍独秘，思以利他，终乃至于虽损己而无怨。此种境地吾辈凡夫何能企及，但为己之极急于为人，觉得不可不勉，不佞近数年来写文章总不敢违反此意也。

二十六年四月九日，北平

附记：

《焚书》卷三《卓吾论略》中云："年十二试老农老圃论，居士曰，吾时已知樊迟之问在荷蒉丈人间，然而上大人丘乙己不忍也，故曰小人哉樊须也，则可知矣。论成，遂为同学所称。"此语甚有意致，文中不及引用，附识于此，供读《论语》者之参考也。

谈 关 公

《越缦堂日记补》第五册"咸丰八年戊午正月下"云：

> 初七日甲申晴。下午进城至仓桥书肆，借得明人张青父丑
> 《清河书画舫》十四册，归阅之。其论书画颇不减元人，间附
> 考证亦多有据，又全载昔人题跋及诸评论，皆有意致可观，丑
> 自赘者亦楚楚不俗，最宜于赏鉴家。昔钱思公尝言于厕上观杂
> 书，未免太亵，若此者正当携之舟中马上耳。

乾隆时池北草堂刻本《书画舫》原有一部，看了这篇批评便找了
出来，我不是赏鉴家，没有什么用处，也只是看看题跋之类罢了。卷一
开首是钟繇，对于他的兴趣却并不在法书，还是由于《世说新语》所
载司马昭嘲钟会的话："与人期行，何以迟迟，望卿遥遥不至。"其次
是因为书。《画舫》上所录的一篇贺捷表，严可均辑《全三国文》卷二
十四根据《绛帖》录有全文，今转抄于下：

> 臣繇言。戎路兼行，履险冒寒，臣以无任，不获扈从，企
> 伫悬情，无有宁舍。即日长史逮充宣大令命，知征南将军运田
> 单之奇，厉愤怒之众，与徐晃同势，并力扑讨，表里俱进，应
> 时克捷，截灭凶逆。贼帅关羽已被矢刃，傅方反覆，胡修背
> 恩，天道祸淫，不终厥命。奉闻嘉憙，喜不自胜，望路载笑，

214

踊跃逸豫，臣不胜欣庆，谨拜表因便宜上闻。臣繇诚惶诚恐，顿首顿首，死罪死罪。建安二十四年闰月九日南蕃东武亭侯臣繇上。

此文在《书画舫》中也有，但是有缺文，《贼帅关羽》四字都是墨钉，后面引广川书跋云：

> 永叔尝辩此，谓建安二十四年九月关羽未死，不应先作此表。

又张丑注云：

> 《东观余论》考《魏志》是年十月羽为徐晃所败，表内只云被矢刃，时羽为流矢所伤，未始言其死也，此表非伪，表云闰月是十月，非九月也。

上边三处羽字均非空格，与表文并看，可知是避讳无疑，盖是吴氏刻书时所为，张丑原本当不如是。查陈寿《三国志》三十六《蜀书六·关张马黄赵传》，记关羽事凡九百余言，所取者唯报曹归刘一事耳，传末评曰：

> 关羽、张飞皆称万人之敌，为世虎臣，羽报效曹公，飞义释严颜，并有国士之风。然羽刚而自矜，飞暴而无恩，以短取败，理数之常也。

这是很得要领的话。《张飞传》中亦云："羽善待卒伍而骄于士大夫，飞爱敬君而不恤小人。"那么这两位实在也只是普通的名将，假如画在百将图传里固然适宜，尊为内圣外王则显然尚无此资格。人家对张飞的态度也还是平常，如称莽撞人曰猛张飞（其实猛恐即是莽，今照俗合写），又吾乡有鸟，颊上黑白纹相杂，乡人称之"张飞鸟"（Tsangfi-tiau）亦不详其本名。若关羽便大不相同了，听说戏台上说白自称吾乃关公是也，这是戏子做的事，或若可以说是难怪，士大夫们也都避讳，连《书画舫》这种书里也出现了，这不能不算是大奇事。论其原因第一当然是《三国志演义》的传播。沈涛的《交翠轩笔记》卷四有一则云：

> 明人作《琵琶记》传奇，而陆放翁已有满村都唱蔡中郎之句。今世所传《三国演义》亦明人所作，然《东坡集》记王彭论曹刘之泽云："涂巷小儿薄劣，为其家所厌苦，辄与数文钱，会聚听说古话，至说三国事，闻玄德败则颦蹙有涕者，闻曹操败则喜唱快，以觉知君子小人之泽百世不斩云云。是北宋时已有演说三国野史者矣。"

东坡时已说三国，固是很好的考证资料，但我所觉得有意思的还在别一件事，即是爱护刘皇叔的心理那时已如此普遍，这与关羽的被尊重是很有关系的。那时所讲的内容如何，现在已无可考，我们只看元至治刊本《新全相三国志平话》，可以知道故事总是幼稚得很，一点都看不出五虎将怎样地了不得，可是有一件奇事，《全相》中所画人物身边都写姓名，就是刘皇叔也只能叫声玄德，唯独关羽却都题曰关公，似乎在六百年前便已有点神圣化了，这个理由很不容易了解。至治本平话不必说了，便是弘治年《三国志通俗演义》以至毛声山评本，里边讲的关羽言行都别无什么大过人处，至多也不过是好汉或义士罢了。无论怎么看没有成神的资格，虽然去当义和团等会党的祖师自然尽够。——义和的本字实系义合，这类点号至今在北方还是极常见，盖是桃园结义的影响，如刘关张之尚义气而结合，他们也会集了来营商业或练武技耳。关羽在民间所受英雄的崇拜我们可以了解，若神明的顶礼则事甚离奇，在《三国演义》的书本或演辞中都找不出些许理由来，我所觉得奇怪的就是这一件事。关羽封神称帝的历史我未能仔细查考，唯据阮葵生《茶余

216

客话》卷四云：

关庙之见于正史者唯明史有之，其立庙之始不可考，俗传崇宁真君封号出自宋徽宗，亦无据。案元史祭祀志，每岁二月十五日于大殿启建白伞盖佛事，与众被除不祥，抬舁监坛汉关某神轿，夫曰抬舁神轿，则必塑像，有塑像则必有庙宇矣，然则庙始于元之先可知也。

又云：

明万历四十二年甲寅十月十日加封为三界伏魔大帝神威远镇天尊关圣帝君。四十五年丁巳五月，福藩常洵序刻洛阳关帝庙签簿曰：前岁予承命分封河南，关公以单刀伏魔于皇父宫中，托之梦寐间，果验，是以大隆徽号，由是敕闻天下而尊显之云云。予见各省关庙题旌皆同此号，殆始于明神宗时。

可知关圣帝君的名称起于万历，禹斋是一位大昏君而其旨意在读书人中发生了大效力，十足三百年里大家死心塌地信奉，因为是圣是帝而又是神，所以尊严得了不得，避讳也正是当然，犹如不敢写丘字玄字一样，却不知道他原来是骄于士大夫的，读书人的丑态真是毕露了。他们又送志在春秋的匾额给他，硬欲引为同类，也很可笑。据本传裴松之注云："羽为左氏传，讽诵略皆上口。"那么其程度似亦颇浅，后人如欲于武人中求春秋学者，何不再等几年去找那项下有瘿的杜预乎？阮葵生云："雍正四年增设山西解州五经博士一人。"此亦是送匾之意，或可为读书人解嘲。不佞非敢菲薄古人，只因看不出关羽神圣之处何在，略加谈论，若是当他一条好汉，则当然承认，并无什么不敬之意也。

217

文人之娼妓观

七月三日《国学周刊》上载《退园随笔》，记郎葆辰画蟹诗，有这一节话：

> 郎观察葆辰善画蟹，官京师时，境遇甚窘，画一蟹值一金，借以存活。平康诸姊妹鸠金求画，郎大怒，愤然曰："吾画当置幽人精室，岂屑为若辈作耶！"盖自重其画，亦自重其品如此。

《冬心集拾遗》中有杂画题记一卷，有两则颇妙，抄录于下：

> 雪中荷花世无有画之者，漫以己意为之。鸬鹚堰上若果如此，亦一奇观也。

> 昨日写雪中荷花，付棕亭家歌者定定。今夕剪烛画水墨荷花以赠邻庵老衲。连朝清课，不落屠沽儿手，幸矣哉。

我们读上边的文章，觉得两人对于妓女的态度很不相同。郎葆辰是义正词严的一副道学相，傲慢强横，不可向迩；金冬心则很是宽容，把娼女与和尚并举，位在恶俗士夫之上。但是他不过只是借此骂那些绅士，悻悻之色很是明了，毕竟也是儒家的派头，只少些《古文观止》

气罢了。

芭蕉是日本近代有名的诗人，是俳句这一种小诗的开山祖师，所著散文游记也是文学中的名著。元禄二年（一六八九）作奥羽地方的旅行，著有纪行文一卷曰"奥之细道"，是他的散文的杰作。其中有一节云：

今天经过亲不知，子不知，回犬，返驹等北国唯一的难地，很是困倦，到客店引枕就寝，闻前面隔着一间的屋子里有青年女人的声音，似乎有两个人，年老男子的话声也夹杂在里面。听他们的谈话知道是越后国新潟地方的妓女。她往伊势去进香，由男仆送到这个关门，明天打发男子回去，正在写信叫他带回，琐碎地嘱咐他转达的话。听她说是渔夫的女儿，却零落了成为妓女，漂泊在海滨，与来客结无定之缘，日日受此业报，实属不幸。听着也就睡了。次晨出发时她对我们说，因不识路途非常困难，觉得胆怯，可否准她远远地跟着前去，请得借法衣之力，垂赐慈悲，结佛果之缘，说着落下泪来。我们答说，事属可悯，唯我辈随处逗留，不如请跟别的进香者更为便利，神明垂佑必可无虑，随即出发，心中一时觉得很是可哀。

Hitotsu ie ni。
Yujo mo netari，
Hagi to tsuki.
（意云：在同一家里，
游女也睡着，——
胡枝子和月亮。）

我把这句诗告诉曾良，他就记了下来。

219

我们可以说这很有佛教的气味，实在芭蕉诗几乎是以禅与道做精髓的，而且他也是僧形，半生过着行脚生活。他的这种态度，比儒家的高明得多了，虽然在现代人看来或者觉得不免还太消极一点。陀思妥也夫斯奇在《罪与罚》里记大学生拉思科耳尼科夫跪在苏菲亚的面前说：

> 我不是对着你跪，我是跪在人类的一切苦难之前。

这是本于耶教的精神，无论教会与教士怎样地不满人意，这样伟大的精神总是值得佩服的。

查理－路易菲立（Charles－Louis Philippe）的小说我没有多读，差不多不知道，但据批评家说，他的位置是在大主教与淫书作者之间，他称那私窝子为"可怜的小圣徒"（Pauvre petite sainte），这就很中了我的意，觉得他是个明白人，虽然这个明白是他以一生的苦难去换来的。我们回过来再看郎葆辰，他究竟是小资产阶级，他有别一种道德也正是难怪的了。

> 芭蕉的纪行文真是译不好，那一首俳句尤其是没法可想，只好抄录原文，加上大意的译语。这诗并不见得怎么好，他用（胡枝子）与月来做对比，似太平凡，但在他的风雅的句子里放进"游女"去，颇有意思，显出他不能忘情的神情。中国诗很多讲到妓女的，但这种神情似乎极是少见。

七月六日补记

沉　默

　　林语堂先生说，法国一位演说家劝人缄默，成书三十卷为世所笑，所以我现在做讲沉默的文章，想竭力节省，以原稿纸三张为度。

　　提倡沉默从宗教方面讲来，大约很有材料，神秘主义里很看重沉默，美忒林克便有一篇极妙的文章。但是我并不想这样做，不仅因为怕有拥护宗教的嫌疑，实在是没有这种知识与才力。现在只就人情世故上着眼说一说罢。

　　沉默的好处第一是省力。中国人说，多说话伤气，多写字伤神。不说话不写字大约是长生之基，不过平常人总不易做到。那么一时的沉默也就很好，于我们大有裨益。三十小时草成一篇宏文，连睡觉的时光都没有，第三天必要头痛；演说家在讲台上呼号两点钟，难免口干喉痛，不值得甚矣。若沉默，则可无此种劳苦——虽然也得不到名声。

　　沉默的第二个好处是省事。古人说："口是祸门"，关上门，贴上封条，祸便无从发生（"闭门家里坐，祸从天上来"，那只是算是"空气传染"，又当别论），此其利一。自己想说服别人，或是有所辩解，照例是没有什么影响，而且愈说愈渺茫，不如及早沉默，虽然不能因此而说服或辩明，但至少是不会增添误会。又或别人有所陈说，在这方面也照例不很能理解，极不容易答复，这时候沉默是适当的办法之一。古人说不言是最大的理解，这句话或者有深奥的道理，据我想则在我至少可以藏过不理解，而在他就可以有猜想被理解之自由。沉默之好处的好处，此其二。

善良的读者们，不要以为我太玩世（Cynical）了罢。老实说，我觉得人之互相理解是至难——即使不是不可能的事，而表现自己之真实的感情思想也是同样地难。我们说话作文，听别人的话，读别人的文章，以为互相理解了，这是一个聊以自娱的如意的好梦，好到连自己觉到了的时候也不肯立即承认，知道是梦了却还想在梦境中多流连一刻。其实我们这样说话作文无非只是想这样做，想这样聊以自娱，如其觉得没有什么可娱，那么尽可简单地停止。我们在门外草地上翻几个筋斗，想象那对面高楼上的美人看看（而明知她未必看见），很是高兴，是一种办法；反正她不会看见，不翻筋斗了，且卧在草地上看云罢，这也是一种办法。两种都是对的，我这回是在做第二个题目罢了。

我是喜欢翻筋头的人，虽然自己知道翻得不好。但这也只是不巧妙罢了，未必有什么害处，足为世道人心之忧。不过自己的评语总是不大靠得住的，所以在许多知识阶级的道学家看来，我的筋斗都翻得有点不道德，不是这种姿势足以坏乱风俗，便是这个主意近于妨害治安。这种情形在中国可以说是意表之内的事，我们也并不想因此而变更态度，但如民间这种倾向到了某一程度，翻筋斗的人至少也应有想到省力的时候了。

三张纸已将写满，这篇文应该结束了。我费了三张纸来提倡沉默，因为这是对于现在中国的适当办法。——然而原来只是两处办法之一，有时也可以择取另一办法：高兴的时候弄点小把戏，"借资排遣"。将来别处看有什么机缘，再来聒噪，也未可知。

伟大的捕风

　　我最喜欢读《旧约》里的《传道书》。传道者劈头就说"虚空的虚空"，接着又说道："已有的事后必再有，已行的事后必再行。日光之下并无新事。"这都是使我很喜欢读的地方。

　　中国人平常有两种口号，一种是说人心不古，一种是无论什么东西都说古已有之。我偶读拉瓦尔（Lawall）的《药学四千年史》，其中说及世界现存的埃及古文书，有一卷是基督前二千二百五十年的写本，（照中国算来大约是舜王爷登基的初年！）里边大发牢骚，说人心变坏，不及古时候的好云云，可见此乃是古今中外共通的意见，恐怕那天雨粟时夜哭的鬼的意思也是如此罢。不过这在我无从判断，所以只好不赞一词，而对于古已有之说则颇有同感，虽然如说潜艇即古之螺舟，轮船即隋炀帝之龙舟等类，也实在不敢恭维。我想，今有的事古必已有，说得未必对，若云已行的事后必再行，这似乎是无可疑的了。

　　世上的人都相信鬼，这就证明我所说的不错。普通鬼有两类。一是死鬼，即有人所谓幽灵也，人死之后所化，又可投生为人，轮回不息。二是活鬼，实在应称僵尸，从坟墓里再走到人间，《聊斋》里有好些他的故事。此二者以前都已知道，新近又有人发现一种，即梭罗古勃（Sologub）所说的"小鬼"，俗称当云遗传神君，比别的更是可怕了。易卜生在《群鬼》这本剧中，曾借了阿尔文夫人的口说道："我觉得我们都是鬼。不但父母传下来的东西在我们身体里活着，并且各种陈旧的思想信仰这一类的东西也都存留在里头。虽然不是真正地活着，但是埋

223

伏在内也是一样。我们永远不要想脱身。有时候我拿起张报纸来看，我眼里好像看见有许多鬼在两行字的夹缝中间爬着。世界上一定到处都有鬼。他们的数目就像沙粒一样地数不清楚。"（引用潘家洵先生译文）我们参照法国吕滂（Le Bon）的《民族发展之心理》，觉得这小鬼的存在是万无可疑，古人有什么守护天使，三尸神等话头，如照古已有之学说，这岂不就是一则很有趣味的笔记材料么？

无缘无故疑心同行的人是活鬼，或相信自己心里有小鬼，这不但是迷信之尤，简直是很有发疯的意思了。然而没有法子。只要稍能反省的朋友，对于世事略加省察，便会明白，现代中国上下的言行，都一行行地写在二十四史的鬼账簿上面。画符，念咒，这岂不是上古的巫师，蛮荒的"药师"的勾当？但是他的生命实在是天壤无穷，在无论哪一时代，还不是一样地在青年老年、公子女公子诸色人等的口上指上乎？即如我胡乱写这篇东西，也何尝不是一种鬼画符之变相？只此一例足矣！

已有的事后必再有，已行的事后必再行，此人生之所以为虚空的虚空也欤？传道者之厌世盖无足怪。他说："我又专心察明智慧狂妄和愚昧，乃知这也是捕风，因为多有智慧就多有愁烦，加增知识就加增忧伤。"话虽如此，对于虚空的唯一的办法其实还只有虚空之追迹，面对于狂妄与愚昧之察明乃是这虚无的世间第一有趣味的事，在这里我不得不和传道者的意见分歧了。勃阑特思（Brandes）批评弗罗倍尔（Flaubert）说他的性格是用两种分子合成，"对于愚蠢的火烈的憎恶，和对于艺术的无限的爱。这个憎爱，与凡有的憎恶一例，对于所憎恶者感到一种不可抗的牵引。各种形式的愚蠢，如愚行迷信自大不宽容都磁力似的吸引他，感发他。他不得不一件件地把他们描写出来"。我听说从前张献忠举行殿试，试得一位状元，十分宠爱，不到三天忽然又把他"收拾"了，说是因为实在"太心爱这小子"的缘故，就是平常人看见可爱的小孩或女人，也恨不得一口水吞下肚去，那么倒过来说，憎恶之极反而喜欢，原是可以，殆正如金圣叹说："留得三四癫疮，时呼热汤关门澡之，亦是不亦快哉之一也。"

察明同类之狂妄和愚昧，与思索个人的老死病苦，一样是伟大的事业，积极的人可以当一种重大的工作，在消极的也不失为一种有趣的消遣。虚空尽由他虚空，知道他是虚空，而又偏去追迹，去察明，那么这是很有意义的，这实在可以当得起说是伟大的捕风。法儒巴思加耳（Pascal）在他的《感想录》上曾经说过：

　　人只是一根芦苇，世上最脆弱的东西，但他是一根会思想的芦苇。这不必要世间武装起来，才能毁坏他。只需一阵风，一滴水，便足以弄死他了。但即使宇宙害了他，人总比他的加害者还要高贵，因为他知道他是将要死了，知道宇宙的优胜，宇宙却一点不知道这些。

天　足

　　我最喜见女人的天足。——这句话我知道有点语病，要挨性急的人的骂。评头品足，本是中国恶少的恶习，只有帮闲文人像李笠翁那样的人，才将买女人时怎样看脚的法门，写到《闲情偶寄》里去。但这实在是我说颠倒了。我的意思是说，我最嫌恶缠足！

　　近来虽然有学者说，西妇的"以身殉美观"的束腰，其害甚于缠足，但我总是固执己见，以为以身殉丑观的缠足终是野蛮。我时常兴高采烈地出门去，自命为文明古国的新青年，忽然地当头来了一个一跛一拐的女人，于是乎我的自己以为文明人的想头，不知飞到哪里去了。倘若她是老年，这表明我的叔伯辈是喜欢这样丑观的野蛮；倘若年青，便表明我的兄弟辈是野蛮；总之我的不能免为野蛮，是确定的了。这时候仿佛无形中她将一面藤牌、一支长矛，恭恭敬敬地递过来，我虽然不愿意受，但也没有话说，只能也恭恭敬敬地接收，正式地受封为什么社的生番。我每次出门，总要受到几副牌矛，这实在是一件不大愉快的事。唯有那天足的姊妹们，能够饶恕我这种荣誉，所以我说上面的一句话，表示喜悦与感激。

死　法

　　"人皆有死"，这句格言大约是确实的，因为我们没有见过不死的人，虽然在书本上曾经讲过有这些东西，或称仙人，或是"尸忒卢耳不卢格"（Strulbrug），这都没有多大关系。不过我们既然没有亲眼见过，北京学府中静坐道友又都剩下蒲团下山去了，不肯给予凡人以目击飞升的机会，截至本稿上版时止本人遂不能不暂且承认上述的那句格言，以死为生活之最末后的一部分，犹之乎恋爱是中间的一部分，——自然，这两者有时并在一处的也有，不过这仍然不会打破那个原则，假如我们不相信死后还有恋爱生活。总之，死既是各人都有份的，那么其法亦可得而谈谈了。

　　统计世间死法共有两大类，一曰"寿终正寝"，二曰"死于非命"。寿终的里面又可以分为三部。一是老熟，即俗云油尽灯干，大抵都是"喜丧"，因为这种终法非八九十岁的老太爷老太太莫办，而他们此时必已四世同堂，一家里拥上一两百个大大小小男男女女，实在有点住不开了，所以他的出缺自然是很欢送的。二是猝毙，某一部机关发生故障，突然停止进行，正如钟表之断了发条，实在与磕破天灵盖没有多大差别，不过因为这是属于内科的，便是在外面看不出痕迹，故而也列入正寝之部了。三是病故，说起来似乎很是和善，实际多是那"秒生"（Bacteria）先生作的怪，用了种种凶恶的手段，谋害"蚁命"，快的一两天还算是慈悲，有些简直是长期的拷打，与"东厂"不相上下，那真是厉害极了。总算起来，一二都倒还没有什么，但是长寿非可幸求，希望心脏麻痹又与求仙之难无异，大多数人的运命还只是轮到病故。揆诸吾人避苦求乐之意实属大相径庭，所以欲得好的死法，我们不得不离开了寿终而求诸死于非命了。

非命的好处便是在于他的突然，前一刻钟明明是还活着的，后一刻钟就直挺地死掉了，即使有苦痛（我是不大相信）也只有这一刻，这是他的独门的好处。不过这也不能一概而论。十字架据说是罗马处置奴隶的刑具，把他钉在架子上，让他活活地饿死或倦死，约莫可以支撑过几天；荼毗是中世纪卫道的人对付异端的，不但当时烤得难过，随后还剩下些零星末屑，都觉得不很好。车边斤原是很爽利，是外国贵族的特权，也是中国好汉所欢迎的，但是孤零零的头像是一个西瓜，或是"抽子"，如一位友人在长沙所见，似乎不大雅观，因为一个人的身体太走了样了。吞金喝盐卤呢，都不免有点妇女子气，吃鸦片烟又大有损名誉了，被人叫作烟鬼，即使生前并不曾"与芙蓉城主结不解缘"。怀沙自沉，前有屈大夫，后有……倒是颇有英气的，只恐怕泡得太久，却又不为鱼鳖所亲，像治咳嗽的"胖大海"似的，殊少风趣，吊死据说是很舒服（注意：这只是据说，真假如何我不能保证），有岛武郎与波多野秋子便是这样死的，有一个日本文人曾经半当真半取笑地主张，大家要自尽应当都用这个方法，可是据我看来也有很大的毛病。什么书上说有缢鬼降乩题诗云：

目如鱼眼四时开，
身若悬旌终日挂。

（记不清了，待考；仿佛是这两句，实在太不高明，恐防是不第秀才做的。）又听说英国古时盗贼处刑，便让他挂在架上，有时风吹着骨节珊珊作响（这些话自然也未可尽信，因为盗贼不会都是锁子骨，然而"听说"如此，我也不好一定硬反对），虽然有点唐珊尼爵士（Lord Dunsany）小说的风味，总似乎过于怪异——过火一点。想来想去都不

228

大好，于是乎最后想到枪毙。枪毙，这在现代文明里总可以算是最理想的死法了。他实在同丈八蛇矛咔嚓一下子是一样，不过更文明了，便是说更便利了，不必是张翼德也会使用，而且使用得那样地广和多：在身体上钻一个窟窿，把里面的机关搅坏一点，流出些蒲公英的白汁似的红水，这件事就完了，你看多么简单。简单就是安乐，这比什么病都好得多了。三月十八日中法大学生胡锡爵君在执政府被害，学校里开追悼会的时候，我送去一副对联，文曰：

什么世界，还讲爱国？
如此死法，抵得成仙！

这末一联实在是我衷心的颂词。倘若说美中不足，便是弹子太大，掀去了一块皮肉，稍为触目，如能发明一种打鸟用的铁砂似的东西，穿过去好像是一支粗铜丝的痕，那就更美满了。我想这种发明大约不会很难很费时日，到得成功的时候，喝酸牛奶的梅契尼柯夫（Metchnikoff）医生所说的人的"死欲"一定也已发达，那么那时真可以说是"合之则双美"了。

我写这篇文章或者有点受了正冈子规的俳文《死后》的暗示，但这里边的话和意思都是我自己的。又上文所说有些是玩话，有些不是，合并声明。

上 下 身

戈丹的三个贤人，

坐在碗里去漂洋去。

他们的碗倘若牢些，

我的故事也要长些。

——英国儿歌

　　人的肉体明明是一整个（虽然拿一把刀也可以把他切开来），背后从头颈到尾闾一条脊椎，前面从胸口到"丹田"一张肚皮，中间并无可以卸拆之处，而吾乡（别处的市民听了不必多心）的贤人必强分割之为上下身——大约是以肚脐为界。上下本是方向，没有什么不对，但他们在这里又应用了大义名分的大道理，于是上下变而为尊卑、邪正、净不净之分了：上身是体面绅士，下身是"该办的"下流社会。这种说法既合于圣道，那么当然是不会错的了，只是实行起来却有点为难。不必说要想拦腰地"关老爷一大刀"分个上下，就未免断送老命，固然断乎不可，即使在该办的范围内稍加割削，最端正的道学家也决不答应的。平常沐浴时候（幸而在贤人们这不很多），要备两条手巾两只盆两桶水，分洗两个阶级，稍一疏忽不是连上便是犯下，紊了尊卑之序，深于德化有妨，又或坐在高凳上打盹，跌了一个倒栽葱，更是本末倒置，大非佳兆了。由我们愚人看来，这实在是无事自扰，一个身子站起睡倒或是翻个筋斗，总是一个身子，并不如猪肉可以有里脊五花肉等之

230

分，定出贵贱不同的价值来。吾乡贤人之所为，虽曰合于圣道，其亦古代蛮风之遗留欤。

有些人把生活也分作片段，仅想选取其中的几节，将不中意的梢头弃去。这种办法可以称之曰抽刀断水，挥剑斩云。生活中大抵包含饮食，恋爱，生育，工作，老死这几样事情，但是联结在一起，不是可以随便选取一二的。有人希望长生不死，有人主张生存而禁欲，有人专为饮食而工作，有人又为工作而饮食，这都有点像想齐肚脐锯断，钉上一块底板，单把上半身保留起来。比较明白而过于正经的朋友则全盘承受而分别其等级，如走路是上等而睡觉是下等，吃饭是上等而饮酒喝茶是下等是也。我并不以为人可以终日睡觉或用酒代饭吃，然而我觉得睡觉或饮酒喝茶不是可以轻蔑的事，因为也是生活之一部分。百余年前日本有一个艺术家是精通茶道的，有一回去旅行，每到驿站必取出茶具，悠然地点起茶来自喝。有人规劝他说，行旅中何必如此，他答得好："行旅中难道不是生活么。"这样想的人才真能尊重并享乐他的生活。沛德（W. Pater）曾说，我们生活的目的不是经验之果而是经验本身。正经的人们只把一件事当作正经生活，其余的如不是不得已的坏脾气也总是可有可无的附属物罢了。程度虽不同，这与吾乡贤人之单尊重上身（其实是，不必细说，正是相反），乃正属同一种类也。

戈丹（Gotham）地方的故事恐怕说来很长，这只是其中的一两节而已。

教训之无用

蔼理斯在《道德之艺术》这一篇文章里说：

> 虽然一个社会在某一时地的道德，与别个社会——以至同
> 社会在异时异地的道德决不相同，但是其间有错综的条件，使
> 他发生差异，想故意地做成他显然是无用的事。一个人如听人
> 家说他做了一本"道德的"书，他既不必无端地高兴，或者
> 被说他的书是"不道德的"，也无须无端地颓丧。这两个形容
> 词的意义都是很有限制的。在群众的坚固的大多数之进行上
> 面，无论是甲种的书或乙种的书都不能留下什么重大的影响。

斯宾塞也曾写信给人，说道德教训之无效。他说："在宣传了爱之
宗教将近二千年之后，憎之宗教还是很占势力；欧洲住着二万万的外
道，假装着基督教徒，如有人愿望他们照着他们的教旨行事，反要被他
们所辱骂。"

这实在都是真的。希腊有过梭格拉底，印度有过释迦，中国有过孔
老，他们都被尊为圣人，但是在现今的本国人民中间他们可以说是等于
"不曾有过"。我想这原是当然的，正不必代为无谓地悼叹。这些伟人
倘若真是不曾存在，我们现在当不知怎的更是寂寞，但是如今既有言
行流传，足供有艺术趣味的人的欣赏，那就尽够好了。至于期望他们教
训的实现，有如枕边摸索好梦，不免近于痴人，难怪要被骂了。

232

对于世间"不道德的"文人，我们同圣人一样地尊敬他。他的"教训"在群众中也是没有人听的，虽然有人对他投石，或袖着他的书，——但是我们不妨听他说自己的故事。

我的复古的经验

大抵一个人在他的少年时代总有一两件可笑的事情，或是浪漫的恋爱，或是革命的或是复古的运动。现在回想起来，不免觉得很有可笑的地方，但在当时却是很正经地做着，老实说，这在少年时代原来也是当然的，只不要蜕化不出，变作一条僵蚕，那就好了。

我不是"国学家"，但在十年前后却很复过一回古。最初读严几道、林琴南的译书，觉得这种以诸子之文写夷人的话的办法非常正当，便竭力地学他，虽然因为不懂"义法"的奥妙，固然学得不像，但自己却觉得不很背于移译的正宗了。随后听了太炎先生的教诲，更进一步，改去那"载飞载鸣"的调子，换上许多古字（如踢改为蹢，耶写作邪之类）——多谢这种努力，《域外小说集》的原版只卖去了二十部。这是我复古的第一支路。

《新约》在中国有文理与官话两种译本，官话本固然看不起，就是文理本也觉得不满足，因为文章还欠"古"，比不上周秦诸子和佛经的古雅。我于是决意"越俎"来改译，足有三年工夫预备这件工作，读希腊文，预定先译《四福音书》及《伊索寓言》，因为这时候对于林琴南君的伊索译本也嫌他欠古了！——到了后来，觉得圣书白话本已经很好，文理也可不必，更没有改译之必要，这是后话。以上是我的复古的第二支路。

以前我作古文，都用一句一圈的点句法。后来想到希腊古人都是整块地连写，不分句读段落，也不分字，觉得很是古朴，可以取法，中国

234

文章的写法正是这样，可谓不谋而合，用圈点句殊欠古雅。中国文字即使难题，但既然生而为中国国民，便有必须学习这难题的文字的义务，不得利用种种方法，以便私图，因此我就主张取消圈点的办法，一篇文章必须整块地连写到底（虽然仍有题目，不能彻底地遵循古法），在本县的教育会月刊上还留存着我的这种成绩。这是我的复古的第三支路。

这种复古的精神，也并不是我个人所独有，大抵同时代同职业的人多有此种倾向。我的朋友钱玄同当时在民报社同太炎先生整夜地谈论文字复古的方法；临了太炎先生终于提出小篆的办法，这问题才算终结。这件事情，还有一部楷体篆书的《小学答问》流行在世间来做见证，这便是玄同的手笔。其后他穿了"深衣"去上公署，那正是我废圈的时候了。这样的事，说起来还多，现在也不必细说，只要表明我们曾经做过很可笑的复古运动就是了。

我们这样的复古，耗费了不少的时间与精力，但也因此得到一个极大的利益，便是"此路不通"的一个教训。玄同因为写楷体篆书，确知汉字之根本破产，所以彻悟过来，那"辟历一声国学家之大狼狈"的废汉字的主张，我虽然没有心得，但也因此知道古文之决不可用了，这样看来，古也非不可复，只要复得彻底，言行一致地做去，不但没有坏处，而且反能因此寻到新的道路，这是的确可信的。所以对于现在青年的复古思想，我觉得用不着什么诧异，因为这是当然，将来复得碰壁，自然会觉醒过来的。所可怕者是那些言行不一致的复古家，口头说得热闹，却不去试验实行，既不穿深衣，也不写小篆，甚至于连古文也写得不能亨通，这样下去，便永没有回头的日子，好像一个人站在死胡同的口头硬说这条路是国道，却不肯自己走到尽头去看一看，只好一辈子站在那里罢了。

与友人论怀乡书

废然兄：

　　萧君文章里的当然只是理想化的江南。凡怀乡怀国以及怀古，所怀者都无非空想中的情景，若讲事实一样没有什么可爱。在什么书中（《恋爱与心理分析》？）见过这样一节话，有某甲妻很凶悍，在她死后某甲怀念几成疾，对人辄称道她的贤惠，因为他忘记了生前的妻的凶悍，只记住一点点好处，逐渐放大以至占据了心的全部。我们对于不在面前的事物不胜恋慕的时候，往往不免如此，似乎是不能深怪的，但这自然不能凭信为事实。

　　在我个人或者与大家稍有不同。照事实讲来，浙东是我的第一故乡，浙西是第二故乡，南京第三，东京第四，北京第五，但我并不一定爱浙江。在中国我觉得还是北京最为愉快，可以住居，除了那春夏的风尘稍为可厌。以上五处之中常常令我怀念的倒是日本的东京以及九州关西一带的地方，因为在外国与现实社会较为隔离，容易保存美的印象，或者还有别的原因。现在若中国则自然之美辄为人事之丑恶所打破，至于连幻想也不易构成，所以在史迹上很负盛名的於越在我的心中只联想到毛笋杨梅以及老酒，觉得可以享用，此外只有人民之鄙陋浅薄，天气之潮湿苦热等等，引起不快的追忆。我生长于海边的水乡，现在虽不能说对于水完全没有情愫，但也并不怎么恋慕，去对着什刹海的池塘发怔。绍兴的应天塔，南京的北极阁，都是我极熟的旧地，但回想起来也不能令我如何感动，反不如东京浅草的十二阶更有一种亲密之感，——

前年大地震时倒坍了，很是可惜，犹如听到老朋友家失火的消息。雷峰塔的倒掉只觉得失了一件古物。我这种的感想或者也不大合理亦未可知，不过各人有独自经验，感情往往受其影响而生变化，实在是没法的事情。

在事实方面，你所说的努力用人力发展自然与人生之美，使他成为可爱的世界，是很对也是很要紧的。我们从理性上说应爱国，只是因为不把本国弄好我们个人也不得自由生存，所以这是利害上的不得不然，并非真是从感情上来的离了利害关系的爱。要使我们真心地爱这国或乡，须得先把他弄成可爱的东西才行。这一节所说的问题或者很有辩论的余地（在现今爱国教盛行的时候），我也不预备来攻打这个擂台，只是见了来信所说，姑且附述己见，表示赞同之意而已。

元旦试笔

　　从前我有一个远房的叔祖，他是孝廉公而奉持《太上感应篇》的，每到年末常要写一张黄纸疏，烧呈玉皇大帝，报告他年内行了多少善，以便存记起来作报捐"地仙"实缺之用。现在民国十三年已经过去了，今天是元旦，在邀来共饮"屠苏"的几个朋友走了之后，拿起一支狼毫来想试一试笔，回想去年的生活有什么事值得记录，想来想去终于没有什么，只有这一点感想总算是过去的经验的结果，可以写下来作我的"疏头"的材料。

　　古人云，"四十而不惑"，这是古人学道有得的地方，我们不能如此。就我个人说来，乃是三十而立（这是说立起什么主张来），四十而惑，五十而志于学罢。以前我还以为我有着"自己的园地"，去年便觉得有点可疑，现在则明明白白地知道并没有这一片园地了。我当初大约也只是租种人家的田地；产出一点瘦小的萝卜和苦的菜，马虎敷衍过去了，然而到了"此刻现在"忽然省悟自己原来是个"游民"，肩上只扛着一把锄头，除了农忙时打点杂以外，实在没有什么工作可做。失了自己的园地不见得怎样可惜，倘若流氓也一样地可以舒服过活，如世间的好习惯所规定；只是未免有点无聊罢，所以等我好好地想上两三年，或者再去发愤开荒，开辟出两亩田地来，也未可知，目下还是老实自认是一个素人，把"文学家"的招牌收藏起来。

　　我的思想到今年又回到民族主义上来了。我当初和钱玄同先生一样，最早是尊王攘夷的思想，在拳民起义的那时听说乡间的一个"洋口

238

子"被"破脚骨"打落铜盆帽，甚为快意，写入日记。后来读了《新民丛报》《民报》《革命军》《新广东》之类，一变而为排满（以及复古），坚持民族主义者计有十年之久，到了民国元年这才软化。五四时代我正梦想着世界主义，讲过许多迂远的话，去年春间收小范围，修改为亚洲主义，及清室废号迁宫以后，遗老遗小以及日英帝国的浪人兴风作浪，诡计阴谋至今未已，我于是又悟出自己之迂腐，觉得民国根基还未稳固，现在须得实事求是，从民族主义做起才好。我不相信因为是国家所以当爱，如那些宗教的爱国家所提倡，但为个人的生存起见主张民族主义却是正当，而且与更"高尚"的别的主义也不相冲突。不过这只是个人的倾向，并不想到青年中去宣传。没有受过民族革命思想的浸润并经过光复和复辟时恐怖之压迫者，对于我们这种心情大抵不能领解，或者还要以为太旧太非绅士态度。这都没有什么关系。我只表明我思想之反动，无论过激过顽都好，只愿人家不要再恭维我是世界主义的人就好了。

语云："元旦书红，万事亨通。"论理，应该说几句吉利话滑稽话，才足副元旦试笔之名。但是总想不出什么来，只好老实写出要说的几句话，其余的且等后来补说罢。

祖先崇拜

　　远东各国都有祖先崇拜这一种风俗。现今野蛮民族多是如此，在欧洲古代也已有过。中国到了现在，还保存这部落时代的蛮风，实是奇怪。据我想，这事既于道理上不合，又于事实上有害，应该废去才是。

　　第一，祖先崇拜的原始的理由，当然是本于精灵信仰。原人思想，以为万物都有灵的，形体不过是暂时的住所。所以人死之后仍旧有鬼，存留于世上，饮食起居还同生前一样。这些资料须由子孙供给，否则便要触怒死鬼，发生灾祸，这是祖先崇拜的起源。现在科学昌明，早知道世上无鬼，这骗人的祭献礼拜当然可以不做了。这宗风俗，令人废时光，费钱财，很是有损，而且因为接香烟吃羹饭的迷信，许多男人往往借口于"不孝有三无后为大"的谬说，买妾蓄婢，败坏人伦，实在是不合人道的坏事。

　　第二，祖先崇拜的稍为高尚的理由，是说"报本返始"，他们说："你试思身从何来？父母生了你，乃是昊天罔极之恩，你哪可不报答他？"我想这理由不甚充足。父母生了儿子，在儿子并没有什么恩，在父母反是一笔债。我不信世上有一部经典，可以千百年来当人类的教训的，只有记载生物的生活现象的 Biologyie（生物学）才可供我们参考，定人类行为的标准。在自然律上面，的确是祖先为子孙而生存，并非子孙为祖先而生存的。所以父母生了子女，便是他们（父母）的义务开始的日子，直到子女成人才止。世俗一般称孝顺的儿子是还债的，但据我想，儿子无一不是讨债的，父母倒是还债——生他的债——的人。待

240

到债务清了，本来已是"两讫"：但究竟是一体的关系，有天性之爱，互相联系住，所以发生一种终身的亲善的情谊。至于恩这一个字，实是无从说起，倘说真是体会自然的规律，要报生我者的恩，那便应该更加努力做人，使自己比父母更好，切实履行自己的义务——对于子女的债务——使子女比自己更好，才是正当办法。倘若一味崇拜祖先，想望做古人，自羲皇上溯盘古时代以至类人猿时代，这样的做人法，在自然律上，明明是倒行逆施，决不可许的了。

我最厌听许多人说，"我国开化最早""我祖先文明什么样"。开化得早，或古时有过一点文明，原是好的。但何必那样崇拜，仿佛人的一生事业，除恭维我祖先之外，别无一事似的。譬如我们走路，目的是在前进。过去的这几步，原是我们前进的始基，但总不必站住了，回过头去，指点着说好，反误了前进的正事。因为再走几步，还有更好的正在前头呢！有了古时的文化，才有现在的文化，有了祖先，才有我们。但倘如古时文化永远不变，祖先永远存在，那便不能有现在的文化和我们了。所以我们所感谢的，正因为古时的文化来了又去，祖先生了又死，能够留下现在的文化和我们——现在的文化，将来也是来了又去，我们也是生了又死，能够留下比现时更好的文化和比我们更好的人。

我们切不可崇拜祖先，也切不可望子孙崇拜我们。

尼采说："你们不要爱祖先的国，应该爱你们子孙的国……你们应该将你们的子孙，来补救你们自己为祖先的子孙的不幸。你们应该这样救济一切的过去。"所以我们不可不废去祖先崇拜，改为自己崇拜——子孙崇拜。

罗素与国粹

罗素来华了，他第一场演说，是劝中国人要保重国粹，这必然很为中国的人上自遗老下至青年所欢迎的。

罗素这番话，或者是主客交际上必要的酬答，也未可知，但我却不能赞成。

中国古时如老庄等的思想，的确有很好的，但现在已经断绝。现在的共和国民已经不记得什么"长而不宰"，他们所怀抱的思想却是尊王攘夷了。

我想国粹实在只是一种社会的遗传性，须是好的，而且又还存在，这才值得保存，才能保存。譬如现在有一个很有思想的人，我们可以据了善种学的方法，保存他特有的能力，使他传诸后世。倘若这人已死，子孙成了傻子，这统系便已终绝，留下一部著作，也不过指示先前曾有过这样伟大的思想，在他子孙的脑里却自有他的傻思想，不能相通了。我们看中国的国民性里，除了尊王攘夷，换一个名称便是复古排外的思想以外，实在没有什么特别可以保存的地方。几部古书虽有好处，在不肖子孙的眼中，只是白纸上写的黑字，任他蛀烂了原是可惜，教他保存，也不过装潢了放在傻子的书架上，灌不进他的脑里去的了。还有一层，你教他保重老庄，他却将别的医卜星相的书也装潢起来了，老庄看不懂，医卜星相却看得滋滋有味，以为国粹都在这里了。

中国人何以喜欢印度泰戈尔？因为他主张东方化，与西方化抵抗。何以说国粹或东方化，中国人便喜欢？因为懒，因为怕用心思，怕改变生活。所以他反对新思想、新生活，所以他要复古，要排外。

罗素初到中国，所以不大明白中国的内情，我希望他不久就会知道，中国的坏处多于好处，中国人有自大的性质，是称赞不得的。

我们欢迎罗素的社会改造的意见，这是我们对于他的唯一的要求。

翻译与批评

近来翻译界可以说是很热闹了，但是没有批评，所以不免芜杂。我想现在从事于文学的人们，应该积极进行，互相批评，大家都有批评别人的勇气，与容受别人批评的度量。这第一要件，是批评只限于文字上的错误，切不可涉及被批评者的人格。中国的各种批评每易涉及人身攻击，这是极卑劣的事，应当改正的。譬如批评一篇译文里的错误，不说某句某节译错了，却说某人译错，又因此而推论到他的无学与不通，将他嘲骂一通，差不多因了一字的错误，便将他的人格侮辱尽了。其实文句的误解与忽略，是翻译上常有的事，正如作文里偶写别字一样，只要有人替他订正，使得原文的意义不被误会，那就好了。所以我想批评只要以文句上的纠正为限，虽然应该严密，但也不可过于吹求，至于译者（即被批评者）的名字，尽可不说，因为这原来不是人的问题，没有表明的必要。倘若议论公平，态度宽宏，那时便是匿名发表也无不可，但或恐因此不免会有流弊，还不如署一个名号以明责任。这是我对于文学界的一种期望。

其次，如对于某种译文甚不满意，自己去重译一过，这种办法我也很是赞成。不过这是要有意的纠正的重译，才可以代批评的作用，如偶然的重出，那又是别一问题，虽然不必反对，也觉得不必提倡。譬如诺威人别伦孙（Bjornson）的小说《父亲》，据我所知道已经有五种译本，似乎都是各不相关的，偶然地先后译出，并不是对于前译有所纠正。这五种是：

（1）八年正月十九日的《每周评论》第五号

（2）九年月日未详的《燕京大学季报》某处

（3）九年四月十日的《新的小说》第四号

（4）九年五月二十五日的《小说月报》十一卷五号

（5）九年十一月十四日的《民国日报》第四张

这里边除第二种外我都有原本，现在且抄出一节，互相比较，顺便批评一下：

（1）我想叫我的儿子独自一人来受洗礼。

　　　是不是要在平常的日子呢？

（3）我极想使我的儿子，他自己就受了洗礼。

　　　那是不是星期日的事情？

（4）我很喜欢把他亲自受次洗礼。

　　　这话是在一星期之后吗？

（5）我极喜欢他自己行洗礼。

　　　那就是说在一个做工日子么？

据我看来，第一种要算译得最好。因为那个乡人要显得他儿子的与众不同，所以想叫他单独地受洗，不要在星期日例期和别家受洗的小孩混在一起，牧师问他的话便是追问他是否这样意思，是否要在星期日以外的六天中间受洗。weekday 这一个字，用汉文的确不容易译，但"平常的日子"也还译得明白。其他的几种都不能比他译的更为确实，所以我说大抵是无意的重出，不是我所赞成的那种有意的重译了。

末了的一层，是译本题目的商酌。最好是用原本的名目，倘是人地名的题目，有不大适当的地方，也可以改换，但是最要注意，这题目须与内容适切，不可随意乱题，失了作者的原意。我看见两篇莫泊三小说的译本，其一原名"脂团"，是女人的诨名，译本改作"娼妓与贞操"；其二原名"菲菲姑娘"，译本改作"军暴"。即使作者的意思本是如此，但他既然不愿说明，我们也不应冒昧地替他代说，倘若说了与作者的意思不合，那就更不适当了。以上是我个人的意见，不能说得怎样周密，写出来聊供大家的参考罢了。

批评的问题

近来有人因为一部诗集，又大打其笔墨官司。这部诗集和因此发生的论战，我都未十分留心，所以也没有什么议论，只是因此使我记起一件旧事来，所以写这几句做一个冒头罢了。

有一天，我和一个朋友谈到批评家的职务，我说，批评家应该专绍介好著作，至于那些无价值的肉麻或恶心的作品，可以不去管他。这理由共有三层。其一，不应当败读者的兴。读者所要求的是好著作，现在却将无价值等等的书详细批评，将其无价值等等处所——列举，岂不令看的人扫兴？譬如游山的向导，不指点好风景给游人看，却对他们说路上的污泥马粪怎样不洁，似乎不很适当罢。其二，现今的人还不很有承受批评的雅量。你如将他的著作连声赞叹，临末结一句"洵不可不人手一编也"，这倒也罢了。倘若你指摘他几处缺点，便容易惹出是非，相骂相打，以致诉讼，械斗。这又何苦来？其三，古人有隐恶扬善之义。中国的事，照例是做得说不得，古训说得妙，"闻人有过，如闻父母之名，耳可得而闻，口不可得而言"。做了三五部次书，究竟与店家售卖次货不同（卖次货是故意地骗人，做次书只是为才力所限），还未必能算什么过恶，自然更应该原谅了。

朋友却不以为然，他说，批评家的职务，固然在绍介好著作，但倘使不幸而有不好著作出现，他也应该表明攻击。游山的向导能够将常人所不注意的好景致指点给人看，固然是他的职务，但他若专管这事，不看途中的坏处，使游客一不留神，跌到烂泥马粪里去，岂不更令人败兴

247

么？所以批评家一面还有一种不甚愉快的职务，便是做清道夫，将路上的烂泥马粪，一铲一铲地掘去。所以总括一句，批评家实在是文学界上的清道夫兼引路的向导。

这朋友的话虽然只驳倒了我所说的第一层，我的主张却也因此不甚稳固了。但我总还是不肯就服，仍旧以我自己的主张为然。现在一想，又觉得朋友所说的也不错，批评家的确也是清道夫，——一种很不愉快的职业。我于是对于清道夫的批评家不能不表同情，因为佩服他有自愿去担任这不愉快的职务的勇气。我先前也曾有一种愿望，想做批评家，只是终于没有文章发表，现在却决心不做了。因为我的胆未免太怯，怕得向人谢罪和人涉讼的。

卖　药

　　我平常看报，本文看完后，必定还要将广告检查一遍。新的固然可以留心，那长登的也有研究的价值，因为长期的广告都是做高利的生意的，他们的广告术也就很是巧妙。譬如"侬貌何以美"的肥皂，"你爱吃红蛋么？"的香烟，即其一例，这香烟广告的寓意，我至今还未明白，但一样地惹人注意。至于"宁可不买小老婆，不可不看《礼拜六》"这种著者头上插草标的广告，尤其可贵，只可惜不能常有罢了。

　　报纸上平均最多的还是卖药的广告。但是同平常广告中没有卖米卖布的一样，这卖药的广告上也并不布告苏打与金鸡纳霜多少钱一两，却尽是他们祖传秘方的万应药。略举一例，如治羊角风半身不遂癫狂的妙药，注云："此三症之病根发于肝胆者居多，最难医治。"但是他有什么灵丹，"治此三症奇效且能去根"？又如治瘰疬的药，注云："瘰疬症最恶用西法割之，愈割愈长。"我真不懂，西洋人为什么这样地笨，对于羊角风半身不遂癫狂三症不用一种药去医治，而且"瘰疬症最恶用西法割之"，中原的鸿胪寺早已知道，他们为什么还是愈割愈长地去割之呢？——生计问题逼近前来，于是那背葫芦的螳螂们也不得不伸出臂膊去抵抗，这正同上海的黑幕文人现在起而为最后之斗一样，实在也是情有可原，然而那一班为社会所害，没有知识去寻求正当的药物和书物的可怜的人们，都被他们害得半死，或者全死了。

　　我们读屈塞（Chaucer）的《坎忒伯利故事》，看见其中有一个"医学博士"（Doctor of Physic）在古拙的木版画上画作一个人手里擎着一个葫芦，再看后边的注疏，说他的医法是按了得病的日子查考什么星宿值日，断病定药。这种巫医合一的情形，觉得同中国很像，但那是英国五百年前的事了。中国在五百年后，或者也可以变好多少，但我们觉得这年限太长，心想把他缩短一点，所以在此着急。而且此刻到底不是十四世纪了；那时大家都弄玄虚，可以鬼混过去，现在一切已经科学实证了，却还闭着眼睛，讲什么金木水火土的医病，还成什么样子？医死了人的问题，姑且不说，便是这些连篇的鬼话，也尽够难看了。

我们攻击那些神农时代以前的知识的"国粹医"，为人们的生命安全起见，是很必要的。但是我的朋友某君说，"你们的攻击，实是大错而特错。在现今的中国，中医是万不可无的。你看有多少的遗老遗少和别种的非人生在中国；此辈一日不死，是中国一日之害。但谋杀是违反人道的，而且也谋不胜谋。幸喜他们都是相信国粹医的，所以他们的一线死机，全在这班大夫们手里。你们怎好去攻击他们呢？"我想他的话虽然残忍一点，然而也有多少道理，好在他们医死医活，是双方的同意，怪不得我的朋友。这或者是那些卖药和行医的广告现在可以存在的理由。

小孩的委屈

译完了《凡该利斯和他的新年饼》之后，发生了一种感想。

小孩的委屈与女人的委屈，——这实在是人类文明上的大缺陷，大污点。从上古直到现在，还没有补偿的机缘，但是多谢学术思想的进步，理论上总算已经明白了。人类只有一个，里面却分作男女及小孩三种；他们各是人种之一，但男人是男人，女人是女人，小孩是小孩，他们身心上仍各有差别，不能强为统一。以前人们只承认男人是人（连女人们都是这样想！），用他的标准来统治人类，于是女人与小孩的委屈，当然是不能免了。女人还有多少力量，有时略可反抗，使敌人受点损害，至于小孩受那野蛮的大人的处治，正如小鸟在顽童的手里，除了哀鸣还有什么法子？但是他们虽然白白地被牺牲了，却还一样地能报复，——加报于其父母！这正是自然的因果律。迁远一点说，如比比那的病废，即是宣告凡该利斯系统的凋落。切近一点说，如库多沙菲利斯（也是蔼氏所作的小说）打了小孩一个嘴巴，将他打成白痴，他自己也因此发疯。文中医生说："这个疯狂却不是以父传子，乃是自子至父的！"著者又说："这是一个悲惨的故事，但是你应该听听；这或者于你有益，因为你也是欢喜发怒的。"我们听了这些忠言，能不憬然悔悟？我们虽然不打小孩的嘴巴，但是日常无理的呵斥，无理的命令，以至无理的爱抚，不知无形中怎样地损伤了他们柔嫩的感情，破坏了他们甜美的梦，在将来的性格上发生怎样的影响！

——然而这些都是空想的话。在事实上，中国没有为将小孩打成白痴而发疯的库多沙菲利斯，也没有想"为那可怜的比比那的缘故"而停止吵架的凡该利斯。我曾经亲见一个母亲将她的两三岁的儿子放在高椅子上，自己跪在地上膜拜，口里说道："爹啊，你为什么还不死呢！"小孩在高座上，同临屠的猪一样地叫喊。这岂是讲小孩的委屈问题的时候？至于或者说，中国人现在还不将人当人看也不知道自己是人。那么，所有一切自然更是废话了。

感　慨

我译了《清兵卫与葫芦》之后，又不禁发生感慨，但是好久没有将他写下来。因为在一篇小说后面，必要发一番感慨，在人家看来，不免有点像大文豪的序"哈氏丛书"，不是文学批评的正轨。但现在仔细一想，我既不是作那篇的序跋，而且所说又不涉文学，只是谈教育的，所以觉得不妨且写出来。

我是不懂教育哲学的，但我总觉得现在的儿童教育很有缺陷。别的我不懂得，就我所知的家庭及学校的儿童教育法上看来，他们未能理解所教育的东西——儿童——的性质，这件事似乎是真的。《清兵卫与葫芦》便能以最温和的笔写出这悲剧中最平静的一幕，——但悲剧总是悲剧，这所以引起我的感慨。他的表面虽然是温和而且平静，然而引起我同以前看见德国威兑庚特的剧本《春醒》时一样的感慨，而且更有不安的疑惑。

《春醒》的悲剧虽然似乎更大而悲惨，但解决只在"性的教育"，或者不是十分的难事。对于儿童的理解，却很难了，因为理解是极难的难事，我们以前轻易地说理解，其实自己未曾能够理解过一个人。人类学生理心理各方面的儿童研究的书世界上也已出了不少，研究的对象的儿童又随处都是，而且——各人都亲自经过了儿童时期，照理论上讲来，应该不难理解了。实际上却不如此，想起来真是奇怪，几乎近于神秘。难道理解竟是不可能的么？我突然地想到中国常见的一种木牌，上面刻着天地君亲师五个大字，这才恍然大悟。原来五者地位不同，其为权威则一，家庭与学校的教育也是专制政治的缩影；专制与理解，怎能并立呢！

《大智度论》里有一节譬喻说："有一子喜在不净中戏，聚土为谷，以草木为鸟兽，人有夺者，嗔恚啼哭。其父思唯，此事易离，儿大自休。"这话真说得畅快。十年前在《儿童生活与教育的各方面》（*Aspects of Child Life and Education* 斯丹来霍耳博士编）上，一篇论儿童的所有观念的论文里，记得他说儿童没有人我的观念的时候，见了人家的东西心里喜欢，便或夺或偷去得到手，到后来有了人我及所有的观念，自然也就改变。他后来又说有许多父母不任儿童的天性自由发展，要去干涉，反使他中途停顿，再也不会蜕化，以致造成畸形的性质。他诙谐地说，许多现在的悭吝刻薄的富翁，都是这样造成的（以上不是原文，只就我所记得述其大意）。大抵教育儿童本来不是什么难事，只如种植一样，先明白了植物共通的性质，随后又依了各种特别的性质，加以培养，自然能够长发起来（幼稚园创始者弗勒倍耳早已说过这话）。但是管花园的皇帝却不肯做这样事半功倍的事，偏要依了他的御意去事倍功半地把松柏扎成鹿鹤或大狮子。鹿鹤或大狮子当然没有扎不成之理，虽然松柏的本性不是如此，而且反觉得痛苦。幸而自然给予生物有一种适于生活的健忘性，多大的痛苦到日后也都忘记了，只是他终身曲着背是一个鹿鹤了，——而且又觉得这是正当，希望后辈都扎得同他一样。这实在是一件可怜而且可惜的事。

先进国之妇女

在一张报纸上见到这样的一节文章：

> 日本号称先进文明国，而妇女界之黑暗依然如故。记者旅
> 日有年，对于一切政情及妇女问题研究有素，觉日本之妇女与
> 我国之妇女进化之迟速诚有霄渊之别。近日本报虽颇有提倡中
> 日妇女社交公开之说，记者甚赞成之。我先进国之妇女，倘能
> 不分畛域，将不见天日之日本妇女援登衽席，其功德岂浅
> 鲜哉。

日本现代妇女界的情形如何，我并不想来详细叙述，因为我对于这些问题不曾"研究有素"，何苦多来献丑；我所觉得有点怀疑的，是"我先进国"之妇女的进化是否真是"霄"了？老实说，在现今的经济制度底下，就是我们男子界也还不免黑暗依然如故，妇女界更不必说；夫人、内掌柜、姨太太、校书等长短期的性的买卖，真是滔滔者天下皆是，有谁能够援登别人？《诗经》上说，"我躬不阅，遑恤我后"，真可以给妇女界咏了。再老实地说，中国和日本的妇女在境遇上可以说是半斤和八两，分不出什么霄渊（在知识上且不去多嘴），不过中国多了一件缠脚的小事情罢了。别位对于这事不知做何感想，我却是非常地不愉快，觉得因为有这些尖脚的姊妹们在那里走，连累我不但不能够以先进国民自豪，连后进国民的头衔也有点把握不住了。我大约也可以算是一

255

个爱中国者，但是因为爱他，愈期望他光明起来，对于他的黑暗便愈憎恨，愈要攻击：这也是自然的道理。这位记者旅日有年，因此把本国的情形忘记了，原也不足为奇，不过怕有人误会以为这又是中国的夸大狂的一种表现，所以略加说明。我听说有一位堂堂的专门教授在《地学杂志》上也常常发表这一类的文章，虽然有医生疑他是患"发花呆"的，其实未必如此，也只为往日本去了两趟，把本国的事情忘却尽罢了。

　　能够知道别人的长处，能够知道自己的短处，这是做人第一要紧的条件，要批评别国的时候更须紧紧记住：大家只请看罗素评论英国及中国的文章，那便是最好的一个榜样。

北京的外国书价

　　听说庚子的时候有人拿着一本地图，就要被指为二毛子，有性命之忧，即使烧表时偶有幸免，也就够受惊吓了。到了现在不过二十多年，情形却大不同，不但是地图之类，便是有原版外国书的人也是很多，不可不说是一个极大进步。这个事实，只要看北京贩卖外国书的店铺逐年增加，就可以明白。

　　我六年前初到北京，只知道灯市口台吉厂和琉璃厂有卖英文书的地方，但是现在至少已有十二处，此外不曾知道的大约还有。但是书店的数目虽多，却有两个共通的缺点。其一是货色缺乏：大抵店里的书可以分作两类，一是供给学生用的教科书，一是供给旅京商人看的通俗小说，此外想找一点学问艺术上的名著便很不容易。其二是价钱太贵：一先令的定价算作银洋七角，一元美金算作二元半，都是普通的行市，先前金价较贱的时候也是如此，现在更不必说了。虽然上海伊文思书店的定价并不比这里为廉，不能单独非难北京的商人，但在我们买书的人总是一件不平而且颇感苦痛的事。

　　就北京的这几家书店说来，东交民巷的万国图书公司比较地稍为公道，譬如美金二元的《哥德传》卖价四元，美金一元七五的黑人小说《巴托华拉》（*Batouala*）卖价三元七角，还不能算贵，虽然在那里卖的《现代丛书》和"叩息尼支（Tauihnitz）版"的书比别处要更贵一点。我曾经在台吉厂用两元七角买过一本三先令半的契诃夫小说集可以说是最高纪录，别的同价的书籍大抵算作两元一角以至五角罢了。各书店既

257

然这样地算了，却又似乎觉得有点惭愧，往往将书面包皮上的价目用橡皮擦去，或者用剪刀挖去，这种办法固然近于欺骗，不很正当，但总比强硬主张的稍好，因为那种态度更令人不快了。我在灯市口西头的一家书店里见到一本塞利著的《儿童时代的研究》，问要多少钱，答说八元四角六分。我看见书上写着定价美金二元半，便问他为什么折算得这样地贵，他答得极妙："我们不知道这些事，票上写着要卖多少钱，就要卖多少。"又有一回，在灯市口的别一家里，问摩尔敦著的《世界文学》卖价若干，我明明看见标着照伊文思定价加一的四元一角三分，他却当面把他用铅笔改作五元的整数。在这些时候我们要同他据理力争是无效的，只有两条路可行，倘若不是回过头来就走，便只好忍一口气（并多少损失）买了回来。那一本儿童研究的书因为实在看了喜欢，终于买了，但是一元美金要算到三元四角弱，恐怕是自有美金以来的未曾有过的高价了。我的一个朋友到一家大公司（非书店）去买东西（眼镜?），问他有没有稍廉的，公司里的伙计说"那边有哩"，便开门指挥他出去，在没有商业道德的中国，这些事或者算不得什么也未可知，现在不过举出来当作谈资罢了。

在现今想同新的学问艺术接触，不得不去看外国文书，但是因为在中国不容易买到，而且价钱又异常地贵，读书界很受一种障碍，这是自明的事实。要补救这个缺点，我希望教育界有热诚的人们出来合资组织一个书店，贩卖各国的好书，以灌输文化，便利读者为第一目的，盈利放在第二。这种事业决不是可以轻视的，他的效力实在要比五分钟的文化运动更大而且坚实，很值得去做。北京卖外国书的店铺是否都是商人，或有教育界的分子在内，我全不明了，但是照他们的很贵的卖价看来，都不是以灌输文化便利读者为第一目的，那是总可以断言了。我们虽然感谢他能够接济一点救急的口粮，但是日常的供给，不能不望有别的来源，丰富而且公平地分配给我们精神的粮食。

重　　来

易卜生做有一本戏剧，说遗传的可怕，名叫"重来"（Gengange-re），意思就是僵尸，因为祖先的坏思想坏行为在子孙身上再现出来，好像是僵尸的出现。这本戏先前有人译作"群鬼"，但中国古来曾有"重来"一句话，虽然不是指僵尸，却正与原文相合，所以觉得倒是恰好的译语。

我在这里并不想来评论易卜生的那篇戏剧，或是讲古今中外的僵尸故事，虽然这都是很有趣的事。我现今所想说的，只是中国现社会上"重来"之多。

我们先反问一声，怎样的不是"重来"？据民俗上的学说，死人腐烂或成腊者都非是。但这是指真僵尸而言，若譬喻地说来，我们可以说凡有偶像破坏的精神者都不是"重来"。老人当然是"原来"了，他们的僵尸似的行动虽然也是骇人，总可算是当然的，不必再少见多怪地去说他们，所可怕的便是那青年的"重来"，如阿思华特一样，那么这就成了世界的悲剧了。

我不曾说中国青年多如阿思华特那样地喝酒弄女人以致发疯，这自然是不会有的，但我知道有许多青年"代表旧礼教说话"，实在是一样的可悲的事情。所差者：阿思华特知道他自己的不幸，预备病发时吞下吗啡，而我们的正自欣幸其得为一个"重来"。

我们死鬼的祖先不明白男女结婚的意义，以为他们是专为父母或圣贤而结的，所以一切都应该适合他们的意思，当事的两人却一点都不能

259

干涉。到了现在至少那些青年总当明白了，结婚纯是当事人的事情，此外一切闲人都不配插嘴，不但没有非难的权利，就是颂扬也大可不必。孰知事有大谬不然者，很平常的一件结婚，却大惊小怪地发出许多正人心挽颓风的话，看了如听我的祖父三十年前的教训，真是出于"意表之外"，虽然说"青年原是老头子的儿子"，但毕竟差了一代，应有多少变化，现在却是老头子自己"夺舍"又来的样子了。

古人之重礼教，或者还有别的理由，但最大的是由于性意识之过强与克制力之过薄，这只要考察野蛮民族的实例可以明白。道学家的品行多是不纯洁的，也是极好的例证。现代青年一毫都没有性教育，其陷入旧道学家的窠臼本也不足怪，但不能不说是中国的不幸罢了。因为极端的禁欲主义即是变态的放纵，而拥护传统道德也就同时保守其中的不道德，所以说神圣之恋爱者即表示其耽恋于视为不洁的性欲，非难解约再婚的人也就决不反对蓄妾买婢，我相信这决不是过分刻毒的话。

人间最大的诅咒是"孝子顺孙"四个字，现代的中国正被压在这个诅咒之下。

浪漫的生活

我从前总以为中国人所过的生活是干燥无味的单调的生活，现在才觉得自己是错了。中国人的生活决不单调，实在是异常浪漫的，这回见了铜圆票的风潮才忽然想到，虽然我见过不少这样的风潮，但在今天方才豁然贯通，如有神助。

历史学者房龙说，迦勒底人兼用十进和十二进计算法，可惜我们现在除计算时刻外都只用十进法了。中国人大家和他很表同情，似乎极不愿意用十进法，因为十进正是非常单调的算法，但是没有从迦勒底（虽然有西洋学说中国人是从迦勒底迁来的）学来十二进法，所以他们独自发明一至九进法，自由应用。譬如日常收付，一元值十角，一角值十分，一分值一枚，日日如此，有什么趣味？现在改为一元值十一角一分，一角值九分，一分值一枚七八九……而票面十枚又值八七六以至廿枚，于是算起账来十角等于九角，五十枚等于二十枚，把世界上最单调的数字都变成奇幻的东西，真是非有极度强大的浪漫性不能有这样成绩，而且因了这些单调的数字之浪漫化，大家奔走呼号挨挤争闹，生活上又增加许多变化与趣味，这是何等繁复的生活！对于这样生活还要称之曰单调，那么世上哪里还有不单调的生活呢？

其次，我要顺便说及，见了这回铜圆票的风潮以及中南等票的挤兑，我又得到一个极大的安心，这便是觉得八月十五以后的大劫是不会来的了，倘若真是要来，那么大家只要混过这三四天便了，还要铜圆和现洋何用？现在那样的挤兑，可知是兑了来预备节前节后慢慢地享用的。或者他们兑了出来去买纸锭焚化存库，那也是可忧的现象，目下却不听说纸货涨价，可见大家都没有过了节长辞之意，我们也就可以暂且安心。宗教大同会里餐矢的先生们的预言或者也有什么价值罢，只是"天听是我民听"，所以我就推想八月十五以后未必会有什么空前的大什么，要有也总不过是承前的铜圆票风潮罢了。

别名的解释

近来做文章的人大抵用真姓名了，但也仍有用别名的，——我自己即是一个，——这个理由据我想来可以分作下列三种。

其一最普通的是怕招怨。古人有言，"怨毒之于人甚矣哉"，现在更不劳重复申明。我的一个朋友寻求社会上许多触啮的缘由，发明了一种"私怨说"。持此考究，往往适合；他所公表的《作揖主义》即是根据于"私怨说"的处世法，虽然因了这篇文章也招了不少的怨恨。倘若有人不肯作揖而又怕招怨，那么他只好用一个别名隐藏过去，虽然这也情有可原，与匿名攻讦者不同，但是不免觉得太没有勇气了。

其二是求变化。有些人担任一种定期刊的编辑，常要做许多文章，倘若永远署一个名字，那么今天某甲，明天又是某甲，上边某乙，后边又是某乙，未免令读者减少兴趣，所以用一两个别名把他变化一下，我们只需记起最反对用别名的胡适之先生还有"天风"等两三个变名，就可以知道这种办法之不得已了。

其三是"不求闻达"。这句话或者似乎说得有点奇怪，应得稍加说明。近来中国批评界大见发达，批评家如雨后的香菇一般到处出现，尤其是能够谩骂者容易成名，真是"一觉醒来已是名满天下"；不过与摆伦不同的，所谓成名实只是"著名"（Notorious）罢了。有些人却不很喜欢"著名"，然而也忍不住想说话，为力求免于"著名"，被归入"批评（或云评骘或云评论）家"伙里去的缘故，于是只好用别名了。我所下的考语"不求闻达"虽似溢美之词，却是用得颇适当的。

263

至于我自己既不嘲弄别人，也不多做文章，更不曾肆口谩骂，没有被尊为"批评家"的资格，本来可以不用别名；——所以我的用别名乃是没有理由的，只是自己的一种 Whim 罢了。

古书可读否的问题

我以为古书绝对地可读，只要读的人是"通"的。

我以为古书绝对地不可读，倘若是强迫地令读。

读思想的书如听讼，要读者去判分事理的曲直；读文艺的书如喝酒，要读者去辨别味道的清浊：这责任都在我不在他。人如没有这样判分事理辨别味道的力量，以致曲直颠倒清浊混淆，那么这毛病在他自己，便是他的智识趣味都有欠缺，还没有"通"（广义的，并不单指文字上的做法），不是书的不好。这样未通的人便是叫他去专看新书，——列宁，马克思，斯妥布思，爱罗先珂，……也要弄出毛病来的。我们第一要紧是把自己弄"通"，随后什么书都可以读，不但不会上他的当，还可以随处得到益处：古人云，"开卷有益"，良不我欺。

或以为古书是传统的结晶，一看就要入迷，正如某君反对淫书说"一见《金瓶梅》三字就要手淫"一样，所以非深闭固拒不可。诚然，旧书或者会引起旧念，有如淫书之引起淫念，但是把这个责任推给无知的书本，未免如蔼里斯所说"把自己客观化"了，因跌倒而打石头罢？恨古书之教人守旧，与恨淫书之败坏风化，都是一样的原始思想。禁书，无论禁的是哪一种的什么书，总是最愚劣的办法，是小孩子，疯人，野蛮人所想的办法。

然而把人教"通"的教育，此刻在中国有么？大约大家都不敢说有。

据某君公表的通信里引《群强报》的一节新闻，说某地施行新学

265

制，其法系废去伦理心理博物英语等科目，改读四书五经。某地去此不过一天的路程，不知怎的在北京的大报上都还不见记载，但"群强"是市民第一爱读的有信用的报，所说一定不会错的。那么，大家逢宪谕读古书的时候将到来了。然而，在这时候，我主张，大家正应该绝对地反对读古书了。

铜圆的咬嚼

今天到邮局想买几分邮票，从口袋里摸出铜圆来，忽然看见一个新铸的"双枚"。新的"中华铜币"本是极常见的东西，不过文字都很模糊，这回的一个比较地特别清晰，所以引人注意，我就收进袋里带了回来。归到家里拿出来仔细赏鉴，才见背面上边横写"民国十三年"字样，中间是"双枚"二字，正面中间"中华铜币"之上却又横排着四个不认得的满洲文，下边则是一行字体粗劣的英文曰 THE REPUBLIC OF CHINA。我看了这个铜圆之后实在没有什么好感，忍不住要发几句牢骚。

我不懂这满洲文写在那里干什么的，不管他所表的是什么意思。倘若为表示五族共和的意思，那么应当如吴稚晖先生的旧名片一样，把蒙古西藏及亚拉伯文都添上才行，——实际回族或者还多懂亚拉伯文的人，满族则我相信太傅伊克坦先生以外未必有多少人懂满文了。铜币上写这几个字有何意义，除了说模拟前清办法之外似乎找不到别的解说。这纵使不是奴性也总是惰性之表现。

写英文更是什么道理？难道民国是英人有份的，还是这种铜圆要行使到英语国民中间去么？钱币的行使天然是只在本国（中国的银钱则国内还不能彼此流通），何以要写外国文，而且又是英文，这不是看香港的样是什么？我们如客气地为不懂汉文的外国人设法，注上一个表示价值的亚拉伯数字就尽够了。民族之存在与自由决不只靠文字上的表示，所以我并不主张只要削除钱币邮票上的英文便已争回中国之独立：中国之已为本族异族的强人的奴市在事实上已无可讳言，要争自由也须从事实去着手。我这里所要说的只是中国人头脑是怎样地糊涂，即在铜币或邮票上也历历可见。英国文人吉辛（Gissing）在笔记中曾叹英国制牛奶黄油品质渐劣即为民德堕落之征，的确不是过甚之词；中国的新铜币比朝鲜光武八年（日韩合并前六年）的铜圆还要难看，岂不令人寒心。

孙中山先生

孙中山先生终于故去了。料想社会上照例来盖棺论定，一定毁誉纷起，一时难得要领。我们与孙中山先生无恩无怨，既非此党亦非彼系的人，说几句话或者较为公平确实，所以我来写这几行质朴无华的纪念文字。

我不把孙中山先生当作神人，所以我承认他也有些缺点——就是希腊的神人也有许多缺点，且正因此而令人感到亲近。我们不必苦心去想替他辩解，反正辩解无用，不辩解也无妨，因为我们要整个地去看出他的伟大来，不用枝枝节节地计较。武者小路实笃在诗集《杂三百六十五》中有一首小诗道：

> 一棵大树，
> 要全部地去看他，
> 别去单找那虫蛀的叶！
> 呔，小子！

我们也应当这样地看。我们看孙中山先生第一感到的是他四十年来的革命事业。我们不必去细翻他的传记，繁征博引地来加以颂赞，只这中华民国四字便是最大的证据与纪念：只要这民国一日不倒，他的荣誉便一日存在，凡是民国的人民也就没有一人会忘记他。正确地说，中华民国的下二字现在还未实现，所做到的单是上二字，——辛亥时所谓

"光复旧物"，虽然段芝泉先生打倒复辟却又放溥仪到大连去，于中国有什么后患尚不可知。我未曾见过孙中山先生一面，但始终是个民族主义者，因此觉得即使他于三民五权等别的政治上面没有主张及成就，即此从中国人的脑袋瓜儿上拔下猪尾巴来的一件事也就尽够我们的感激与尊重了，我上边说无恩无怨，其实也有语病，因为我们无一不受到光复之恩，事业固然要多人去实做才能成功，而多人之中非有一人号召主持则事也无成，孙中山先生便是中国民族解放运动上的这样的一个人。

孙中山先生年纪也不小了，重要事业的一部分也已完成了，此刻死去，正如别人所说可以算是"心安而理得"了；还有未完成的工作自应由后死者负担去继续进行，本来不能专靠着他老人家，要他活一百二十岁来替后生们谋幸福生活。不过仔细思想，有不能不为孙中山先生悲者，便是再老实地说，中国连民族革命也还实在没有完成。不必说溥仪在逃与遗老谋叛，就是多数国民也何尝不北望倾心，私祝松花江之妖鱼为"小皇"而来！孙中山先生在欢迎声中来，在哀悼声中死于中国的首都北京，可谓备受全国之尊崇，但"夷考其实"则商会反对欢迎而建议复尊号，市人以"孙文"为乱党一如满清时，甚至知识阶级亦在言论界上吐露敌视之意，于题目及语气间寄其祈望速死的微旨。呜呼，此是何等世界！昔者耶稣欲图精神的革命，卒为犹太人强迫罗马总督磔之于十字架上，孙中山先生以革命而受群众的仇恨，在习于为奴的中国民族中或者也是当然的罢。孙中山先生不以革命死于满清或洪宪政府之手，而得安然寿终于北京之一室，在爱惜先生者未尝不以为大幸，但由别一方面看来却又不能不为先生感到无限的悲哀也。

中国人所最欢迎的东西，大约无过于卖国贼，因为能够介绍他们去给异族做奴隶，其次才是自己能够作践他们奴使他们的暴君。我们翻开正史野史来看，实在年代久远了，奴隶的瘾一时难以戒绝，或者也是难怪的，——但是此后却不能再任其猖獗了。照现在这样下去，不但民国不会实现，连中华也颇危险，《孙文小史》不能说绝无再版的机会。我到底不是预言家保罗，本不必写出这样的《面包歌》来警世，不过

"心所为危不敢不告"，希望大家注意。崇拜孙中山先生的自然还从三民五权上去着力进行，我的意见则此刻还应特别注重民族主义，拔去国民的奴气惰性，百事才能进步，否则仍然是路柳墙花，卖身度日，孙中山先生把他从满人手中救出，不久他还爬到什么国的脚下去了。"不幸而吾言中，不听则国必亡！"

偶　感

一

　　李守常君于四月二十八日被执行死刑了。李君以身殉主义，当然没有什么悔恨，但是在与他有点戚谊乡谊世谊的人总不免感到一种哀痛，特别是关于他的遗族的困穷，如有些报纸上所述，就是不相识的人看了也要悲感。——所可异者，李君据说是要共什么的首领，而其身后萧条乃若此，与毕庶澄马文龙之拥有数十百万者有月鳖之殊，此岂非两间之奇事与哑谜欤？

　　同处死刑之二十人中还有张挹兰君一人也是我所知道的。在她被捕前半个月，曾来见我过一次，又写一封信来过，叫我为《妇女之友》做篇文章，到女师大的纪念会去演说，现在想起来真是抱歉，因为忙一点的缘故这两件事我都没有办到。她是国民党职员还是共产党员，她有没有该死的罪，这些问题现在可以不谈，但这总是真的，她是已被绞决了，抛弃了她的老母。张君还有两个兄弟，可以侍奉老母，这似乎可以不必多虑，而且，老母已是高年了（恕我忍心害理地说一句老实话），在世之日有限，这个悲痛也不会久担受，况且从洪杨以来老人经过的事情也很多了，知道在中国是什么事都会有的，或者她已有练就的坚忍的精神足以接受这种苦难了罢？

附记：

我记起两本小说来，一篇是安特来夫的《七个绞犯的故事》，一篇是梭罗古勃的《老屋》。但是虽然记起却并不赶紧拿来看，因为我没有这勇气，有一本书也被人家借去了。

十六年五月三日

二

报载王静庵君投昆明湖死了。一个人愿意不愿意生活全是他的自由，我们不能加以什么褒贬，虽然我们觉得王君这死在中国幼稚的学术界上是一件极可惜的事。

王君自杀的原因报上也不明了，只说是什么对于时局的悲观。有人说因为恐怕党军，又说因有朋友们劝他剪辫；这都未必确罢，党军何至于要害他，剪辫更不必以生死争。我想，王君以头脑清晰的学者而去做遗老弄经学，结果是思想的冲突与精神的苦闷，这或者是自杀——至少也是悲观的主因。王君是国学家，但他也研究过西洋学问，知道文学哲学的意义，并不是专做古人的徒弟的，所以在二十年前我们对于他是很有尊敬与希望，不知道怎么一来，王君以一了无关系之"征君"资格而忽然做了遗老，随后还就了"废帝"的师傅之职，一面在学问上也钻到"朴学家"的壳里去，全然抛弃了哲学文学去治经史，这在《静庵文集》与《观堂集林》上可以看出变化来。（譬如《文集》中有论《红楼梦》一文，便可以见他对于软文学之了解，虽在研究思索一方面或者《集林》的论文更为成熟。）在王君这样理智发达的人，不会不发现自己生活的矛盾与工作的偏颇，或者简直这都与他的趣味倾向相反而感到一种苦闷，——是的，只要略有美感的人决不会自己愿留这一支辫

273

发的，徒以情势牵连莫能解脱，终至进退维谷，不能不出于破灭之一途了。一般糊涂卑鄙的遗老，大言辛亥"盗起湖北"，及"不忍见国门"云云，而仍出入京津，且进故宫叩见鹿"司令"为太监说情，此辈全无心肝，始能恬然过其耗子蝗虫之生活，绝非常人所能模仿，而王君不慎，贸然从之，终以身殉，亦可悲矣。语云，其作始也简，其将毕也巨，学者其以此为鉴：治学术艺文者须一依自己的本性，坚持勇往，勿涉及政治的意见而改其趋向，终成为二重的生活，身心分裂，趋于毁灭，是为至要也。

写此文毕，见本日《顺天时报》，称王君为保皇党，云"今夏虑清帝之安危，不堪烦闷，遂自投昆明湖，诚与屈平后先辉映"，读之始而肉麻，继而"发竖"。甚矣日本人之荒谬绝伦也！日本保皇党为欲保持其万世一系故，苦心于中国复辟之鼓吹，以及逆徒遗老之表彰，今以王君有辫之故而引为同志，称其忠荩，亦正是这个用心。虽然，我与王君只见过二三面，我所说的也只是我的想象中的王君，合于事实与否，所不敢信，须待深知王君者之论定；假如王君而信如日本人所说，则我自认错误，此文即拉杂摧烧之可也。

民国十六年六月四日，旧端阳，于北京

三

听到自己所认识的青年朋友的横死，而且大都死在所谓最正大的清党运动里，这是一件很可怜的事。青年男女死于革命原是很平常的，里边如有相识的人，也自然觉得可悲，但这正如死在战场一样，实在无可怨恨，因为不能杀敌则为敌所杀是世上的通则，从国民党里被清出而枪毙或斩决的那却是别一回事了。燕大出身的顾陈二君，是我所知道的文字思想上都很好的学生，在闽浙一带为国民党出了许多力之后，据《燕大周刊》报告，已以左派的名义被杀了。北大的刘君在北京被捕一次，幸得放免，逃到南方去，近见报载上海捕"共党"，看从英文译出的名字恐怕是她，不知吉凶如何。普通总觉得南京与北京有点不同，青年学生跑去不知世故地行动，却终于一样地被祸，有的还从北方逃出去投在网里，令人不能不感到怜悯。至于那南方的杀人者是何心理状态，我们不得而知，只觉得惊异：倘若这是军阀的常态，那么惊异也将消失，大家唯有复归于沉默，于是而沉默遂统一中国南北。

　　　　　　　　　　　　　　七月五日，于北京

四

　　昨夜友人来谈，说起一月前《大公报》上载吴稚晖致汪精卫函，挖苦在江浙被清的人，说什么毫无杀身成仁的模样，都是叩头乞命，毕瑟可怜云云。本来好生恶死人之常情，即使真是如此，也应哀矜勿喜，决不能当作嘲弄的资料，何况事实并不尽然，据友人所知道，在其友处见一马某所寄遗书，文字均甚安详，又从上海得知，北大女生刘尊一被杀，亦极从容，此外我们所不知道的还很多。吴君在南方不但鼓吹杀人，还要摇鼓他的毒舌，侮辱死者，此种残忍行为盖与漆髑髅为饮器无甚差异。有文化的民族，即有仇杀，亦至死而止，若戮辱尸骨，加以后身之恶名，则非极堕落野蛮之人不愿为也。吴君是十足老中国人，我们在他身上可以看出永乐乾隆的鬼来，于此足见遗传之可怕，而中国与文明之距离也还不知有若干万里。

　　我听了友人的话不禁有所感触。整一个月以前，有敬仔君从河北寄一封信来，和我讨论吴公问题，我写了一张回信，本想发表，后来听说他们已随总司令而下野，所以也就中止了；现在又找了出来，把上半篇抄在这里：

我们平常不通世故，轻信众生，及见真形，遂感幻灭，愤恚失望，继以诃责，其实亦大可笑，无非自表其见识之幼稚而已。语云："少所见，多所怪，见橐驼谓马肿背。"痛哉斯言。愚前见《甲寅》《现代》，以为此辈绅士不应如是，辄"动感情"，加以抨击，后稍省悟，知此正是本相，而吾辈之怪讶为不见世面也。今于吴老先生亦复如此，千年老尾既已显露，吾人何必更加指斥，直趋而过之可矣。……

　　我很同情于友人的愤激的话（但他并不是西什么，替他声明一句），我也仍信任我信里的冷静的意见，但我总觉得中国这种传统的刻薄卑劣根性是要不得的，特别尤其在这个革命时代。我最佩服克鲁巴金（？）所说的俄国女革命党的态度，她和几个同志怀了炸弹去暗杀俄皇，后来别人的弹先发，亚力山大炸倒在地，她却仍怀了炸弹跑去救助这垂死的伤人，因为此刻在她的眼中他已经不是敌人而是受苦的同类了。（她自己当然被捕，与同志均处死刑了。）但是，这岂是中国人所能懂的么？

十六年九月

半　春

中国人的头脑不知是怎么样的，理性大缺，情趣全无，无论同他讲什么东西，不但不能了解，反而乱扯一阵，弄得一塌糊涂。关于涉及两性的事尤其糟糕，中国多数的读书人几乎都是色情狂的，差不多看见女字便会眼角挂落，现出兽相，这正是讲道学的自然的结果，没有什么奇怪。但因此有些事情，特别是艺术上的，在中国便弄不好了。最明显的是所谓模特儿问题。孙联帅传芳曾禁止美术学校里看"不穿裤子的姑娘"，现在有些报屁股的操觚者也还在讽刺，不满意于这种诲淫的恶化。维持风教自然是极不错的，但是，据我看来，他们似乎把裸体画与春画，裸体与女根当作一件东西了，这未免使人惊异他们头脑之太简单。我常听见中流人士称裸体画曰"半春"，也是一证，不过这种人似乎比较地有判断力了，所以已有半与不半之分。最近在天津的报上见到一篇文章，据作者说，描画裸体中国古已有之，如《杂事秘辛》即是，与现代之画盖很相近云。我的画史的知识极是浅薄，但据我所知道却不曾听说有裸体画而细写女根的部分者。在印度的瑜尼崇拜者，以及，那个，相爱者，那是别一个问题，可以不论；就一般有教养的人说起来，女根不会算作美，虽然也不必就以为丑，总之在美术上很少有这种的表现。率直的一句话，美术上所表现者是女性美之裸体而非女根，有魔术性之装饰除外，如西洋通用的蹄铁与前门外某银楼之避火符。法国文人果尔蒙（Remy de Gourmont）在所著《恋爱的物理学》第六章雌雄异形之三中说：

女性美之优越乃是事实。若强欲加以说明，则在其唯一原因之线的匀整。尚有使女体觉得美的，乃是生殖器不见这一件事。盖生殖器之为物，用时固多，不用时则成为重累，也是瑕疵；具备此物之故，原非为个人，乃为种族也。试观人类的男子，与动物不同而直立，故不甚适宜，与人扭打的时候，容易为敌人所觊觎。在触目的地位，特有余剩的东西，以致全身的轮廓美居中毁坏了。若在女子，则线的谐调比较男子实几何学的更为完全也。

照这样说来，艺术上裸女之所以为美者，一固由于异性之牵引，二则因线之匀整，三又特别因为生殖器不显露的缘故。中国人看裸体画乃与解剖书上之局部图等视，真可谓异于常人，目有 X 光也。报载清肃王女金芳麿患性狂，大家觉得很有趣味，群起而谈，其实这也何足为奇，中国男子多数皆患着性狂，其程度虽不一，但同是"山魈风"（Satyriasis）的患者则无容多疑耳。

两 个 鬼

　　在我的心头住着 Du Daimone，可以说是两个——鬼。我踌躇着说鬼，因为他们并不是人死所化的鬼，也不是宗教上的魔，善神与恶神，善天使与恶天使。他们或者应该说是一种神，但这似乎太尊严一点了，所以还是委屈他们一点称之曰鬼。

　　这两个是什么呢？其一是绅士鬼，其二是流氓鬼。据王学的朋友说人是有什么良知的，教士说有灵魂，维持公理的学者们也说凭着良心，但我觉得似乎都没有这些，有的只是那两个鬼，在那里指挥我的一切的言行。这是一种双头政治，而两个执政还是意见不甚协和的，我却像一个钟摆在这中间摇着。有时候流氓占了优势，我便跟了他去彷徨，什么大街小巷的一切隐秘无不知悉，酗酒，斗殴，辱骂，都不是做不来的，我简直可以成为一个精神上的"破脚骨"。但是在我将真正撒野，如流氓之"开天堂"等的时候，绅士大抵就出来高叫"带住，着即带住！"说也奇怪，流氓平时不怕绅士，到得他将要撒野，一听绅士的吆喝，不知怎的立刻一溜烟地走了。可是他并不走远，只在街头衢尾探望，他看绅士领了我走，学习对淑女们的谈吐与仪容，渐渐地由说漂亮话而进于摆臭架子，于是他又赶出来大骂道，"Nohk oh dausangtzr keh niarngsaeh, fiaulctongtserntseuzeh doodzang kaeh moavaeh toang yuachu！"（案此流氓文大半有音无字，故今用拼音，文句也不能直译，大意是说"你这混账东西，不要臭美，肉麻当作有趣"。）这一下子，棋又全盘翻过来了。而流氓专政即此渐渐地开始。

279

诺威的巨人易卜生有一句格言曰："全或无。"诸事都应该彻底才好，那么我似乎最好是去投靠一面，"以身报国"似的做去，必有发达之一日，一句话说，就是如不能做"受路足"的无赖便当学为水平线上的乡绅。不过我大约不能够这样做。我对于两者都有点舍不得，我爱绅士的态度与流氓的精神。绅士不肯"叫一个铲子是铲子"，我想也是对的，倘若叫铲子便有了市侩的俗恶味，但是也不肯叫作别的东西那就很错了。我不很愿意在做文章时用电码八三一一，然而并不是不说，只是觉得可以用更好的字，有时或更有意思。我为这两个鬼所迷，着实吃苦不少，但在绅士的从肚脐画一大圈及流氓的"村妇骂街"式的言语中间，也得到了不少的教训，这总算还是可喜的。我希望这两个鬼能够立宪，不，希望他们能够结婚，倘若一个是女流氓，那么中间可以生下理想的王子来，给我们做任何种的元首。

读古诗学文言

近来中学教育开始看重文言，在语文教科书中加入些文言教材，因此时常听到诉苦的话，觉得不易搞得好。这无论出自教师，或是学生，我都觉得可以理解的。因为我们这年辈的人，在书房里读过经书，尝过这个甘苦，虽然总算天幸读通了书，懂得一定限度的古文，回想起来实在也是不大容易的。我根据了五六十年前的这一点经验，曾经提出过一种建议，请求对于初学灌输古典文学作品或是文言文的知识，从韵文即是诗歌入手，这比用散文要有效得多。粗粗一想，一定以为旧诗有韵律的约束，经过推敲，很是简练，比较散文要难懂得多了，其实却并不然。文言与白话在用字上固然有古今之分，重要的还是在文法上，文言散文上那一套"虚字"的别扭的规例，在韵文上差不多用不着，即此也就要轻松得多了。空论没有用处，我们且就实例来一说罢。唐朝号称韩文公的韩愈，是所谓唐宋八大家的主干，他的古文是古今驰名的。他的那一套古文，我嫌他有后来的八股气，一直不喜欢他，事实上也读了不好懂，懂了讲不通；可是他的诗，我却并不看轻他，觉得他有些很不差，而且也好懂。我们从《唐诗三百首》中引用他的一首七言古诗来做例，题名"山石"，其上半首云：

> 山石荦确行径微，黄昏到寺蝙蝠飞。
> 升堂坐阶新雨足，芭蕉叶大栀子肥。
> 僧言古壁佛画好，以火来照所见稀。

铺床拂席置羹饭，疏粝亦足饱我饥。

夜深静卧百虫绝，清月出岭光入扉。

　　这十句七十个字里，检点起来，实在只有"荦确"和"疏粝"这两处和白话有区别，需要说明，其余读去文从字顺，只需略加一二衬字，就可以明白的。我手头没有韩文或是《古文观止》，不能引用他的散文来对比，总之要这么通顺易读的文句，我相信断然没有。其实恐怕并不限于个别的人，一般说来，大抵都是如此，也未可知。随便举一个例子，《诗经》头一篇，开头四句云：

关关雎鸠，在河之洲。

窈窕淑女，君子好逑。

　　这是周朝初期的诗，比起孔子在《论语》开头所说的"学而时习之，不亦说乎？"亦要直接得多。固然这里"关关""窈窕"，也要若干诠解，但没有"不亦……乎"那样的文法，也是一个长处。四言当然太是简古，经过五言的阶段，到了七言，似乎中国的诗歌找到适当的工具了。这固然也演变成词和曲，但七言的潜力却是最大，后来许多地方的民歌，以及许多地方戏的唱词也都以此为基本。所以从七言古诗入手，不但是了解文言与文学遗产的一个捷径，而且因为与这些民间文艺相通，了解也就更是容易了。

　　许多年前见过一部日本木版旧书，名曰"唐诗解颐"，是一个叫作释大典的和尚所著的，他选取了好些唐诗，不加释注，只在本文大字中间夹注一个以至几个的小字，使前后字义连贯起来，这样就可以讲得通了。这个办法并不一定怎么好，但似乎比整个讲解要好一点儿，因为他至少可以让读者自己比拟，咀嚼原文的一部分。鸠摩罗什曾说，翻译经文有如嚼饭哺人；但那是外国文，只有这个办法。若是本国的古典作品，尽可能叫读者自己用力，可以更多地理解原作的好处，有些古书如

《书经》之类，的确除非译出来便无法看懂，别的还只宜半注半解地引导一下就好，而入门的工作是重在诗歌韵文，不但如上文所说比较好懂，也更多情趣，不像说理的古文，干巴巴的说的不知道是什么话。从文言韵文入手，可以领导读者到文学遗产里去，从散文入手如不是叫人索然兴尽，便容易引到八股文里去。这我相信不一定只是我个人的偏见罢。

避讳改姓

中国古时候的人，忌讳自己的和父祖的名字，很是可笑，底下的人犯了讳，便要大发雷霆，若是朋友们不小心，说错了话，要是触犯了父或祖的"嫌名"，即是同音异义的字，也必定要大哭而起，弄得人家怪难为情的。陆放翁《老学庵笔记》里有一则云：

> 田登作郡，自讳其名，触者必怒，吏者多被榜笞，于是举州皆谓灯为火。上元放灯，许人入州治游观，吏人遂书榜揭于市曰，本州依例放火三日。

因为讳登的嫌名，遂忌灯为火，结果是"只许州官放火，不许百姓点灯"这句故典，遂流传下来了。州官且尚如此，何况皇帝老爷，他要避起讳来，自然更是了不得了，弄得许多字残缺不全，有如"胤"字的丢了右边胳膊，"颙"字不见了两只脚之类。幸而这种字用处不多，不大受影响。"玄"字因康熙名字的关系，改写作"元"，不但意义不对，而且声音各别，便一塌糊涂地改了。譬如玄色本是黑色，今如称为元色，岂本指的本色乎？又凡如道教关系的"玄"也都改从"元"，于是苏州一个"玄妙观"，北京一个"崇玄观"——历史上有名的"曹老公观"，自从改名以来，永无翻身复姓的希望了！元妙观与崇元观，本来念得顺口了，谁也不想来改，所以也就不妨将错就错地叫下去了。

但是有人因为避讳，把姓都改了的，那可不是一事。从前刘大白，民国初年将原来金姓复姓为刘，据说是避吴越王钱镠的讳，那已是一千年前的事了。二百五十年前，清雍正叫姓丘的一律改姓"邱"，以避孔子的讳，并且要读作"九"以示区别。这字一改直到今日，似乎应该复原了罢？纪晓岚说过一件故事，乾隆时有过这么一回事：当时有一块坟地，两家争讼，一家姓邱，持有老契，系康熙年间立的，证据确凿，所以胜利，但别一姓却终不肯相让。这知县颇肯用心，觉得可疑，所以细心研究，终于发现这契纸是假造的，理由是康熙年间不可能卖田给"邱"姓的。我在《阅微草堂笔记》中见到此事，多年不曾忘记，总想有机会告诉一声姓"邱"的朋友，这个本来面目现在可以恢复了。只在雍正以前书中去找，左丘明，丘迟，丘为，都没有花耳朵的，即此便是证据。

凡人崇拜

日本现代散文家有几个是我所佩服的，户川秋骨即是其一。据《日本文学大辞典》上说，秋骨本名明三，生于明治三年（一八七〇），专攻英文学，在庆应大学为教授。又云：

> 在其所专门的英文学上既为一方之权威，在随笔方面亦以有异色的幽默与讽刺闻名。以随笔集《文鸟》及其他改编而成的《乐天地狱》（昭和四年即一九二九）中，他的代表作品大抵集录在内。

但是我最初读了佩服的却是大正十五年（一九二六）出版的一册《凡人崇拜》，那时我还买了一本送给友人。这样买了书送人的事只有几次，此外有滨田陵的《桥与塔》，木下周太等的《昆虫写真生态》二册，又有早川孝太郎的《野猪与鹿与狸》，不过买来搁了好久还没有送掉，因为趣味稍偏不易找到同志也。

秋骨（户川君今老矣，计年已六十有七，大前年在东京曾得一见，致倾倒之意，于此当称秋骨先生，庶与本怀相合，唯为行文便利计，又据颜师古说举字以相崇尚，故今仍简称字）的文章的特色是幽默与讽刺，这有些是英文学的影响，但是也不尽如是。他精通英文学，虽然口头常说不喜欢英文与英文学，其实他的随笔显然有英国气，不过这并不是他所最赏识的阑姆，远一点像斯威夫德，近的像柏忒勒（Butler）或萧伯讷罢，——自然，这是文学外行人的推测之词，未必会说得对，总之他的幽默里实在多是文化批评，比一般文人论客所说往往要更为公正而且辛辣。昭和十年（一九三五）所出随笔集《自画像》的自序中云：

> 　　我曾经被人家说过，你总之是一个列倍拉列斯忒（自由主义者）罢。近来听说列倍拉列斯忒是很没有威势了，可是不论如何，我以是一个列倍拉列斯忒为光荣的。从我自己说来毫无这些麻烦的想头，若是旁观者这样地说，那么就是如此也说不定。注重个性咧，赶不上时势咧，或者就是如此也未可知罢。赶不上时势什么都没有关系，我只以是一个列倍拉列斯忒即自由主义者的事衷心认为光荣的。
>
> 　　又被一个旁观者说过，说是摩拉列斯忒。你到底是一个摩拉列斯忒，这是或人说的话。我向来是很讨厌摩拉列斯忒的。摩拉列斯忒，换句话说就是道德家。阿呀，这样的东西真是万不敢领教，我平常总是这么想。可是人家说，你说万不敢领教这便正是摩拉列斯忒的证据。被人家这样说来，那么正是如此也未可定。……假如这是天性，没有法子，除了死心塌地承受以外更无办法。那么这就是说天成的道德家了，如此一说的确又是可以感谢的事。但是此刻现在谁也不见得肯把我去当作思想善导的前辈罢。若是不能成为思想善导家那样重要而且有钱赚的人，即使是道德家，也是很无聊的。总之是讨厌的事。那么摩拉列斯忒还是讨厌的，不过虽是讨厌而既然是天性，则又不得不死心塌地耳。

因为他是自由主义者，是真的道德家，所以所写的文章如他自己所说多是叫道德家听了厌恶，正人君子看了皱眉的东西，这一点在日本别家的随笔是不大多见的，我所佩服的也特别在此。专制，武断及其附属，都是他所不喜欢的，为他的攻击的目标。讽刺是短命的，因为目标倒了的时候他的力量也就减少，但幽默却是长命的，虽然不见得会不死，虽然在法西斯势力下也会暂时假死。《自画像》的一篇小文中有云：

> 特别最近说是什么非常时了，要装着怪正经的脸才算不错，很有点儿可笑。而且又还乱七八糟地在助成杀伐的风气。大抵凶手这种人物都是忘却了这笑的，而受别人的刃的也大都是缺少这幽默的人。

秋骨的文章里独有在非常时的凶手所没有的那微笑，一部分自然无妨说是出于英文学的幽默，一部分又似日本文学里的俳味，虽然不曾听说他弄俳句，却是深通"能乐"，所以自有一种特殊的气韵，与全受西洋风的论文不相同也。

秋骨的思想的特点最明显的一点是对于军人的嫌憎。《凡人崇拜》里第二篇文章题曰"定命"，劈头便云：

> 生在武士的家里，养育在武士风的环境里，可是我从小孩的时候起便很嫌憎军人。

后边又云：

> 小时候遇见一位前辈的军官，他大约是尝过哲学的一点味道的罢，很不平地说，俺们是同猪猡一样，因为若干年间用官费养活，便终身被捆在军籍里，被使令服役着。我在旁听到，心想这倒确实如此罢，虽然还年幼心里也很对他同情。那人又曾愤慨地说，某亲王同自己是海军学校的同窗，平等地交际着的，一毕了业某亲王忽然高升，做学生时候那了无隔阂的态度全没有了，好像换了人似的以昂然的态度相对。我又在旁听

到，心想这倒确实如此罢。于是我的军人嫌憎的意思更是强固起来了。

同文中又有一节云：

在须田町的电车交叉点立着一座非常难看相的叫作广濑中佐的海军军人的铜像。我曾写过一篇铜像论，曾说日本人决不可在什么铜像上留下他的尊相。须田町的那个大约是模仿忒拉法耳伽街的纳耳逊像的罢，广濑中佐原比纳耳逊更了不得，铜像这物事自然也是须田町的要比英国更好，总之不论什么比起英国来总是日本为胜，我在那论内说过。只是很对不起的，要那中佐的贵相非在这狭隘热闹之区装出那种呆样子站着不可，这大约也就是象征那名誉战死的事是如何苦恼的罢。同样是立像，楠正成则坐镇于闲静地方，并不受人家的谈论，至于大村则高高地供在有名地方，差不多与世间没交涉。唯有须田町的先生乃一天到晚俯视着种种形相，又被彼等所仰视着，我想那一定是烦得很，而且也一定是苦得很罢。说到忒拉法耳伽街，那是比须田町还要加倍热闹的街市，但是那里的纳耳逊却立在非常高的地方，群众只好远远地仰望，所以不成什么问题。至于吾中佐，则就是家里的小孩见了也要左手向前伸，模仿那用尽力气的姿势，觉得好玩。还有今年四岁的女孩，比她老兄所做的姿势更学得可笑，大约是在中佐之下的兵曹长的样子罢，弯了腰，歪了嘴，用了右手敲着臀部给他看。盖兵曹长的姿势实在是觉得这只手没有地方放似的，所以模仿他的时候除了去拍拍屁股也没法安顿罢。就是在小孩看了，也可见他们感觉那姿态的异象。但是这些都没有关系，中佐的了不得决非纳耳逊呀楠呀大村呀之比。他永久了不得。只看日本国中，至少在东京市的小学校里，把这人当作伟人的标本，讲给学生听，那就可以知道了罢。

所以学生们回家来便问父亲为什么不做军人，答说：那岂不是做杀人的生意么？从这边说是杀人，从那边想岂不是被杀的生意么？这种嫌憎军人的意思在日本人里并不能说是绝无，但是写出来的总是极少，所以可以说是难得。广濑中佐名武夫，日俄战争中死于闭塞旅顺之役，一时尊为军神，铜像旧在四岔路中心，大地震后改正道路，已移在附近一横街中，不大招人悯笑矣。前文不记年月，但因此可知当在大正十二年（一九二三）之前也。

同书中第四篇曰"卑怯者"，在大地震一年后追记旧事，有关于谣传朝鲜人作乱，因此有许多朝鲜人（中国人亦有好些在内）被杀害的事一节云：

关于朝鲜人事件是怎么一回事，我一点儿都不明白。有人说这是因为交通不完备所以发生那样事情，不过照我的意思说来，觉得这正因为交通完备的缘故所以才会有那样事情。假如那所谓流言蜚语真是出于自然的，那么倒是一种有意思的现象，从什么心理学社会学各方面都有调查研究的价值，可是不曾听说有谁去做这样的事。无论谁都怕摸身上长的毒疮似的在避开不说，这却是很奇怪。不过如由我来说，那么这起火的根源也并不是完全不能知道。那个事件是九月二日夜发生的事，我还听说同日同时刻在桦太岛方面也传出同样的流言。恐怕桦太是不确的也未可知，总之同日同时那种流言似乎传到很有点出于意外的地方去。无论如何，他总有着不思议的传播力。依据昨今所传闻，说是陆军曾竭力设法打消那朝鲜人作乱的流言云云。的确照例陆军的好意是足多的了。可是去年当时，我直接听到那流言，却是都从与陆军有关系的人的嘴里出来的。

大地震时还有一件丑恶绝伦的事，即是宪兵大尉甘粕某杀害大杉荣夫妇及其外甥一案，集中也有一篇文章讲到，却是书信形式，题曰"寄在地界的大杉君书"。这篇文章我这回又反复读了两遍，觉得不能摘译，只好重复放下。如要摘译，可选的部分太多，我这小文里容不下，一也。其二是不容易译，书中切责日本军宪，自然表面仍以幽默与游戏出之，而令读者不觉切齿或酸鼻，不佞病后体弱，尚无此传述的力量也。我读此文，数次想到斯威夫德上人，心生钦仰，关于大地震时二大不人道事件不佞孤陋寡闻未尝记得有何文人写出如此含有义愤的文章，故三年前在东京山水楼饭店见到户川先生，单独口头致敬崇之词，形迹虽只是客套，意思则原是真实耳。

上面所引多是偏于内容的，现在再从永井荷风所著《东京散策记》中另外引用一节，原在第八章《空地》中的：

户川秋骨君在《依然之记》中有一章曰"霜天的户山之原"。户山之原是旧尾州侯别庄的原址，那有名的庭园毁坏了变作户山陆军学校，附近便成为广漠的打靶场。这一带属于丰多摩郡，近几年前还是杜鹃花的名胜地，每年人家稠密起来，已经变成所谓郊外的新开路，可是只有那打靶场还依然是原来的样子。秋骨君曰：

户山之原是在东京近郊很少有的广大的地面。从目白的里边直到巢鸭泷之川一面平野，差不多还保留着很广阔的武藏野的风致。但是这平野大抵都已加过耒耜，已是耕种得好好的田地了，因此虽有田园之趣而野趣则至为缺乏。若户山之原，虽说是原，却也有多少高下，有好些树木。大虽是不大，亦有乔木聚生，成为丛林的地方。而且在此地一点都不曾加过人工，

291

全是照着那自然的原样。假如有人愿意知道一点当初武藏野的风致，那么自当求之于此处罢。高下不平的广大的地面上一片全是杂草遮盖着，春天采摘野菜，适于儿女的自由游戏，秋天可任雅人的随意散步。不问四季什么时候，学绘画的学生携带画布，到处描写自然物色，几无间断。这真是自然之一大公园，最健全的游览地，其自然与野趣全然在郊外其他地方所不能求得者也。在今日形势之下，苟有余地则即其处兴建筑，不然亦必加耒耜，无所踌躇。可是在大久保近傍何以还会留存着这样几乎还是自然原状的平野的呢？很奇怪，此实为俗中之俗的陆军之所赐也。户山之原乃是陆军的用地。其一部分为户山学校的打靶场，其一部分作练兵场使用。但是其大部分差不多是无用之地似的，一任市民或村民之蹂躏。骑马的兵士在大久保柏木的小路上列队驰骤，那是很讨厌的事，不，不是讨厌，是叫人生气的。把天下的公路像是他所有似的霸占了，还显出意气轩昂的样子，这是吾辈平民所甚感觉不愉快的。可是这给予不愉快的大机关却又在户山之原把古昔的武藏野给我们保留着。想起来时觉得世上真是不思议的互相补偿，一利一害，不觉更是深切地有感于应报之说了。

这里虽然也仍说到军人，不过重要的还是在于谈户山之原，可以算作他这类文章的样本。永井原书成于大正四年（一九一五），此文的著作当在其前，《依然之记》我未曾见，大约是在《文鸟》集中罢，但《户山之原》一篇也收在《乐天地狱》中。秋骨的书我只有这几册：

一、《凡人崇拜》，一九二六。
二、《乐天地狱》，一九二九。
三、《英文学笔录》，一九三一。

四、《自然，多心，旅行》，同上。

五、《都会情景》，一九三三。

六、《自画像》，一九三五。

这里所介绍的只是一点，俟有机会当再来谈，或是选译一二小文，不过此事大难耳。

读书的经验

　　买到一册新刻的《汴宋竹枝词》，李于潢著，卷头有蒋湘南的一篇李李村墓志铭，写得诙诡而又朴实，读了很是喜欢，查《七经楼文钞》里却是没有。我看着这篇文章，想起自己读书的经验，深感到这件事之不容易，摸着门固难，而指点向人亦几乎无用。在书房里我念过《四书》《五经》《唐诗三百首》与《古文析义》，只算是学了识字，后来看书乃是从闲书学来，《西游记》与《水浒传》，《聊斋志异》与《阅微草堂笔记》，可以说是两大类。至于文章的好坏，思想的是非，知道一点别择，那还在其后，也不知道怎样地能够得门径，恐怕其实有些是偶然碰着的罢。即如蒋子潇，我在看见《游艺录》以前，简直不知道有这么一个人，父师的教训向来只说周程张朱，便是我爱杂览，不但道咸后的文章，即使今人著作里，也不曾告诉我蒋子潇的名字，我之因《游艺录》而爱好他，再去找《七经楼文》与《春晖阁诗》来读，想起来真是偶然。可是不料偶然又偶然，我在中国文人中又找出俞理初，袁中郎，李卓吾来，大抵是同样的机缘，虽然今人推重李卓老者不是没有，但是我所取者却非是破坏而在其建设，其可贵处是合理有情，奇辟横肆都只是外貌而已。我从这些人里取出来的也就是这一些些，正如有取于佛菩萨与禹稷之传说，以及保守此传说精神之释子与儒家。这话有点说得远了，总之这些都是点点滴滴地集合拢来，所谓粒粒皆辛苦的，在自己看来觉得很可珍惜，同时却又深知道对于别人无甚好处，而仍不免常要饶舌，岂真敝帚自珍，殆是旧性难改乎。

外国书读得很少，不敢随便说，但取舍也总有的。在这里我也未能领解正统的名著，只是任意挑了几个，别无名人指导，差不多也就是偶然碰着，与读中国书没有什么两样。我所找着的，在文学批评是丹麦勃阑兑思，乡土研究是日本柳田国男，文化人类学是英国弗来则，性的心理是蔼理斯。这都是世界的学术大家，对于那些专门学问我不敢伸一个指头下去，可是拿他们的著作来略为涉猎，未始没有益处，只要能吸收一点进来，使自己的见识增深或推广一分也好，回过去看人生能够多少明白一点，就很满足了。近年来时常听到一种时髦话，慨叹说中国太欧化了，我想这在服用娱乐方面或者还勉强说得，若是思想上哪里有欧化气味，所有的恐怕只是道士气秀才气以及官气而已。想要救治，却正用得着科学精神，这本来是希腊文明的产物，不过至近代而始光大，实在也即是王仲任所谓疾虚妄的精神，也本是儒家所具有者也。我不知怎的觉得西哲如蔼理斯等的思想实在与李俞诸君还是一鼻孔出着气的，所不同的只是后者靠直觉懂得了人情物理，前者则从学理通过了来，事实虽是差不多，但更是确实，盖智慧从知识上来者其根基自深固也。这些洋书并不怎么难于消化，只需有相当的常识与虚心，如中学办得适宜，这与外国文的学力都不难习得，此外如再有读书的兴趣，这件事便已至少有了八分光了。我自己读书一直是暗中摸索，虽然后来找到一点点东西，总是事倍功半，因此常想略有陈述，供其一得，若野芹蜇口，恐亦未免，唯有惶恐耳。

近来因为渐已懂得文章的好坏，对于自己所写的决不敢自以为好，若是里边所说的话，那又是别一问题。我从民国六年以来写白话文，近五六年写的多是读书随笔，不怪小朋友们的厌恶，我自己也戏称曰文抄公，不过说尽是那么说，写也总是写着，觉得这里边不无有些可取的东西。对于这种文章不以为非的，想起来有两个人，其一是一位外国的朋友，其二是亡友烨斋。烨斋不是他的真名字，乃是我所戏题，可是写信时也曾用过，可以算是受过默许的。他于最后见面的一次还说及，他自己觉得这样的文很有意思，虽然青年未必能解，有如他的小世兄，便以

295

为这些都是小品文，文抄公，总是该死的。那时我说，自己并不以为怎么了不得，但总之要想说自己所能说的话，假如关于某一事物，这些话别人来写也会说的，我便不想来写。有些话自然也是颇无味的，但是如《瓜豆集》的头几篇，关于鬼神，家庭，妇女特别是娼妓问题，都有我自己的意见在，而这些意见有的就是上边所说的读书的结果，我相信这与别人不尽同，就是比我十年前的意见也更是正确。所以人家不理解，于别人不能有好处，虽然我十分承认，且以为当然，然而在同时也相信这仍是值得写，因为我终于只是一个读书人，读书所得就只这一点，如不写点下来，未免可惜。在这里我知道自己稍缺少谦虚，却也是无法。我不喜欢假话，自己不知道的都已除掉，略有所知的就不能不承认，如再谦让也即是说诳了。至于此外许多事情，我实在不大清楚，所以我总是竭诚谦虚的。

女学一席话

溽暑避客，有老友携啤酒见过，不得不接见。酒味苦如药，甫罄一杯，客即发问，曰对于女子教育意见云何。闻之酒悉化汗，自额上出，而客意甚诚，盖有千金在中学毕业，来询求学方向，不能不作答。敛神养气久久乃对曰，如世间所云，贤妻良母，当是最平稳的主张，但是鄙人不能赞一辞。为什么呢？这有两种理由。其一如何是贤妻良母，我不能知道。论一件事情可以有种种不同的标准，因时地而异，周公周婆的问题还在其外。德国学者希耳息菲耳特博士著游记曰"男与女"，分远东南洋印度近东四部，记所见闻性的风俗，因为出于专家之手，足资参考。他在印度大忌林地方遇见西藏女人的纪事很有意思，原文云：

> 西藏女人在性学者看来有特别的兴趣。身体魁伟，骨骼坚实，挂满了各种珍饰，嘴里咬着短烟管，她从西藏高原大踏步走向市场去，后面跟着她的三个以至五个丈夫，大抵是兄弟，背了货物在她后边跑，像奴隶一样。

这是一方面，别一方面是中国，那里是行着合法的多妻制，游记有一节云：

> 据计算说，现在中国人中有百分之约三十只有一个妻子，百分之约五十有两个妻子，百分之十娶有三个以至六个女人，

297

百分之五左右有六个以上，有的多至三十个妻子或者更多，关于张宗昌将军，据说他有八十个妻子，在他战败移居日本之前，他只留下一个，其余的都给钱遣散了。我在香港，有人指一个乞丐告诉我，他在正妻之外还养着两房正妾云。

以上所说固然是两民族的事，尽足证明标准之怎样地可以不一致。照前者来说，贤妻的标本当是武后山阴公主，这自然是不可为法，但如后者则《关雎》《螽斯》不妒之德乃是最高的女性道德，虽然是古来的传说如此，不过我想现在也未便即以此为教育之标准罢。再说，将来的理想的贤妻良母应当如何，这是一个大问题，现今却是没法谈，所以归根是不能知道。其二，如何是贤夫良父，这又是不明白的事。许多事情都是对待的，要想叫女人做贤妻良母，对于男子方面也不得不问一声，怎样是贤夫良父，以便对照设计。可是这个不但我不知道，恐怕别人也都不能比我知道得多。中国绅士大抵不喜欢说自己不好，现在就不必来多说致犯众怒，只需简单地说一句，照现在多数男子的生活，要说谁是够得上模范的好的丈夫与父亲，大约谁都有点不好意思承认罢。总结一句话，贤妻良母，虽是四平八稳的主义，讲得圆到一点可以新旧咸宜，可是我觉得有这些难处，所以无法着手，只好敬谢不敏了。

那么从职业问题上来谈女子教育么，这也不好办。现在男子的职业还成问题，大学毕业的出路只有做官，办报，教书这几种，生产事业方面几乎没有，更不必说战后的民不聊生，农工失业，不知政治家将何以善其后，此刻来为妇女计划职业，我们外行实在觉得无从下手。或者就去在做官办报教书的三途中分得位置，也可以说是一种办法，但是现今中国的家庭与市场都还是旧式组织的，主妇如出外就薄给的职业，同时家中即须添雇用人，结果在利益上还是差不多，这即使不是如古人所说的易子而食，也总近于易子而教罢。老实说，现在女子求教育，不可从职业着想，如作为装饰看，倒还不错。列位不要以为这里含有什么讽刺，实在是如字说的老实话，至于因为老实而稍似唐突，或亦难免。所谓装饰，不必将学位证书装框高悬，或如世间所说，大学文凭可作嫁妆的一部分，其实只是凭了学问与教养的力，使姿态与品格自然增高，这是极好的精神上的装饰，在个人是值得用了十载寒窗的苦工去换了来的。国民中间有教养的人多，岂不也是国家的名誉，所以这种装饰正是未可菲薄的，就只怕的民穷财尽，将不可多得耳。现在话休烦絮，女人如要求学问，我觉得第一须与家庭社会的问题分离，这些问题即使有改革之必要，一时无从说起。石川啄木在三十年前的一篇文章里曾说道：

> 我所感到不便的不仅是将一首歌写作一行这一件事情。但是我在现今能够如意地改变，可以如意地改变的，不过是这桌上的摆钟砚台墨水瓶的位置，以及歌的行款之类罢了。

女子的高等教育，如说得迂阔一点，当以为学问而学问为理想，这与家庭社会的现状虽似无关系，但如上文已曾说及，于国家民族的文化前途却不是无补的。其缺点是只能为少数说法，必须其父母能供给求学，出阁后要家门清吉，于家务之余，可以读书用功替代打牌看戏，这才合格，事实上当然不能太多，但或者也还不至于很少乎。其实这种资格在男子想还不甚难得，今专对女子而言者，盖以男子志在四方，多有出仕的野心，学问流为敲门之砖，比比皆是，反不如女子无此特权，多有纯粹为学的可能，鄙人上条陈于女子而不往烦绅士诸君之清听者，实为此故耳。

引言拉得颇长，讲到本文，只有简单的几句话而已。女子做学问，我想最好是文化史一类的工作，这不但现在中国最缺乏，实在也于女子相宜。本来男女求学机会应当平等，女子如喜欢去弄理工方面，别无不可，不过那些东西男子着手的很多，还不如这边学问也极重要而较为冷寂，女子求学可以不谋功利，正适于担负这个责任。中国史学不可说不发达，从我们外行人看来，总觉得向来偏于政治史，其次是军事，经济已绝无仅有，至于人民生活便几乎找不到记录，后来也不大有人加以注意。太炎先生曾说，儒生高谈学术，试问以汉朝人吃饭时情状便不能知，这话实在说得不错。我现在便是想劝女士们来做这面的学问。汉朝人吃饭时情状不过是一个例，推广起来可以成为许多许多的问题。我们各时代地方的衣食住，生计，言语，死生的仪式，鬼神的信仰种种都未经考察过，须要有人去着手，横的是民俗学，竖的是文化史，分了部门做去，点点滴滴积累起来，尽是可尊贵的资料。想起好些重要事业，如方言之调查，歌谣传说童话之收集，风俗习惯之记录，都还未曾做，这在旧学者看来恐怕全是些玩物丧志的事，却不知没有这些做底子，则文字学文学史宗教道德思想史等正经学问也就有点站立不稳，由此可知学问无孤立亦无无用者也。尝见英国有哈理孙女士，研究古希腊宗教神话，茂来女士著《西欧之巫术》等，皆有新意见有重要地位，传说中"亚耳戈号的航海者"，"灰娘"等专题研究，亦有诸女士担任，著有专书行于世。美国儿童学书，自体质知能的生长之测量，以至教养方策，儿歌童话之研究，发刊至多，任之者亦多是女士，儿童学祖师斯丹来诃尔生于美国，其学特盛，又教育发达，幼稚园女师众多，故具此现象，中国自不能相比，唯其意实可师也。相传谓自人类学成立而"人"之事始渐明，性的研究与儿童学成立而妇人小儿之事始渐明，是为新文明之曙光，何时晒进中国来殊未可知，总值得留意，男子如或太忙，可希望者自唯在女士耳。预备功夫大抵最要是常识，国文外国语也极重要，研究以本国事物为对象，故资料太半须求之于古文献，若比较研究之方法则不得不借助于异邦先辈的著作，外国文需要两种以上才行，否则不单是怕不够用，亦虑眼界未能广也。觑缕至此，仍未着边际，自己觉得有点近于醉话，其实是未必然，大约只是说得不好之故，若然则此一席之话殆可以就此结束矣。

辩　　解

　　我常看见人家口头辩解，或写成文章，心里总很是怀疑，这恐怕未必有什么益处罢。我们回想起从前读过的古文，只有杨恽报孙会宗书，嵇康与山涛绝交书，文章实在写得很好，都因此招到非命的死，乃是笔祸史的资料，却记不起有一篇辩解文，能够达到息事宁人的目的的。在西洋古典文学里倒有一两篇名文，最有名的是柏拉图所著的《梭格拉底之辩解》，可是他虽然说得明彻，结果还是失败，以七十之高龄服毒人参（Koneion）了事。由是可知说理充足，下语高妙，后世爱赏是别一回事，其在当时不见得如此，如梭格拉底说他自己以不知为不知，而其他智士悉以不知为知，故神示说他是大智，这话虽是千真万真，但陪审的雅典人士听了哪能不生气，这样便多投几个贝壳到有罪的瓶里去，正是很可能的事罢。

　　辩解在希腊罗马称为亚坡罗吉亚，大抵是把事情"说开"了之意，中国民间，多叫作冤单，表明受着冤屈。但是"兔在罘下不得走，益屈折也"的景象，平常人见了不会得同情，或者反觉可笑亦未可知，所以这种声明也多归无用。从前有名人说过，如在报纸上看见有声冤启事，无论这里说得自己如何仁义，对手如何荒谬，都可以不必理他，就只确实地知道这人是败了，已经无可挽救，嚷这一阵之后就会平静下去了。这个观察已是无情，总还是旁观者的立场，至多不过是别转头去，若是在当局者，问案的官对于被告本来是"总之是你的错"的态度，听了呼冤恐怕更要发恼，然则非徒无益而又有害矣。乡下人抓到衙门里去，

301

打板子殆是难免的事，高呼青天大老爷冤枉，即使侥幸老爷不更加生气，总还是丢下签来喝打，结果是于打一场屁股之外，加添了一段叩头乞恩，成为双料的小丑戏，正是何苦来呢。古来懂得这个意思的人，据我所知道的有一个倪云林。余澹心编《东山谈苑》卷七有一则云：

> 倪元镇为张士信所窘辱，绝口不言，或问之，元镇曰："一说便俗。"

两年前我尝记之曰：

> 余君记古人嘉言懿行，裒然成书八卷，以余观之，总无出此一条之右者矣。尝怪《世说新语》后所记，何以率多陈腐，或歪曲远于情理，欲求如桓大司马树犹如此之语，难得一见。云林居士此言，可谓甚有意思，特别如余君之所云，乱离之后，闭户深思，当更有感兴，如下一刀圭，岂止胜于吹竹弹丝而已哉。

此所谓俗，本来虽是与雅对立，在这里的意思当稍有不同，略如吾乡方言里的"魇"字罢。或者近于江浙通行的"寿头"，勉强用普通话来解说，恐怕只能说不懂事，不漂亮。举例来说，恰好记起《水浒传》来，这在第七回林教头刺配沧州道那一段里，说林冲在野猪林被两个公人绑在树上，薛霸拿起水火棍待要结果他的性命，林冲哀求时，董超道："说什么闲话，救你不得。"金圣叹在闲话句下批曰：

> 临死求救，谓之闲话，为之绝倒。

本来也亏得做书的写出，评书的批出，闲话这一句真是绝世妙文，试想被害的向凶手乞命，在对面看来岂不是最可笑的废话，施耐庵盖确是格物君子，故设想得到写得出也。林武师并不是俗人，如何做得不很漂亮，此无他，武师于此时尚有世情，遂致未能脱俗。古人云，死生亦大矣，岂不痛哉，恋爱何独不然，因为恋爱死生都是大事，同时也便是闲话，所以对于"上下"我们亦无所用其不满。大抵此等处想要说话而又不俗，只有看梭格拉底的样一个办法，原来是为免死的辩解，而实在则唯有不逃死才能辩解得好，类推开去亦殊无异于大辟之唱《龙虎斗》，细思之正复可不必矣。若倪云林之所为，宁可吊打，不肯说闲话多出丑，斯乃青皮流氓"受路足"的派路，其强悍处不易及，但其意思甚有风致，亦颇可供人师法者也。

此外也有些事情，并没有那么重大，还不至于打小板子，解说一下似乎可以明白，这种辩解或者是可能的罢。然而，不然。事情或是排解得了，辩解总难说得好看。大凡要说明我的不错，势必先须说他的错，不然也总要举出些隐秘的事来做材料，这却是不容易说得好，或是不大想说的，那么即使辩解得有效，但是说了这些寒碜话，也就够好笑，岂不是前门驱虎后门进了狼么。有人觉得被误解以至被损害侮辱都还不在乎，只不愿说话得宥恕而不免于俗，这样情形也往往有之，固然其难能可贵比不上云林居士，但是此种心情我们也总可以体谅的。人说误解不能免除，这话或者未免太近于消极，若说辩解不必，我想这不好算是没有道理的话罢。

宣　传

　　我向来有点不喜欢宣传，这本不过是个人的习性，有如对于烟酒的一种好恶，没有什么大道理在内，但是说起来时却亦自有其理由。宣传一语是外来的新名词，自从美国的"文学即宣传"这句口号流入中国文艺市场以后，流行遂益广远，几于已经无人不知了。据说原语系从拉丁文变化出来，原意只是种花木的扦插或接换罢了，后来用作传道讲，普罗巴甘大这字始于一六二二年，就是这样用的，再由宗教而转成政治的意味，大约就不是什么难事。中国从前恐怕译作传教传道之类罢，宣传的新译盖来自日本，从汉文上说似是混合宣讲传道而成，也可以讲得过去，在近时的新名词中不得不说是较好的一部类了。

　　其实对于传道这名称我倒不是没有什么好感的。我读汉文《旧约全书》，第一觉得喜欢的是那篇《传道书》，《雅歌》实在还在其次。蔼理斯《感想录》第一卷中曾论及这两篇文章，却推重《传道书》，说含有更深的智慧，又云：

　　　　这真是愁思之书，并非厌世的，乃是厌世与乐天之一种微
　　妙的均衡，正是我们所应兼备的态度，在我们要去适宜地把握
　　住人生全体的时候。古希伯来人的先世的凶悍已经消灭，部落
　　的一神教的狂热正巳圆熟而成为宽广的慈悲，他的对于经济的
　　热心那时尚未发生，在缺少这些希伯来特有的兴味的时代，这
　　世界在哲人看来似乎有点空了，是虚空之住所了。

304

这样的传道很有意思，我们看了还要佩服，岂有厌弃之理，可是真正可佩服的传道者也只此一人，别的便自然都是别一路，说教集可以汗牛充栋，大抵没有什么可读，我们以理学书作比，可知此不全出于教外的诽谤矣。至于宣讲《圣谕广训》，向来不能出色，听说吴稚晖四十年前曾在苏州玩过这种把戏，想或是例外，但是吴公虽然口若悬河，也只宜于公园茶桌，随意乱谈，若戴上大帽，领了题目，去遵命发挥，难免蹶竭，别人更可不必说了。假若我的设想没有错，宣传由宗教而转入政治，其使用方法也正如名目所示，乃合传教与宣讲圣谕二者而成，鄙人虽爱读《传道书》，也觉得其间如有一条大埂，不容易逾越得过，自然也接受为难了。

　　我不喜欢宣传的理由大约可以说有两种，一是靠不住，一是说不好。不知怎的我总把宣传与广告拉在一起，觉得性质差不多相同，而商店的广告我是平常不很信任的。商业的目的固然第一是在获利，却亦不少公平交易，货真价实的店铺，所以不能一概而议，可是很奇怪的是日用必需最为切要的有如米面油盐鱼肉等店大都没有广告，在无报纸时代也还不贴招纸，因为有反正你少不得我这种自信，无须不必要地去嚷嚷，便是现今许多土膏店也是那么恬憺无华地做，一面拿得出货色来，一面又非吃不可，这样地互相依存，生意已有了十分光，语云，事实胜于雄辩，是也。翻过来看，从前招纸贴到官厕所的矮墙上，现在广告登满报纸的，顶多是药店，也并非生药而乃是现成的丸散膏丹，我们也不好一定说医屁股的药比医头的不高尚，总之觉得这些药都很可疑，至少难免有十分之九以上是江湖诀。不管是治什么东西，宣传的方法大抵差不多，积极方面如不说斋戒沐浴，也总是选择吉日，虔诚配合，吃了立见奇效，自毋庸说，消极则是近有无耻之徒，鱼目混珠，结果是男盗女娼，破口大骂。这种说法我想殊欠高明，恐难得人家的信用，然而广告与宣传却老是那一副手段，或者因为没有别的方法也未可知，或者信用的老实人着实不少，所以不惜工本地做下去，也是可能的事，虽然这在我看去多少有点近于奇迹。至于说不好，即跟上文而来，差不多可以说是一件事，盖事情如有虚假，话也就难说得圆满，我们虽未学过包探术，唯读书见事稍多，亦可一见便晓，犹朝奉之看珠贝，大抵不大会得失眼也。

本来自然界亦自有宣传，即色香是已。动物且不谈，只就植物来说。古人云，桃李不言，下自成蹊。此何也？桃花有桃花的色，李花有李花的香，莫说万物之灵，便是文盲的蜂蝶也成群而至，此正是直接传达，其效力远胜于报上的求婚广告，却又并不需要分厘的费用。或曰，童二树画梅花，有冻蜂飞集纸上。因为同乡关系，我不想反驳这故事，但是那蜂我想当即飞去了罢，在他立刻觉得这是上了当的时候。大约此蜂专凭眼学，所以有此失，殊不知在这些事情上鼻子更为可恃。说部中记瞎子能以鼻辨别人高下休咎，嗅一卷文有酸气，知其为秀才，此术今惜已不传，不然如用以相人与文，必大可凭信，较我们有眼人从文字上去辨香臭，更当事半而功倍矣。

关于绍兴师爷

中国文人有所议论，不问对人对事，大抵喜欢断章取义，歪曲事理，普通多说是"绍兴师爷"的作风。这话不好算说错了，却也并不能算是对。我们首先得明了，绍兴师爷的作风原系实在，但这不是地域性，乃是属于职业性的。这事说来话长，现在只好说得简单点。一口说是绍兴师爷，其中也很有分别，例如刑名钱毂书启朱墨，性质等级大不相同，刑名钱毂今称司法与财政，书启乃是秘书，朱墨则是书记之流，只在告示什么上面点一点勾一勾，写一个草书遵字，已经够不上有什么作风的了。至于师爷的出身也有讲究，虽然一样是读书不成即是屡试不第的秀才或文童，其间还有个区分，刑名最是地位高，责任重，事情难，须要文理较通，较有能力的人才可担任，钱毂书启也有一点专长，却已在其次。普通所谓绍兴师爷，大抵以刑名师爷为代表，别的几种是不在其内的。刑名师爷既然是不第秀才（或文童，不过这里没有什么关系，因为秀才文童的本领并无多大不同，有的秀才还比文童更是不通的）改业的司法佐治员，这便规定了他的性格，有如儒医一般，可以说是申韩业的儒生。我们这里要强调他的儒生的身份，因为这一点与其特别的作风是大有关系的，现代语是知识阶级，俗语叫作读书人，古文则云士大夫，这里写作儒生，反正都是一件东西，主要的特质是受过国学的熏陶，会得做八股的，——这一项已足够造成一个道地的师爷，申韩的法家成分实在只是附加的一点，有如馄饨上面的一撮椒粉而已。我们不免又要词费，关于八股来说明几句。这所谓八股，当然不是正式的时文，乃是指自唐宋，以至清朝千余年来养成的应制的本领，不论律诗经义以及策论，都能依照题目，说得圆到，那一套舞文弄墨的手段。有人做过一篇时文，以"何必读书"为题，便用了子路的口气，发挥反对读书的道理，把古圣先王的经训说得一钱不值。及至做"野哉由也"的题目，又将子路骂了一个狗血喷头，仲由先生虽然性如烈火，因为这是在替老夫子说话（有如太监之传旨申饬），也奈何他不得。学生写《汉高祖论》，根据史书敷陈他的豁达大度，固然可以及格，假如做翻案文章，开首说："史称高帝豁达大度，窃以为非也。帝盖天资刻薄人也。"以后略叙杀功臣的事，简要地结束，更可以得到先生的浓圈密点。笔记中说老幕友讲刀笔的秘诀，反复颠倒无所不可，有云欲使原告胜者，曰彼如不真吃亏，何至来告状，欲使被告胜，则斥原告曰，彼不告而汝来告状，是汝健讼也。欲使老者胜，曰不敬老宜惩，欲使少者胜，则曰，年长而不慈幼，何也（仿佛是纪晓岚所说，但查过《阅微五记》却又不见）。这三派都只是一条路，古来的御史、翰林、师爷也本是一种人，其作风正是一样，虽然穷达略有不同。绍兴师爷现已不复开馆授徒，可是他的作风还是一时不会断绝，则是由于国粹之流泽孔长也。

喜剧的价值

我少听京戏，但是对于地方戏却是看了不少，所以也有很多的感触。第一觉得中国"戏文"有一点与别国不同，值得一说的，那便是偏爱喜剧。照普通说法，喜剧可分为广义狭义两种。广义的是团圆结局的戏，虽然中间尽有悲欢离合，近似悲剧的片段，但结末总是欢喜会合，以大团圆收场。从前乡间习惯，开始时必演"八仙庆寿""赐福"和"踢魁"，继之以"掘藏"，极尽人生的大望，随后开始演戏。到了戏文终了的时候，必定是团圆结局，在整本演出时那无问题，由剧中人表演结婚了事，就是后来不是这样做了，也还是如此表演，譬如一出打仗的戏完了，将军刚刚挺枪进去，接着就出来了一生一旦，匆匆向外边纳头便拜，表示"拜堂"之意，也即是说这一天的戏算是完了。观众也都了解这个意思，在喜乐声中，看见两人交拜，便说"拜堂"了，纷纷准备走散。这种习惯不晓得别处有没有，小时候看绍兴戏文，记得如此，说起来已是五十年前事了。

狭义的喜剧，便是戏剧中滑稽部分，以诙谐的言动，博得观众的一笑。这种喜剧在文艺成绩上不算太多，但在艺术演出上，却很是丰富，我们只需回忆戏文上副净的重要，便可以知道，因为这些喜剧差不多都是由副净来演出的。地方戏上的《五美图》里的老丁，《紫玉壶》里的太师爷，都是极精彩的角色，是很被观众所欢迎的。

中国人民喜爱喜剧，这便是性情明朗，酷爱和平的表示。世界上有些民族偏爱悲剧，对于人生别有看法，我们也不必表示反对，也只是我行我素，仍旧喜欢我的喜剧罢了。依照这样说法，在旧式戏剧中有不少剧种可以发掘，拿来利用，无须乎往"僵尸"这一类货色中去找噱头，因为在这广大的喜剧项目中，尽可以发现新的材料。

图书在版编目（CIP）数据

知堂杂文·有所思／周作人著. —— 北京：中国文
史出版社，2020.3
ISBN 978 – 7 – 5205 – 1560 – 3

Ⅰ . ①知… Ⅱ . ①周… Ⅲ . ①杂文集 – 中国 – 现代
Ⅳ . ①I266.1

中国版本图书馆 CIP 数据核字（2019）第 250570 号

主　　编：林　杉
责任编辑：牟国煜

出版发行：**中国文史出版社**
社　　址：北京市海淀区西八里庄 69 号院　邮编：100142
电　　话：010 – 81136606　81136602　81136603（发行部）
传　　真：010 – 81136655
印　　装：北京东君印刷有限公司
经　　销：全国新华书店
开　　本：720×1020　1/16
印　　张：20　　　字数：274 千字
版　　次：2020 年 3 月第 1 版
印　　次：2020 年 3 月第 1 次印刷
定　　价：59.80 元